忠孝为经　奇事为纬

与世道人心总有裨益

徐哲身

武侠小说

峨眉飞侠传

徐哲身 著

中国文史出版社

目　　录

1

2

3

自　序

　　鄙人在七八年前，曾经替一位姓周的撰过一部《昆仑剑侠》。其时正是武侠小说风行的时候，读者爱那书中的事迹异常神奇，的确盛行一时。后来，不知为了何事，姓周的将那《昆仑剑侠》一书让与春明书店了。现在武侠说部虽已成为强弩之末，但是这部《昆仑剑侠》不比其他武侠说部无人过问，而且读者时有欲睹下集《峨眉飞侠传》之事，所以春明书店主人挽友何君，要我接撰《峨眉飞侠传》一书。我为满足读者的欲望起见，非但立刻答应续撰此书，还得精心竭意地，又要它快，又要它好，方才对得起读者的好感，也不辜负春明书店主人照顾我的生意。因为《昆仑剑侠》的标题乃是"武侠神怪"四个大字，这么本书的资料，自然要一贯到底，不能离开题目。幸亏我于四书五经、诸子百家之外，对于释、道两教的书籍看得不在少数，因此略知幽冥之理、阴阳之道，固然能够写得如火如荼、头头是道，但也要使得读者于消遣余暇之外，获到一些益处，所以便拿忠孝为经，各项奇事为纬，似与世道人心总有一些裨益。因为小说这样东西非常通俗，真有差以毫厘，谬以千里的力量。

　　我还记得前几年发生过一桩极大的笑话，却是一爿米铺子里的几个学生，因为知识浅薄，文理不足，居然读了武侠小说，各人商量商量，便要前去修仙学道。可怜地理的学问一点儿没有，竟到苏州的昆山县当作西藏之内的昆仑山起来，何尝知道，单是昆仑山便有四处。我因他们闹过这个把戏，落笔之际，不免更加要慎之又慎了。

现在书已杀青，不日即可出而问世，特为写此一篇自序，以明我的宗旨。至于文字上的精彩，我本一个词章家，稍稍写此波澜，作些曲折，假使读者仍旧欢迎，我愿再撰三续，以答诸君盛意。

时在中华民国二十五年八月十三日，剡溪徐哲身序于上海养花轩。

第一回

阴阳仍此理律贵诛心
生死仅移时魂偏罔觉

这部《峨眉飞侠传》，说是赓贯《昆仑剑侠》而作的，至于峨眉飞侠又是什么人物，读者请勿性急。现在紧接先叙那时的昆仑老人，既同阎罗王两个来到天门，第一眼瞧见，便是他那师叔三清仙尊站在那儿等候。一见了他，即稍稍皱着双眉道："我因你已闯下大祸，马上就许找你师父，打算一同上殿，保你一本。岂知你那师父只是静坐蒲团，闷声不睬，被我再三催促，方才说了一句，他既自作自受，只好由他去吧！"三清仙尊说完这句，还待有话。只见玉殿鸣钟，金墀击鼓，玉皇大帝业已升座。忙又知照昆仑老人，说话须要据实陈奏。昆仑老人点首遵命，当时跟了三清仙尊走上丹陛，恭候宣召。同时又见阎罗王上前俯伏，奏上一会儿，因为离开较远，听不清楚。

没有多久，玉帝已在宣他上殿，三叫之后，伏在地上，听候问话。

玉帝微怒道："你知罪吗？"

老人肃然深惧地奏对道："微臣知罪。"

玉帝道："阴阳虽无二理，究竟不应混杂。况杨小燕其人犯淫而殁，怎好将她救活？此罪还小。现下冰山之中的一切罪犯都已逃走，怎么办法？"

老人叩头道："此事本非微臣初料所及，现在唯求玉帝先办善后之事，再治臣罪。"

玉帝点头，正待开口，旁边闪过太白星君，首先奏道："现在世风日下，道德沦亡，若待到了阴曹治罪，阳世之人仍旧不知其事。小臣之意，不妨责成昆仑老人分别劝善惩恶，虽然稍稍泄露天机，或于世道人心不无小补。现在他的师叔三清仙尊已在候旨。"

玉帝据奏，便宣三清仙尊上殿道："你有何说？不妨奏来。"

三清仙尊奏对道："阴曹阳世，律贵诛心，此番之事，昆仑老人只负公罪。因他曾奉玉旨，命他考察人间善恶，又与杨小燕非亲非故，尚没什么私意，可否罚他再在阳世立功三千，以抵其罪？"

玉帝本最聪明正直，当下点头许可道："既是如此，准其前去戴罪立功。倘再办理疏忽，二罪一并俱罚。"

阎王听说，不敢不遵玉旨，即同三清仙尊、昆仑老人三呼谢恩，退出玉殿。

三清仙尊便向阎罗王一拱手道："小徒之事，还要贵阎王帮忙则个。此时应该先去查明，到底逃走若干鬼犯，方好办理。"

老人岔口道："师叔有空吗，可否一同到阴曹一走？"

三清仙尊点首道："可以同去。"

阎王也接口道："这么让敝王先行回去，吩咐判官从速造册呈报。"

三清仙尊又拱拱手道："有劳了！"

老人眼看阎王走后，便对三清仙尊说道："小徒一时不慎，罪有应得，本无可辩。不过要去追回一班鬼犯，异常麻烦，还求师叔教训。"

三清仙尊微笑道："此次一班鬼犯，得此意想不到的机会，自然已去借尸还魂，他们怎肯守在那儿等你去捉？我此刻所最担心的是，他们愈在阳间作恶，你的责任愈大。"三清仙尊说到此地，想上一想，又点首道，"现有一人，可以助你不少。"

2

老人忙问是谁。

三清仙尊道："现在峨眉派下出了一个女徒，此人内功已足，外功不够。她正立志，想要除尽世间恶人。我可再请你的师父，拜托她的师父，助你一臂之力，你就便宜得多了。"

老人掐指一算，已经知道此人，不禁喜形于色地说道："是她吗？她的本领道行还在小徒之下。"

三清仙尊微笑道："你固胜她，但我问你，天下之大，恶人之多，你一个人忙得过来吗？就算你的道行够得到，恐怕时间上不许吧！"

老人点头道："师叔所教甚是。"

三清仙尊即与老人驾云而下。刚到冥府，阎王已在殿外迎迓。及至一同走入殿内，阎王先请三清仙尊上座。老人侧坐，自己在下面相陪道："判官已将册子造好。"

老人知道阴间不比阳世，他们办事神速，并不奇怪。当下忙问阎王道："此册何在？可否赐下一观？"

阎王即命鬼卒呈上。

老人一看，幸亏冰山所逃鬼犯，除孙秋月之外，不过百名，又知冰山上的罪孽还不算怎么十分重大。像那姜希尚、钱春风等，早已打入阿罗地狱，纵遇天大机会，也无逃出之理。当时看完之后，即将册子呈与三清仙尊。

三清仙尊略略一瞧道："人数还算不多。"说着，单问阎王道："我知投生之人，照例吃过孟婆迷魂之汤的。请问贵阎王，这一百多个鬼犯，既未吃过迷魂之汤，不知到了阳世，可曾知道此事？"

阎王欠身答说道："阴阳虽说无间，但是投生之人就是没有吃过迷魂汤的，也难知道前世之事。否则善有善报，恶有恶报，投生之人，眼见冥刑厉害，第二世还敢作恶吗？正要他们不知前世之事。为人在世，全凭儒、释、道三教前去指示他们。"

三清仙尊便对老人说道："我先走了，因我还要前去关照你的师尊去也。"

阎王慌忙送走三清仙尊，回来方对老人说道："此要玉帝判定，上仙赶紧前往办理为妙。"

老人道："杨小燕乃是此案罪魁，贵阎王还能够叫她还阳吗？"

阎王微笑道："阴间最重信实，况且天上并未加她之罪，当然放她还阳。不过她去借尸还魂，自然还是上仙施法，使她身首复合，仍是本身，方才不负上仙此次的来意。"

老人听说，谢过阎王，即将众人叫到身边，正想分别告知，阎王阻止道："生魂不宜久驻阴曹，且待敝王恭送上仙一程。"

老人听了，即同众人出了森罗之殿，阎王果然送了一程。老人正待要请阎王留步的时候，忽见已到孟婆卖汤的地方。

阎王微笑道："上仙等人不妨来呷杯茶去。"

老人已知阎王之意，连说："承赐承赐。"

等得大家吃茶之后，阎王方才回去，老人也率大众离开阴曹地府。

此时掌珠不见小燕同来，正想去问老人，老人已把她夫妇二人送到家里。第二天一早，他们夫妇二人一觉醒来，早将夜来梦中之事忘记得干干净净。

掌珠先问自奇道："这真稀奇，我可没有做梦，你做了没有呢？"

自奇乌溜溜的眼珠又望了掌珠道："我非但没有做梦，而且还有一点儿昏昏沉沉。"

掌珠道："这容易的，只要一问小燕姊姊，她总知道。"谁知找遍满房，连那个杨小燕也不知去向了。掌珠道："蒋郎，你且不必性急，让我梳洗之后，请过堂上早安，我再会去问那位老剑仙的。"

自奇听说，只催掌珠立刻就去。

掌珠请过早安，一脚来至府衙，不敢直接去问老人，先到碧霞子那里。

原来大家既已吃过了迷魂之汤，只有这位老人，他有道行关系，

4

性灵不被那汤所迷。就是这位碧霞子，也已糊糊涂涂，何况众人呢？当下碧霞子即将掌珠来意告知老人。

老人微笑道："师妹可去转告这位蒋少奶奶，可说我既答应在先，不会忘记于后，包她三天两天，自有一位杨小姐给她相见便了。"

碧霞子又问昨夜之事，她也有些渺茫，究是何故，老人笑而不言。碧霞子因有八九玄功，料知是天机不可泄露，不好再问，便将老人之言告知掌珠。掌珠听说，这一喜，还当了得？连忙回去报知自奇。

自奇也大乐道："神仙不说谎话，姊姊，你可曾问过那个姓孙的呢？假使只有小燕姊姊一人还阳，你的事情仅仅乎做了一半。"

掌珠摇头道："神仙不好屡次亵渎。姓孙之事，只好第二步再办了……"掌珠还没说完，自奇的奶娘又温参汤送上。掌珠和自奇喝过参汤，掌珠遂觉精神一爽道，"这奇怪，今天的参汤为什么如此有力？"

自奇也在称奇道："我也觉得这样。"

掌珠微笑道："人家说得如坠五里雾中，我们二人今天倒身历其境了。"自奇刚想答话，却见一个丫鬟走来禀知，说是外面书童来说，有个名叫赵高士的要见少爷。掌珠一跃道："他来了吗？"即命："快快请到内书房，说是我们二人一同出见。"

丫鬟奉命去后，掌珠赶忙再换一身新衣，也和自奇打扮一下，来到内书房。只见赵高士早已恭而敬之坐在那里，一见他们二人进去，先向掌珠一揖，即说道："恭喜蒋少奶奶。"

掌珠连称不敢，忙又指着自奇，介绍与高士道："这位就是外子。"

高士便与自奇道过寒暄。

自奇道："高士兄，小弟先要大大奉谢。内人若非老兄慨借那二百块，恐怕没有今日。"

5

高士连连摇首道:"自奇兄,你可谢错了,小弟今天便是来谢你夫人救命之恩的。"

掌珠接口道:"我们两个都是再世为人,彼此也不必你谢我谢,你我恩人,自然是那位老剑仙了。"

自奇岔口道:"高士兄,内人此言有理,可惜神仙不受人谢,如何是好?"

高士连连点首道:"兄弟正为如此,不敢去见那位老剑仙。"

掌珠接嘴道:"赵恩公,我还有一件可喜的事情报知于你。"

高士皱眉道:"蒋少奶奶,我没有称呼你作恩人,原是在守'大恩不谢'的那句古训。你此刻反而称呼我作恩人起来。"

自奇岔口道:"我也以为不必称呼恩人为是。一个人受了人家好处,只要放在心上,何必挂在嘴上?"

高士点首道:"自奇兄说得甚是,我们以后,决计不作世俗之见。不过方才嫂夫人所说,还有可喜之事,又是何指?"

掌珠笑盈盈地,即把小燕先先后后的事情,一句不瞒、一字不漏,统统讲给高士听了。高士听了一呆,他的神气似乎有些不相信的样子。不过已知这位老剑仙确是一位奇人,因此弄得十分惊疑起来。

自奇道:"高士兄,孔夫子的不语怪力乱神,并不是说世上没有这种事情的。他老人家的不语此事,无非对于三千弟子、七十二贤,正在求学时代,不肯去分他们的心思罢了。"

高士把脚一跺道:"着,着,着!兄弟见不及此,真正枉读圣贤之书了。"说着,又问掌珠道,"舍表妹的棺材就在盘门外的一座破庙里面,我已前去祭过一次。如果嫂夫人认为老剑仙的说话不致失信,这么我们应该快快前去,不要弄得舍表妹已经活了转来,她在棺材之中,岂不闷死?"

自奇即把掌珠一拉道:"姊姊,我们马上就去。"

掌珠忙去禀知堂上。堂上的七双老人也极相信,不过吩咐多带银钱、多带家丁而已。

等他们到了那座破庙，还没走近杨小燕的棺材之前，已经听得那棺材里似有响声。自奇胆小，不敢做主。高士即请蒋府家丁立即打开一看。

说也奇怪，那个杨小燕小姐早已双眼微睁，一见高士和掌珠等人，竟会开口道："快把这些衣衾拿开，再说别的。"

高士含泪对着小燕说道："小燕妹妹，你果真仗着这位老剑仙的力量，活转来了吗？"

高士说着，却又不及去待小燕答话，正想去请自奇吩咐他们家丁，快快动手的当儿，哪知自奇这人真也太娇养惯了，此刻一见死人真会活转，不禁吓得只向后躲。掌珠哪有工夫再会顾到这等事情？她就拿出少奶奶的身份，已命一班家丁，早把小燕抬了出来，卧在地上，解开一切。高士方在抢着问话。掌珠深怕小燕着凉，惹出事来，即自做主，马上叫到几乘四人大轿，大家一齐到了她的府上再说。此时七双老人已据快嘴丫头报信，自然先行预备医生等候。等得到来，医生诊脉之后，说是六脉调和，竟与好人一样。大家细细再把小燕项颈一看，连那受伤而亡的血痕也会一些没有。

掌珠一边打发医生去，一边又把小燕扶到她的房内，换过衣服，进过参茶，还要逼着小燕躺到床上，方始问着道："小燕姊姊，你此时可有气力讲话？因为我们大家都要知道你此次怎样回生的。"

小燕躺到床上道："连我也不知道，假使妹妹刚才没有那句'怎样回生'的说话，我可还当没有死过呢！"

掌珠一听此言，不觉失望道："莫非姊姊的神志还没清爽吗？"

小燕忽然蹙额一想道："我记起了小燕的名字……"还没离口，她却扑的一声坐了起来，同时咬牙切齿地接续说道，"我不是被那姓钱的恶贼一刀杀死的吗？快快让我前去和这畜生拼命。"

自奇忙对掌珠道："不好，小燕姊姊连她阴魂报冤的事情都忘记了，一定有病，一定有病！"

他的生母老太太一把将自奇抱到怀内道："我的肉心肝，你是娇养惯的，还是随了为娘且出房去，不要在此碰见什么龌龊，不是玩的。"自奇哪里肯依。

其余六双老人道："这么不出去也好，你可不准开口。"

掌珠此时用力气硬把小燕揿得睡下道："姊姊，你可是死后之事一点儿都不知道吗？"说着，又指指自奇道，"这么你替他代做文章的事情，可还记得吗？"

小燕望了一眼自奇，却在摇头道："什么做文章？我一点儿不知道。"

掌珠晓得自奇胆小，便对自奇的生母道："婆婆，请你老人家快将此事的始末来讲与小燕姊姊听，我此刻就去禀知老神仙去。"

谁知自奇这天的胆子居然大了起来，一边催着掌珠快去，一边即把小燕死后阴魂报冤之事简单地讲给小燕听了。

小燕不待自奇讲完，一把拖住掌珠道："姊姊，快快让我同去谢这神仙。"

掌珠未及答话，忽见那位碧霞子不由通报，早已飘然而入。

不知这位碧霞子到来何事，且听下回分解。

第二回

旗下营大出无头案
灵隐寺欣逢有约人

却说杨小燕一听自奇告知其事，便要跟着掌珠去谢老人。掌珠未及答话，已见那位碧霞子不由通报，早已飘然而入，慌忙通知七双老人以及自奇、高士、小燕等，快快先行膜拜致敬。然后请那碧霞子坐下，即将小燕还魂之后，忘了死去的事情，禀知碧霞子听了。

碧霞子道："在下原为此事而来。诸位，现在先要办理一桩要紧事，迟恐误事。"

掌珠忙问："什么要事？悉听你这位女仙指示，无不遵命。"

碧霞子道："我奉敝师兄之命，前来通知杨小燕小姐，那位孙秋月先生也有回生之望，因知无人前去办理，就是活了转来，也要闷死在那棺材里头的。"

小燕首先又惊又喜道："谢天谢地，这么自然我去，不知他的棺木寄放何处？"

碧霞子道："不远，不远，就在此地转一个弯，那座土地庙内。"

掌珠听说，便让自奇在家奉陪碧霞子，她同小燕、高士两个，带领男女佣丁，去办孙秋月回生之事。

碧霞子一等他们去后，便含笑地问着七双老人，以及自奇公子道："据敝师兄说，孙相公和杨小姐二人在世之时，本有一点儿罪恶，现既身罹奇祸，总算刑罪两当。只要从此好好做人，他们还有姻缘之分。"

自奇本来不敢去和碧霞子直接说话的，此刻他的夫人不在身边，只好把他胆子一大，恭恭敬敬地站立起来道："仙姑!"

碧霞子摇手道："公子，不敢这般称呼，叫我一声师父已经有僭的了。"

自奇连称遵命道："师父，他们既有姻缘之分，何以会被姓钱的双双杀死？假使没有诸位神仙师父到来，岂不白死？此理有些不懂，尚望师父明白指迷。"

碧霞子道："这就叫作有缘，自然便宜了他们二位。不然，这段良缘只好来生去配的了。"

七双老人一齐问道："小儿、小媳，感激诸位师父的大恩。老身等本想命他们从此修行，免得一个不慎，就要堕入阿罗地狱。无奈寒门七房只有一子，不知如何是好，还望师父指示。"

碧霞子微笑道："'修行'二字，不是单指释、道两家而言。修行者，修他之行为也。现在的世上，真有大大笑话。譬如有人要想修行，自然先吃起素来，不知他的存心，以及所行所为，虽不杀鸡杀狗，却在那儿杀人，这种修行，岂非自投地狱？我知道的是，儒家是以存心养性为生，释家是以明心见性为主，道家是以修心炼性为主，各家方法不同，修行成功则一也。"

碧霞子说至此处，又望着自奇道："公子快快修行，已经嫌迟。若说出家，自然嫌早。"

自奇拍手大乐道："着，着，着！世上连'修行'二字还不会解释，怎么好去出家？今天师父如此一说，一个人何处不可修他的行为呢？"

碧霞子点首道："公子明白此理便好。"

自奇还待有所请教，忽见掌珠搀了小燕，高士扶了秋月，四个人已经一齐走进房来。

秋月回生之后，已听掌珠告知大概，此刻一见碧霞子其人坐在那儿，马上倒头便拜道："女仙临凡，真是我姓孙的莫大之幸。不过自知罪孽深重，全望女仙指点迷津。或者就此跟了女仙前去，立即修行。"

自奇不及去和秋月先叙寒暄，单去向他说道："孙相公，你是一位秀才，也会把'修行'二字误解了呢？"

秋月不解道："蒋公子，小弟不才，'修行'二字，何致误解？"

自奇即将碧霞子方才所说的一番理由述给秋月听了。

秋月方始大悟道："这真是弄得明足以察秋毫之末，而不见舆薪了。"

小燕正想去求碧霞子准自己拜她为师，以忏半世罪恶的时候，忽见一个丫头奔入道："府衙门有人前来传话，说是吴太守业已升了杭州藩台，明天就要前往上任。那位老剑仙来请女师父赶快回去。"

碧霞子听了，不免一喜道："如此说来，朝廷尚有眼睛，好官更加乐得做了。"说完，匆匆地告辞而去。

掌珠想要马上就去打听，七双老人劝她且慢，不可太觉冒渎神仙。掌珠只好去劝小燕快与秋月成亲，方才不负那般剑仙指点。秋月既知"修行"二字，不必一定出家，况且他与小燕二人，真是再世韦萧，当下也就答应。自奇、高士两个当然分任男媒女媒。

现在不谈蒋府的事情，且说碧霞子回到府衙门里，只见苏州满城的官府都来向吴太尊道喜，老人随即问了几句蒋家之事。

因为暂时可称小女团圆，当下便对碧霞子说道："师妹，我和你一向是玩笑惯了，往往欢喜斗嘴。今天为兄却有一件大事奉求。"

碧霞子失惊道："师兄，我们玩是玩，正经是正经，你有何事见委？不必客气！"

老人道："吴太尊的跳去道台，升了杭州藩台，因为杭州地方一连出了几件天大命案。第一件是，杭州福将军，他那一位八十多岁的太夫人无缘无故地失去脑袋；第二件是，柴木巷樊绅士的府上忽被一个妖人摄去一位年已及笄、不日就要出阁的小姐；第三件是，台州一座山上出了一个名叫金满的强盗王，已把官兵杀死了十几万；第四件是，湖州知府的公子来到杭州徐绅士家内入赘，新郎尚未合卺，倒说新娘已把新郎杀死。此地抚台，并不知道吴太尊的手下有了我们一班人物，单是赞他包龙图再世，马上电奏朝廷，保他越级飞升，去到杭州办理以上四件大案，他自然要求我们大家同去。我因一时心血来潮，长江一带省份，各处都有大大歹人，我已请带发和尚担任江苏一省之事，人龙夫妇担任安徽全省之事，小徒佳果、孤女二人担任江西一省之事，汤杰和你二人，我想请你们担任湖北、四川两省之事，我一个人且同新任吴廉访去到杭州，明天就走。你看如何？"

碧霞子本来不知这老人已在玉帝面上担任再立三千功德的事情，只知世上恶人太多，老人一人分身不开的道理。当下自然一口答应，仅不过问了一声，何时何地再相会而已。

老人想上一想道："你只前去替天行道，惩恶奖善。至于我们相会在于何时，临时我有法子通知你的。"

碧霞子听说，自然毫无二说。又见带发和尚以及他的门徒等，个个在那里摩拳擦掌，跃跃欲试，更加激起了她的为义之心。当下仅对老人一笑道："我到四川、湖北，本无问题，只有掌珠其人，未免有些舍不得她。"

老人也笑道："难道你一定晓得，你这个人要死在川、鄂恶人手上，永远不会来到此地的吗？"

碧霞子呸了老人一脸口水，同时还骂上一句"狗嘴上终是长不出象牙来"的话罢了。

老人既已分派清楚，也不再问各人之事。第二天，单身一个，即同吴廉访来到杭州，上任，接印、拈香、上院、放告等等照例公事，不必细叙。

当时杭州抚台也是一个旗人，当然要抱兔死狐悲之感，立即传见吴臬台道："老兄的才力，兄弟久仰的了。现在既属同僚，可否帮帮兄弟之忙？否则是兄弟的这颗红顶子要戴不成了。"

吴臬台道："大人谬赞不敢，司里未曾到任，已知福将军太夫人的这件无头命案。现在且让司里回去，悉心访办。"

抚台皱皱双眉道："愈快愈妙，万一皇上见罪，彼此都有不是。"

吴臬台连称知道。回衙之后，突向老人下了一个跪，道："老神仙，此事又要你费心还不算外，抚宪限我日子，如何是好？"

老人先把吴臬台扶起道："大人勿急，此案凭我力量。"

吴臬台又问几时可以破案。

老人摇首道："不敢说，不敢说！"

吴臬台复又再三再四地拜托而去。

老人一个人出了衙门，来到西湖边上，一面看看风景，一面寻思道："此案主犯我已明白，但是我正要靠她帮忙，怎样可以将她拿办呢？"老人想上一会儿，他便慢慢地踱到灵隐寺，首先去拜方丈。方丈瞧是一位老檀越，又见衣冠整齐，似有来头，不敢怠慢。

老人道："大和尚，我知道宝刹里面住了一位老相公，可否介绍一下，我想见他一见。"

方丈听了一呆，当时嚅嚅嗫嗫地，似乎有点儿不大赞成。

老人道："大和尚，这位老相公住在宝刹，你们不过收了他较重的房金，其实和他非亲非故，何必把他说话当作圣旨看待？"

方丈将脸一红道："老檀越，真正被你老人家猜中，我们的确收了他的重价。他有话在先，不准闲人前去啰唣。"

老人微笑道："大和尚，你怎么又知道我是闲人呢？"

方丈一时虽想不出话来，但是终于不肯答应介绍。老人看看没有办法，方才说出他是臬台衙门里的师爷。方丈一听这个来头，不禁越是害怕，越不答应。老人即把方丈拉到一边，送上一只五十两的元宝，而且说不必相见，只要等那相公出去时候，让他去到房内偷查一番而已。方丈既收元宝，只好答应，当下约定晚上九时以后、十时以前，这一小时那位相公必不在家，可以领了老人进去。老人听说，自然大喜，那么这位老人连玉帝、阎王那儿也可随意出入，何以这位相公房里反要这般为难呢？下文自会明白，此时不必细述。

这天，一等九时以后，老人即请方丈陪他进去。一进房后，老人便去东翻西检起来。

方丈大惊道："檀越如此举动，老衲愿把五十两的元宝奉还。"

老人忽向方丈的鼻尖一指道："你这贼秃，请你姑且打个瞌睡吧！"

方丈被这老人一指，竟会站在地上大打瞌睡。老人将门掩上，先去翻那枕边，随手抽出一张照片，原来是个极美貌的二八佳人，所有装束，四分少奶模样，六分小姐模样。老人暗笑道："此人相貌又在碧霞子之上了，不知她的剑术如何。"老人想着，用口向那照片上面吹上一口热气道："劳驾，劳驾！不妨把你本领姑且在老朽之前一试。"

说也奇怪，老人一个"试"字刚刚停声，陡见照片上之人扑的一声跳到地上，似乎还在向老人微笑。

老人也笑道："不必朝我发笑，还是朝我发怒。"

只见女子真的向老人将眼珠一突，顿时一脚飞了起来。老人本要和她比试，只因本人不在，特用一种法术，借她影子，也可一试。

倒说一男一女、一老一少，正在打得十分用劲之际，忽又听得一位娇滴滴的女子声音，一面大喝道："谁人长了角的，敢在老娘房内动武？"一面已经蹿到老人面前，刚待举刀相砍，忽见那个方丈立在地上打睡，已是奇怪不止。又见有个和她一模一样的人物正和一个老人打架，更加稀奇道："这真怪事！"

老人把手向那照上之人一指，笑着对那女子道："她是你的照片，竟会跳到地上和我比试，这才奇怪呢！"

女子听说，忙将她的照片一看，只见那张照片非但变为空纸，而且地上比试的那个人——就是她的影子，不觉大惊失色道："你这老人，是鬼怪，还是神仙呀？"

老人先将地上之人指上照片，然后微笑道："你说什么，就算什么。"

女子又朝老人望了一眼，只见老人的两只眼珠犹同明珠一般。她是内行，心中已知一二，忙问老人道："我知道昆仑老人已经到了苏州，你莫非就是他吗？"

老人又笑道："算他就是，你又怎样？"

女子慌忙一揖道："如此说来，乃是师兄，妹子奉了师命，前来助你除尽恶人，师兄何故作此法术？"

老人微笑道："师妹，为兄倘不给你一点儿戏法看看，恐怕你还要好好地试我一下吧！"

女子也一笑道："被你猜中，现在可请师兄先把这个方丈解去定身儿，让他回去，我们方好谈话。"

老人即将方丈一指。方丈还身出房，走到自己床上大睡特睡。第二天还说，做了一场怪梦。

现在单讲老人当时支走方丈，才与女子一同坐下道："师妹，你既奉了师叔之命，前来助我，应该知道为兄已闯下滔天大祸的了。"

女子道："师父大略告知。照我说来，师兄责任甚重，不可儿戏。"

老人很感激地答道："所教甚是，不知师妹何以取名峨眉飞侠？"

女子一笑道："这是世人替我取下的，因我飞来飞去，颇觉神速。"峨眉飞侠说了这句，又朝老人一笑道，"我的贱号，也与师兄的道号一样。"

老人道："师妹为何杀此老妇？"

峨眉飞侠一听此言，竟会眼睛冒出火来，道："慈禧这人本只八分不好，这个老妖却有十二分不好，我们汉人遭受旗人的压迫，一切主意，慈禧都听她的教唆。"

老人点点头道："话虽如此，为兄可为难了。"

峨眉飞侠忙问："此话怎讲？"

老人即将吴臬台是个好官，以及自从下山起，一直讲至现在止，统统说给峨眉飞侠听了。

峨眉飞侠先不答这正题，单是问着老人道："蒋少奶奶魏掌珠，此人何以如此命苦？我却深深爱她，想去见她一见。"

老人道："师妹的剑术功夫确与为兄一般，至于过去未来之事，却要让我有僭了。她的过去生中，一言难尽，且容有暇，自然说与你听。现在急其所急，这场案子，叫我如何交账？"

谁知老人的一个"账"字还未说完，只见窗外抛入一封信来。峨眉飞侠连忙拾起，展开一看，也会花容大失其色。

不知此信究为何人所投，且听下回分解。

第三回

五雷旗劳烦神将
千手塔污秽天尊

却说峨眉飞侠一见那信，就是台州强盗王名叫金满的送来的，料知她的行踪已被人家识破，而且对方必有能人。因为她的装扮为老相公，本极秘密。老人的识破，乃是他那未卜先知之术，自己人还不要紧，如何金满那边竟会寻踪到此？

峨眉飞侠想到这里，便对老人说道："师兄，现在此地发生四件天大大案，福将军那儿，不过是要捉凶手，还他老娘的脑袋而已。依我之见，倒是第二、第三两件案子要紧。"

老人想上一想道："既然如此，你快去把这个老女贼的脑袋拿来，我可用一死人变化活人，算是凶手。一则吴枭台对于福将军有了交代，其余要事，稍稍迟破几天，也不碍事；二则为兄决不会把你捉去抵命，不过面子上却被姓福的占了优胜了。"

峨眉飞侠一笑道："师兄，你要把我捉去，抵那老女贼之命，恐怕也没这般容易。"

老人望了峨眉飞侠一眼道："你倒和碧霞子相同，一样的嘴上不肯饶人。"

峨眉飞侠听说，并不再辩，单在她那箱子之中取出一个斗大包裹出来。

老人已知就是脑袋，拿到手中，关照峨眉飞侠道："我去去即

17

来，以便商量去到台州的事情。"

峨眉飞侠点头允诺。一等老人拿了那个包裹走后，峨眉飞侠即去办好一些未了之事。等她回转，老人已经守在她的房内。

峨眉飞侠忙问："师兄回去，怎样布置？"

老人笑笑道："我连吴臬台也瞒过，只说我亲手捉到凶手，脑袋便是证据。"

吴臬台听了大喜，已把凶犯连同脑袋送到姓福的那里完案去了。

峨眉飞侠指着老人道："师兄呀，你真作孽，人家已经死了，你还要把他弄去再砍脑袋。"

老人正色道："不必多烦，你把台州金满盗王之事说给我听。"

峨眉飞侠忙将房门掩上，方始说道："此话甚长。我因金满屡次杀败官兵，心中不甘，马上化装亲到台州山上察访。哪知到了那儿，住在一家庵里，连夜飞到金满卧室屋面，轻轻地揭开半片瓦片，往下一望，只见有个道士模样的人物，正在口出恶言，威吓一位少女。此女就是此地樊绅士家里被那妖怪摄去的小姐。"

老人一听，又喜道："很好，一桩案子不必费两次心的了。"

峨眉飞侠摇摇头道："师兄且慢高兴。我当时还不知道那个道士就是精怪，刚想运我功夫，用剑取那道士之命的时候，倒说那个道士很有一些玄功，他竟把口一张，吐出一道黑烟，扑的一声，便向屋顶飞来。还算我那时躲闪得快，虽然未曾中毒，却已头昏脑涨了两三天。"

老人道："后来怎样？"

峨眉飞侠道："后来还有一桩险事，几乎送了我的性命。我在第三天的大早，已经复了原状，我便趁天将亮，一个人飞到金满王府对面的那株十多丈高的大槐树上。正在设法，要想给那道士一个猛不防的当口，陡然飞了进去，或可取他死命。谁知忽被山墅底下的一道极猛烈的太阳光将我的双眼照得睁不开来，我忙运用神功，睁眼再向下面一看，居然会有两个太阳似的东西，仍旧朝我射来。及

18

至仔细一瞧，何尝是什么太阳？乃是一个约莫有二三十丈方圆的大蛇脑袋，两只眼珠里分出来的金光竟与太阳一般。"

老人一边在听，一边已在掐指一算。他已知道此蛇的底细，便向峨眉飞侠微笑道："为兄已知此蛇的道行，的确非是等闲。但是后来你又怎样呢？"

峨眉飞侠道："我因见他十分凶恶，不敢冒险行事，就在此地守候师兄。"

老人点首道："这么事不宜迟，我们立刻飞往便了。"

峨眉飞侠不再打扮老相公的模样，只是女装，即与老人一同飞到台州山前。停下之后，即问老人可要找个寓处。

老人点首道："应得如此。"

峨眉飞侠就将老人领至那座庵内。老人先在榻上盘膝而坐，坐了一会儿工夫，方问峨眉飞侠道："师妹，我想收服此蛇，你瞧如何？"

峨眉飞侠摇手道："恐怕不能吧！取他性命，或者师兄的道行还有几分把握。但是也得寸步留意，不可轻忽。"

老人道："你为何长他人的志气、灭自己的威风？"老人说着，即向身边取那道中央五雷旗，递与峨眉飞侠去看道："师妹，你识此物吗？"

峨眉飞侠接到手中，见是一张两三寸长、形似小儿玩耍的小旗一般，不觉一笑道："此旗有何用处？"

老人郑重地说道："此乃玉帝所赐，哪怕大罗金仙，见了此旗，也得低首称臣。什么雷火珠、翻天印，均非它的对手。"

峨眉飞侠似信不信地交还老人道："如此大事，师兄当无戏言。"

老人收好那旗，下得榻来道："若要见识见识，师妹不妨随了为兄一行。"

峨眉飞侠连说："怎么不想见识，怎么不想见识？"

当下即同老人出了庵门一脚来至山顶之上。二人站定下来，朝下望去，并无那条大蛇。

老人自语道："莫非这个畜生已知我来了不成？果然如此，倒要真个小心一点儿了。"老人说着，因为仍想收服此蛇，以备差遣之用。他即对了峨眉飞侠将嘴一歪道，"现在且去会过金满大王，再定办法。"

峨眉飞侠也不多问，马上跟了老人来到金满的卧室之中。那时金满正一个人躺在一张床上抽他大烟，陡见门不开、户不启，怎会走入一个老者、一个少女？不觉一呆。恐怕有失，急用他那百发百中的袖箭。当时仅仅忽见他只把袖子一抬，说也奇怪，同时就有两支雪亮的箭杆分向老人和峨眉飞侠二人的咽喉飞来。峨眉飞侠知道此箭厉害，正想将头一低，避去箭风的当口，同时却见老人将手向那袖箭一指，两支袖箭仿佛会听命令一般，反而飞将回去，直去射那金满。

金满慌忙接住那箭，知道这个老者是个劲敌，连忙高叫一声道："大仙何在？"

说时迟，那时快，就在半分钟之内的工夫，陡见金满床背后闪出一位童颜鹤发的老道出来，对着老人拱了一拱手道："贫道迎迓来迟，望你长老恕罪。"

老人仔细把那老道一瞧，见他精振气足，大有炉火烟屑的程度，便也答礼道："老朽来得不速，也望见谅。"

老道就请老人、峨眉飞侠两个坐下道："长老来意，贫道已经知道。这件事情，并非金满千岁不好，只因浙江地方，除了全省营务处徐春荣大人（即著者之先君杏林军门，已详《曾左彭三杰传》中）是位好官，其余都是清廷走狗。若不将他们统统杀尽，如何好灭清朝呀？"

老人听了道："清朝气数将尽，原也不错，但非你师父可灭。况且一经交战，势必玉石俱焚，多伤人民生命，殊非上天好生之道。"

峨眉飞侠明知此人即是蛇精，因有老人在此，她便不怕他了。

当下岔口道："清朝不好，却与樊绅士的这位小姐何干呢？"

老道陡地把他脸一红道："这是我们缘分，旁人不能干涉的。"

金满忙对老道说道："大仙何必在此和他们斗口？赶快除了他们再说。"

老道点头道："谨遵大王之命。"说着，又对老人和峨眉飞侠道，"二位快走，十分钟后，莫怪我们无情了。"

老人大笑道："老朽倒要领教师父的无情一下，走可不能。"

老道一见老人如此倔强，立刻出了老人的一个不意，将他那张大口一张，顿时吐出一粒黑珠，直向老人和峨眉飞侠的头上击下。

老人本可抵敌此珠，但怕伤了峨眉飞侠，赶忙向上一指，指出一朵白云。老人拖了峨眉飞侠，踏上白云，顷刻之间，业已飞回庵内。收去白云，方问峨眉飞侠道："你们师父为何不教一些法术给你？"

峨眉飞侠道："我也常常请求，师父总说尚非其时。及我下山之际，方对我说，自有能人指教。"

老人听了，哈哈一笑道："我们师叔真懒也。"

峨眉飞侠大喜道："难道这位能人就是指的师兄而言不成？"

老人笑而不答。峨眉飞侠也笑道："此刻还谈不到这个上头，师兄对于这个蛇精，究竟打算如何办法？"

老人道："这个逆畜，既不服软，为兄自然给他一点儿厉害瞧瞧。"

老人说着，即命峨眉飞侠写了一份战书，约定第二天午时，即在那座山顶之上，见个高下。峨眉飞侠亲自送去，蛇精批了"如期不误"四个大字。

峨眉飞侠问着老人道："樊小姐乃是一位闺秀，今天晚上，那个蛇精可会将她出气？不可不防。"

老人摇首道："为兄业已替她暗中算过一命，她的过去生中，略有一点儿风流罪过，此生应该受报。幸亏她家积德甚厚，她也是个孝女，因此会得遇救。"

峨眉飞侠放心道："只要如此，我也不必替她再操心了。既是明午打仗，现在还有长长的一天，我们二人办点儿甚事？"

老人即郑重其事地说道："你且去香汤沐浴，晚饭也得净素。到了半夜子时，你可来到我处，那时给你一见天尊菩萨也。"

峨眉飞侠一听此言，高兴得真同雀跃起来，道："遵命遵命，我也不枉做人一场。"

老人等得峨眉飞侠走后，他便做他的求道玄功。到了晚上，他也不过自去摘了一些野果充饥，虽非业已不食烟火之食，可是总在辟谷一方面进功。峨眉飞侠呢，当然是他后辈，此时还不十分明白老人的道行，反去问他可要随便吃些素食。老人随口答称业已吃过。他们师兄师妹两个稍稍谈上一阵，已听金满营中打着三鼓。老人便同峨眉飞侠走到山顶之上，站在月光底下，吩咐峨眉飞侠，立在他的身后，停刻无论看见哪位神仙，不必惊慌。

峨眉飞侠领了这位师兄之命，真个小心翼翼地站在身旁，屏息无声。哪知就在此时，只见老人取出那面小旗，口中念动真言，当时仅将手中那旗向着东方一展，又见老人火速退到北方，站在壬癸之上。峨眉飞侠自然连连随了过去。

二人立定未久，陡见天门大开，降下一位金甲神将，走到老人面前，鞠了一躬道："上仙有何金谕？要命小神办理何事？"

老人连连肃然打一拱道："天尊降临，千万恕罪。"

老人说完两句，便与神将附耳一会儿。神将点首示意，顿时已失所在。

峨眉飞侠忙问老人所语何话。

老人道："我们回庵吧！此事你明天自然知道。"

峨眉飞侠口中虽不再问，心中十分高兴。

至次日上午，老人即命峨眉飞侠快快饱餐一顿之后，一同仍旧来到昨天晚上召神之处。没有多久，蛇精也同金满大王来了。

老人先开口道："师父，老朽之意，却要劝你不可再开杀戒。若能跟随老朽下山一同替天行道，你的造化真正不浅呢。"

蛇精听完，即将他手上的那柄宝剑指着老人微笑道："道长，我倒肯听指教。"一边说，一边把宝剑向空一挥道，"可惜它不答应，也是枉然。"

老人知道这个蛇精不到黄河心不死，当下只好向后退上三步，算是客气之意。同时也在身边摸出五雷旗来，对着蛇精一指道："如此便要请你指教了。"

那个蛇精却被此旗的灵气镇住，几乎就要现出原形，幸亏他也请到他的老师。

说时迟，那时快，只见西方飞下一朵黑云，云中降下一位黑面仙师，先朝老人拱手道："昆仑老人，你的玄功虽也不错，何敢逼我门徒做你门徒？你要晓得，我与你的师尊是同辈，他与你也是同辈呀！"

老人答礼道："师父不必在这小事之上斤斤计较，只要令徒能够改邪归正，便是我去拜他为师，也无不可。"

黑面仙师大怒道："你惯用此甘言诱人，我们师徒二人却不上你的当。你有本领，尽管施了出来。"

黑面仙师知道老人所执之旗厉害，他便用了先发制人的法子，将手一招，顿时空中飞下一团烈火，直向此旗烧来。

老人也怕有失，急把此旗向空一展道："天尊何在？"

黑面仙师一听"天尊"二字，知道昆仑老人既已召请天兵天将，不是随便可以了事的了。慌忙一面先把他的袍袖一张，吩咐蛇精快快躲到里面，一面用手将他自己的天灵盖上一拍，顿时现出一座三丈高的玲珑宝塔。宝塔之中，复又现出一千只手来，手上各执污秽之物。

那位神将一听老人呼唤，正想前来捉拿黑面仙师，不防被他一千只手上的秽物一冲，只好驾云而去。

老人一见那位神将都曾吓退，不禁大怒起来，一边收起五雷旗，一边拿出那粒心珠，照准黑面仙师头上打去。黑面仙师忙又把那塔上之手现了出来，仍想用那秽物去冲老人。谁知老人还是人身，不比神将不能受秽。黑面仙师瞧见老人不怕秽物，他急收去宝塔，又在身上取出一条火龙，打算来烧心珠。心珠真有灵性，不等火龙扑近，它已飞入黑面仙师的咽喉。黑面仙师不觉大喊一声，连连化上一道长虹而逃。

　　可怜那条蛇精早已落在地上，假使心珠一到他的头上，立时可成齑粉。还是老人大发慈悲，不忍将他几千年的苦功化为乌有，马上把那心珠指定，让它挂在空间。同时又向蛇精喝声道："逆畜，还不现出原形吗？"

　　蛇精不敢抗拒，便在地上打上一个大滚，顿时变成一条头如山岳、身长百丈的巨蛇。

　　不知此蛇能留性命与否？且听下回分解。

第四回

蛇怪本难饶两番现相
儒鸿何太刻一样疑心

却说蛇精现了原形，便把他那血盆大口一张，对着老人求道："老法师，可否饶了小畜生一命？"

老人听说，尚未开口，在他背后的那个峨眉飞侠陡见如此大法的一条巨蛇头在地上，他的身体已把一座万丈来深的空壑几乎填满一半，不禁吓得汗毛凛凛地对着老人说道："此蛇厉害，此蛇厉害！师兄赶快取他性命。"

老人摇头不答，单又向那巨蛇喝道："快快给我现出原形！"

峨眉飞侠不懂，忙问老人道："师兄，他已现了原形，为何还要叫他再现原形？"

老人仍旧摇首不答这话，复又喝声道："逆畜，你再不现原形，那就看我取尔性命了。"

蛇精没有法子，而且似乎很窘的样子道："老法师，小畜倘若再现原形，那就白修几千年了。"

老人大怒道："谁叫你开杀戒？省城里十多万的官兵，谁无父母？谁没妻子？你竟把他们统统杀害。问问你，可有一丝道心吗？"

老人说着，正待去取挂着的那粒心珠。蛇精要保性命，不禁长叹一声，顿时再向地上一滚，偌大一条巨蛇竟变成一根不到尺把长的小蛇，还在地上只向老人点头求饶。

老人又喝道："逆畜，逆畜！你自己瞧瞧看，你的本身，本来不到尺把长的一条小蛇，被你修炼得如此巨大。倘若再加一番苦功，何难位列仙籍？你却自仗你的法道，一贪色，二贪好货，三又大开杀戒。"老人说到此，忽也长吁一声道，"咳！这也是你那师父溺爱不明的坏处，以致害到这般。"

此时的峨眉飞侠，因见巨蛇陡变小蛇，自然不怕他再会发威。又见那个金满盗王早已逃得不知去向，忙对老人说道："师兄，你已收服此蛇，何不去把金满捉到？一则可救樊家小姐；二则好保全浙安全。"

老人先将小蛇捉入袖内，收了心珠，方答话道："师妹，为兄早已算过，金满命不该绝。且待他所说的那位姓徐的好官，将来自会前来收服他的。你只赶快飞到樊小姐的屋内，将她救了出来。因为金满此刻要保自身性命，无暇再管这般小事。"

峨眉飞侠不待老人往下再说，她便将身一纵，飞入空中道："这么师兄先请回庵，我们停刻再会吧！"

老人点首答应，回转庵里，先将袖内的那条小蛇放入一座盆里，还怕此蛇遁去，随便念上几句禁制的咒语，方才盘膝坐到床上，运用他刚才曾经浪费的精神和心血。不到半刻，已见峨眉飞侠背负一位绝色女子，由空飞身而下。先把女子放在一张凳上，然后笑盈盈地对着老人说道："幸不辱命，这位便是樊小姐。"

老人仔细一瞧，只见这位樊小姐目定口呆，形似白痴模样。料知定是蛇精用了什么迷药，时候一多，防有别样害处，便在一杯水内画上一道符篆，命那峨眉飞侠送到樊小姐的口边，设法灌了下去。

不到半刻工夫，只见樊小姐陡然苏醒转来。她就睁眼一看，不禁一呆道："此是什么地方？你们二人可是那个妖道的同类？"

老人接口道："樊小姐，你的神志已经恢复原状，为何还分不出好歹来？你所说的妖道……"老人便把盆中的那条小蛇一指，不觉哈哈一笑道，"小姐请看，这是什么东西？"

樊小姐听说，先将盆内的小蛇一望道："老师父，你是何人？这条小蛇，叫我看它做甚？"

峨眉飞侠忙接口道："樊小姐，难怪你不明白。"

峨眉飞侠说了这句，索性即把她和昆仑老人前来救她之事，从头至尾、一五一十地说给樊小姐听了。樊小姐不待听完，已经双手合十，向着昆仑老人、峨眉飞侠两个分头乱拜。及至听毕，扑的一声，跪在地上，先谢救命之恩；其次要求她要手刃这条小蛇。

峨眉飞侠把她扶起，仍请坐下道："樊小姐，他已现了原形，你小姐要杀要剐，悉听你便！"

岂知峨眉飞侠的一个"便"字还没住声，只见那条小蛇虽然不会说话，他却扑通一声，跳至盆外，将他脑袋对准老人乱点。

樊小姐本来坐这张桌子旁边的，一见此蛇还有灵性，竟会跳出求饶，不觉吓得惊慌失色，大喊道："吓死我也！"

老人摇手劝止，叫她不必害怕。

峨眉飞侠先把小蛇放入盆内，且在小蛇头上打上一下，骂道："你吓人！樊小姐真会将你碎尸万段的呢！"

那蛇居然能听懂话，伏在盆底，不敢再动。老人看得可怜起来，便问樊小姐道："小姐，你可知道这个妖道为何摄你、不摄别人之理？"

樊小姐不禁一愕道："老师父，你怎会知道此事？"

峨眉飞侠接口道："他已有了半仙之分，这些未卜先知的小事玩意儿，更加不在话下。"

樊小姐加二起敬道："老师父，现在且让小女子告知此事的起因。此蛇应否留他性命，当然悉听师父的主张。"

樊小姐说话当口，不知怎么一个心酸，竟会流下泪来。

峨眉飞侠因见樊小姐也有她的一般标致，忙去替她拭泪道："小姐不必悲伤，你能够遇见我们师兄，真是你们府上的积德呢！"

樊小姐一面点头，一面说道："我叫樊梅花，今年一十八岁。只

27

因上无弟兄，下没姊妹，所以家君家慈十分钟爱。今年秋天，朝廷忽有起用家父之意，不料那个庆亲王，他要保举他的私人，便在太后面前大说家父年迈多病，不如另用他人为是。太后当然答应。"樊小姐说到此处，接着叹上一口气道，"老师父，你想想看，这不是现现成成的一件好事断送在这个奸王手上了吗？况且家父要想做官，明明是为贫而仕。因为从前做官时候，只知爱民，不知要钱，连他应得的养廉俸禄也会捐入地方，去做好事。所以卸职之后，真正两袖清风，竟致不能维持生活。当时家父一知其事，当场气得吐血。我呢，因为稍稍懂些孝道，不忍眼看家父卧病在床。不过常言说得好，心病还须心药医，若要家父病好，除非太后再去召他。我就从那一天起，每天晚上，对着上苍，焚香祷告，倘若太后能够再来召请家父，那是一天之喜。否则……否则……"

樊小姐说了两个否则，非但底下没有言语，而且粉脸微红，羞态满面。

峨眉飞侠忙说道："樊小姐，我们师兄本能知道过去未来之事，你有话说，不必隐瞒。"

樊小姐听了此话，认为有理，只好仍旧绯红其脸地接续说道："我想男大须婚，女大须嫁，也是古礼。我当时便对天祝祷，说是倘能嫁到一位才子郎君，就是家父不去做官，那女婿可以奉养他了。"樊小姐说完这话，便去恨恨地看上一眼那条小蛇，方始继续说下去道，"哪知这个妖道，可巧正在云端路过，一听我的祝祷，还当我在思春，他便起了恶意。第二天晚上，我和我的一位表姊正在谈诗论赋，陡见一阵怪风将我摄至台州山上。我当时便问妖道：'为何只摄我一个人呢？'妖道老实答道，因我动了春意，所以急想嫁人。至于我那表姊，她虽面如桃李，可是心若冰霜。妖道见她也觉胆寒，故而摄我一个。我当下即把我的来意说明，劝那妖道不可误会。谁知口也说干，妖道终不肯相信。现在你老师父忽然问到此话，莫不是真有先见之明不成吗？"

28

老人微笑道："先见后见，本不过事先事后的分别而已。小姐既未修道，自然不知其中奥妙。不过据你小姐所述，这个妖道虽然是他误会，但是小姐也有使他误会之道。否则你那表姊，这个妖道为何不误会呢？如此说来，一个人为人在世，总要坐得正、立得正，方才邪不能侵。"

老人说到此处，忽向峨眉飞侠微微一笑道："师妹，这位樊小姐，此次未遭妖道毒手，这就是她并无邪念的好处了。"

樊小姐在旁听得老人如此说法，不禁暗暗吃惊道："这还了得？如此讲来，一个女子，怎好走错寸步？"

老人又在向着峨眉飞侠微笑道："师妹，樊小姐此刻心中的转念，将来夫荣妻贵，便在这点上头也。"

樊小姐因见老人简直是位神仙，忙向他去下跪道："老神仙，小女子也不想夫荣妻贵，只想可以养活双亲。"

老人连连请起道："放心放心，好心必有好报。"

老人说着，却将小蛇一指道："樊小姐，请你念他尚未冒犯于你，可否饶他一命？因为老朽将来还想用他一用。你小姐也有间接功德的呢！"

樊小姐极至诚地答道："老神仙吩咐，小女子怎敢不遵法旨？"

老人听了大喜，只将小蛇放入他的袖管道："小姐可饿吗？假使不饿，今天还来得及回到杭州。"

樊小姐连称不饿不饿，只求老人和峨眉飞侠二人从速带她回家。

老人取出十两银子，谢过庵中之人，马上驾起云头，不到片刻，已将樊小姐送到柴木巷口了。

樊小姐一见自己家门，不觉又悲又喜，正想邀同老人和峨眉飞侠两个到她家去聊申敬意的时候，不知怎样一来，一男一女竟会不见影踪。樊小姐没有法子，只好一个人去敲大门。可巧她的母亲出来有事，把门一开，见是久已失踪的那个女儿，这一喜还当了得！当时拼命地一把抱住，口内又在大叫老爷道："我们女儿，定是神仙送回来的。"

樊老爷尚未来得及出来，可是这位樊小姐已在盯着她娘问道："母亲，你又没有瞧见这位老人，怎样知道我是神仙送回来的呢？"

她娘听了一愕道："怎么，我儿莫非真由神仙救你回来的不成？"

此时樊老爷也已出来，严父不比慈母，不过悲欢交集而已。及至走到里面，樊小姐即将老人相救之事全部述给父母听了。樊老爷虽在大大称奇，自然归功祖德。樊太太却不是如此，马上设立两块长生禄位，除了她们母女二人大拜特拜之外，还逼着樊老爷来拜。

原来樊老爷的官名叫作樊肇元，乃是一位两榜进士出身，曾经升到吏部郎中之职。只因忤了一位亲王，因此褫职家居，一向只重儒教，对于释、道两教，认为孔门异端。这天因见女儿说得千真万真，只好向那两块长生禄位一揖而已。樊太太怪他为何不拜。樊老爷将他一部长髯一抹道："他们都是平民，我乃五品命官，如何可以行那跪拜之礼？"

樊太太因见她的老爷迂得可怜，只好由他去了。哪知到了晚上，樊老爷却将樊太太叫到没人之处，蹙着双眉低声说道："夫人，我们乃是书香之家，下官不肖，也曾食君之禄。此次我们女儿既被妖怪摄去，日子也非不久，虽是那个妖道对她秋毫无犯，我可不甚相信。世间既没坐怀不乱的柳下惠，况且这个妖道本是贪她之色摄去的。你是她的亲生之母，也该仔细检查一下。"

樊太太不等樊老爷说完，早已气得双手冰冰的，用劲吐上樊老爷一口涎沫道："你这老糊涂，真是读书读得成了白痴了。她既说是那个妖道秋毫无犯，这自然是秋毫无犯的了，就是她被妖道污辱而去，这也是力不可抗之事。天下怎有这个老子？"樊太太说到这里，又向樊老爷恨恨地白上一眼道，"你方才说的话，难道没有一点儿人的心肝不成？"

樊老爷的为人，的确是位强项令，不过他的项颈，只好向人去强，对于他的玉皇大帝，平日之间，却是妇唱夫随做惯了的。此时一见他的夫人大发雷霆，又觉他做老子的人，无论如何，似乎不该这般斤斤较量。当下只好闷声不响，踱着极不自然的方步，假痴假呆地踱到书房里去了。

樊太太还想去和樊老爷拼命的，后来恐怕她的宝贝女儿知道这事，甚至闹出别桩大故出来，所以回到女儿房里，并未提及此事。

樊小姐本来没有失身，自然不会疑心老子提到这个上头。岂知这位樊小姐原是一位弱不禁风的才女，此番之事，竟会真的碰见精怪，既吓又急，一到家里，顿时一场大病，弄得九死一生。幸亏她娘质当钗环，替她延医医治。直至春尽夏初，方始渐渐地好了起来。

有一天，她的那位姨表姊姊，名叫殷丽华的，忽然来到她的房里，一见面，自然万分安慰了她一番。又说："如此大祸，能够逃出，必有后福。"

樊小姐当然尽情告知一切。说完之后，方怪丽华不免有些忍心，为何直到这天方来看她。丽华因见左右无人，还在樊小姐的耳边低声说道："妹妹怎样怪起姊姊来了？我家的二老，那种古怪脾气，你该知道。他们二老，因见妹子是被妖精摄了去的，难免没有失去贞操，所以禁止我来。今天的来，还是托故出来的呢！"

樊小姐听完，一把执住丽华的那只玉手，垂着双泪道："这是妖怪，任何人无可抗力的。现在幸亏我还未曾被污，假使真的被污，除我自己可以羞愤自尽不算外，至于别人，照理而论，只有安慰，不应这般刻薄呀！"

丽华正想替她父母辩白几句，陡见房门外面一脚奔入一个人来，指着她那一张羊脂白玉的嫩脸儿，厉声大骂起来。樊小姐深怕得罪好人，连连阻止，也没效验。

不知此人是谁，且听下回分解。

第五回

共枕同衾畅论名节事
青天白日裸逼孝心人

却说进来那人，并非别个，乃是樊小姐的亲母，殷丽华小姐的姨母，前任吏部郎中樊老爷的夫人便是。

当时丽华小姐一见她的姨母不问青红皂白闯进房来，指着她的鼻尖大骂特骂，反而微笑着，请问樊太太道："姨妈，我又没有得罪你老人家，为何这般生气？"

樊太太还气得面孔铁青地说道："你没有得罪我，可是得罪了你的妹子，尤其比得罪我还要厉害！"

樊小姐岔口道："母亲，这件事情，要怪殷家姨父太觉迂执，他竟疑心女儿已被妖道所污。可是丽华姊姊并未附和她的老子，母亲不要错怪好人。"

樊太太至此，方才一屁股坐了下来道："人生在世，名节重于性命，我儿来清去白，况且为娘业已亲眼验过……"

丽华小姐接口道："姨妈，我就相信我们妹子未曾失节，否则我的私下前来安慰，岂非是当了和尚骂贼秃了吗？"

樊太太听说，自然把气下了去，道："丽华，这倒是我错怪了你了。"

丽华小姐嫣然一笑道："姨妈，你怎么向小辈告起饶来了呢？"

樊小姐便将她娘推出房去，又和丽华重述妖道之事。

丽华道："妖道固足奇怪，我说这位老神仙和那少年女子更是奇怪。"

樊小姐点头道："朱夫子曾经说过，凡理所无的，世上必无其事。这么，像这位老神仙，明明还是血肉之躯，他已能够知道过去未来之事，难道也在朱夫子所说的理字之中不成？"

丽华方待答言，已见天色昏暗，便站了起来道："妹妹，我们二人的说话，本来不大谈得完的，况且此次又添了多少新鲜资料。不过时已不早，我要回去了，只好下次有空再来和你长谈一次。"

樊小姐一愕道："怎么只谈一次，难道你要出嫁了不成吗？"

丽华抿嘴一笑道："妹子又在瞎说了，我又没有许人，怎会出嫁？只因我们老子，有人举荐他到苏州蒋盐商家里去坐馆，大概端午节前后，我们全家一起去的。"

樊小姐又一愕道："这次蒋家，不是有件破镜重圆的奇闻吗？"

丽华点头道："正是他家。"

樊小姐不禁现出羡慕之色道："姊姊，你们好和这位少奶奶见面了，真是你的侥幸！"

丽华道："可惜我们老子，因为此番之事，有点儿瞧你不起。否则，你要同去，我娘一定允许的。"

樊小姐急将丽华拖住不放道："姊姊，你我既要分别，你竟忍心今夜不住在我这里吗？"

丽华本与樊小姐十二万分要好，一听樊小姐如此说法，不觉呆了一会儿道："这么我索性拆了烂污，今天不回去了。大不了被我老子教训一场罢了。"

樊小姐听了，当然万分快活。一等晚餐之后，便和丽华同床共枕，先谈蒋家的掌珠之事，嗣因丽华也不十分清楚，她便要求丽华想出法子也想跟了前去。只要能与掌珠见上一面，就是死也甘心。

丽华想上半天道："这事真难，我的老子真与此地姨父一样脾气，对于'名节'二字，确比生命重视。"

樊小姐捏住丽华的手道："姊姊，我的确没有失这名节呀！"

丽华扑哧一笑道："你这痴丫头，难道你好剥了裤子去给我们老子请看不成？"

樊小姐气哄哄地答道："真金不怕火，怕火不真金。《阅微草堂》上不是载有一段故事吗？他说有家闺女，平日极其规矩。不知何人去到她的婆家，放了一把野火，说她已有桑间濮上的丑事。这个闺女，她竟一个人奔到她那婆婆面前，说是女子与妇人最易分别。说着，她竟自褪绣裤，请她婆婆检验，事便风平浪静。"

丽华又笑道："婆婆面前则可，姨父面前则不可。况且我们老子又非县官，你真犯不着和他分辩呢！"

樊小姐还待有话，不知怎么一来，她的纤指触在丽华的鸡头肉上了。虽然事出无心，可是丽华小姐已经觉着肉痒，一个人咯吱吱地笑得缩作一团了。

樊小姐一边也在好笑，一边又问丽华道："我真不解，天赋人形，男女之间，除了阴阳不同之点外，其余的构造完全无异。何以男子之乳，被人触着，毫不肉痒；女子之乳，便不然了，此是何理？姊姊，你倒解释给我听听看呢！"

丽华刚刚笑完，听了这话，又是扑哧一笑道："这么你的奶奶，为什么要比男子大得多呢？如果也和男子平坦坦的一般，触着自然不会发痒了。"

樊小姐又问道："这么圣人说过的食色性也，个个人不能例外的。况且《诗》《书》《关雎》《易》曰乾坤，像这种天经地义的大道理，为何女子方面认作非常可耻之事？既是认为可耻，天老爷赋形时候，何必有此构造？"

丽华听完，很快地答道："这是古人礼教的关系。譬如男女授受不亲，悬为例禁。既然连那手上的皮肤都不能够碰它一碰，这么秘密之处，当然要讳莫如深了。"

樊小姐微微蹙了双眉道："可惜姊姊仅比我大上一两岁，而且也是女儿之身，否则，我要和姊姊两个研究研究情欲之事。"

丽华笑骂道："鬼丫头，你今晚上可发疯了吗？我虽未曾嫁人，可是对于古今中外的杂书，似乎比你看得多些。你倘要研究这个问题，我也可以备你一顾之问。"

樊小姐听听她的父母早已睡尽，她又笑着道："我所知道，凡是情欲所发之际，乃是天然的发育。犹之乎百花，逢春必要开放的，但是世人往往以为便是思春。非但不名誉，而且不耻人类。我问姊姊一声，到底情欲冲动的时候，可算罪恶吗？"

丽华连连摇头道："可有两种说法，假使一个人能够发乎情，止乎礼，这就不是罪恶。假使不能自制，甚至闹出奸杀案来，岂非算为罪恶，简直为国法所不容的了。"

樊小姐忽向丽华耳边悄悄地问道："这么，姊姊可曾发乎情过呢？"

丽华瞟上樊小姐一眼道："你越问越不是话了。"

樊小姐道："这有什么寒碜呢？我老实说，我就有过这种现象。"

丽华听了道："你既知道，何必问我？"

樊小姐道："我因为还能自制，但是那些不能自制的人们，也得原谅她一些才是。"

丽华摇首道："这要仗那胎教、母教、师教了。"

樊小姐又问："名节与生命，孰重？"

丽华很坚决地答道："本身名节重，性命轻。倘以君王父母的性命而论，这又是性命重了。"

樊小姐听说，只在口内念着这两句话。

丽华又补述一句道："所以蒋家的魏掌珠，她是救夫情切，世上都原谅她的。"

樊小姐连连摆手道："这总有些问心有愧。"

丽华道："这么眼看丈夫被人杀死，她倒问心无愧吗？"

樊小姐还待再辩，谁知金鸡已经三唱，东方渐渐发白了。

丽华忙去阻止樊小姐道："妹妹，天也亮了，我到苏州之后，一定凭我的能力，总要使你见见魏掌珠其人。"

樊小姐双手合十地拜着丽华道："这就感激不尽，我还想问问她那晚上的苦头呢！"

丽华笑着点头道："我也有此意。"

她的"意"字未完，樊太太忽在房门外面道："你们两个小东西，真正有要无紧地讲上一夜头？"

丽华笑着起来，樊小姐殷勤送别。

樊太太一等丽华走后，便问女儿道："她要出门吗？"

樊小姐详详细细告知其事。

樊太太大为眼红道："这个馆束脩可观呢！"

樊小姐未及答话，只见她的老子，手里拿了一信，高高兴兴地走来对她母女二人说道："瓦片也有翻身日，倒说苏州的蒋盐商，竟会慕我文名，用了重脩，前来聘我教他儿子。"

樊太太母女二人一齐接口道："他家既请了殷方正，为何又来请你？"

樊老爷一愕道："有钱人家，多请几位先生，不成问题。不过殷方正为何瞒我？"

樊氏母女不便明言，只好含糊过去道："我家也算久旱逢甘雨了，你一个人去吗？"

樊老爷道："他们欢迎全家都去，使我没有内顾之忧。"

樊小姐听了，大喜道："这真天从人愿，谢天谢地。"

樊老爷还当得馆可以救穷，也不深问。

没有几时，已近端午，蒋家来信，要请先生、师母、师姊去到他家过节，樊老爷自然一口答允。动身那天，嘱咐老苍头好好看家，自己带了妻女，以及男女用人，叫上一只大船，直放吴门。谁知事有凑巧，殷方正带了家眷，也在那天动身，来到半路，已经走在一起。殷方正仍旧厌憎樊梅花小姐，只请樊老爷过到他们船上，闲谈

36

一会儿。樊老爷不知就里，还说："我们梅花一同来的，应该过来拜望姨父、姨母。"

殷方正推说："到了苏州，总要见的，路上可以不必。"

樊老爷并不疑心。这天谈到深夜，方才回到自己船上。岂知天有不测风云，人有旦夕祸福。他们两家之船刚刚摇过吴江地方，倒说陡然来了一群太湖大盗。因为殷方正的船摇在前头，那班大盗率了许多喽啰，蜂拥着跳入殷家船上。起先当然是翻箱倒笼，要想抢劫财物，无如殷方正也是一位寒儒，可以说是一身之外，并无长物。那群大盗既然得不到财，就是色字也极欢迎。殷太太已是半老徐娘，这就要算丽华小姐大触霉头了。那时一班大盗已将殷方正、殷太太两个四脚四手地捆绑起来，一边不要命地拷问他们银钱藏在何处，一边就由大大王要想强奸丽华小姐。丽华小姐起先还在软求，后见大大王已在自己动手剥她衣裳，晓得已到绝路，也只好拼着一死，破口大骂起来。

谁知那个大大王真是形同禽兽，不是人类。他见丽华骂得十分刻毒，反而哈哈大笑道："你这女子，还不明白，且让本大王前来告知于你。此地前后二十余里，我们已派船只把守，非但是处旷野之区，而且又属去到太湖的捷径，否则我们也是十个月生出来的，岂有自来送死之理？"

殷太太因见这个大大王的面色反比起先和顺了一些，忙去跪在大大王的面前，双手高举，哀哀地哭着说道："大王饶命！小女还是一个黄花闺女，求你大王大发慈悲，将来必定公侯万代。"

大大王听了，忽又哈哈大笑道："做强盗的，还会公侯万代，真正匪夷所思了。"

大大王的一个"了"字刚刚出口，顿时提起一脚，扑的一声，便朝殷太太的前胸踢去。殷太太猝不及防，自然踢得大喊大叫地倒在船板之上，大滚冬瓜。

殷老爷却是一位读书君子，倒也有些视死如归的样子，当下扑到大大王的身边，兜胸就是一拳。大大王既未留心，吃了这个一下，立即犹同狮吼一般，吩咐手下喽啰："快把两老一少，统统洗澡剥干净，绑了起来。"那时强盗人多手众，一声吆喝，已把殷方正、殷太太、殷丽华三个，真如老鹰捉小鸡地剥得寸丝无存，丢在地上。

大大王又命二大王去问丽华小姐道，要想保全双亲狗命，她须自愿顺从。否则先宰这只小鸡，后宰两只老狗。

丽华明明已经听得清楚，不待二大王转言，她就把她舌尖咬碎，呸的一声，吐了大大王一脸鲜血道："我又不是禽兽，要杀便杀……"

殷太太大喊道："女儿说话当心些，我们二老性命全在你的手中！"

丽华又呸她娘一口道："难道叫我失节于这个畜生不成？"

殷太太不觉哑口无言。

大大王手执钢刀，对准丽华心窝道："从不从？就是这句。"

丽华因为她的全身白肉已被各盗所见，一时愤气上来，也就不顾一切。可怜她只说了一个"不"字，大大王早已手起刀落，死于非命的了。

殷氏二老一见女儿这般惨死，自然拼命痛骂。二大王也就各人赏上一刀，父女娘儿三个，一同齐到阴曹告诉去了。

大大王此时杀性已起，跟手跳到樊老爷的船上。樊家船上因为早有喽啰看守，所以要想投河自尽也不能够。

大大王又问樊梅花小姐道："前车之鉴，你可晓得？"

樊小姐抖凛凛地答道："晓得晓得，望大王饶命！"

大大王倒把双珠一突道："你也想做那前船上的女子吗？"

大大王不待小姐答话，便命喽啰道："快快将这三个一同洗剥。"

哪知在剥樊小姐衣裳的那个人就是二大王，他却一边乱解樊小姐的衣纽，一边已在她那鸡头肉上大捏特捏，捏了不算，还在向着大大王说道："大哥，这只小羊非常洁白，大哥停刻用过之后，还要赏赐小弟则个。"

大大王听了，大声道："这个你可问她，到底怎样。"

二大王却不先问樊小姐，却先去问樊氏二老道："你们是她养生父母，她要搭救你们父母的性命，便在此时了。"

樊老爷大怒道："你们是禽兽，我们可不是禽兽，大不了我们三个也和前船一样……"

大大王不等樊老爷说完，早已一刀向他胸前戳去。

二大王忙去一格道："大哥不要生气，要杀他们总容易的。"

二大王格了此刀，便来提着樊太太的一只耳朵道："你快快叫你女儿答应，我可保你二老。"

樊老爷听了，仍在大骂。樊太太却把眼睛望望她的闺女。

此时的大大王，因恨樊小姐闷声不响，正待提刀去戳樊太太的当口，只见樊小姐发急地高声阻止道："且慢！"

大大王即将手上之刀缩住道："你快说，本大王没有这些闲工夫了！"

樊小姐还待设法哀求，已见她娘的项上狠狠地着上一刀，一个痛心，忽然咬了牙关道："老爷，从你。快快先放我的父母！"

不知大大王如何答法，且听下回分解。

第六回

万恶强徒行同禽兽
一门善士跪祷神仙

　　却说樊小姐这人，既是书香之家，又承受着她那十分拘执的老子的旧礼教，如何此时竟会在她嘴上迸出那句顺从的话来的呢？其中自有道理。先让著者写出她的原因。至于是好是歹，且俟社会人士前去公评。著者单写这个事实，不加评论。

　　原来樊小姐自从那晚上和她表姊殷丽华共枕谈心、畅论情欲之事以后，她便认清妇人女子应以名节为重、生命次之，这就是我们中国几千年来那句"饿死事小，失节事大"的古训了。谁知事实之来，往往会与你的原定宗旨恰恰相反，这位樊小姐当时一遇盗警，她就主张先行投河，以便保全贞节。只要瞧她已被蛇精摄去许多日子，还会洁身而回，据此而论，足见她的人格。

　　可是她虽有人格，她的母亲早已一把将她死命抱住道："我儿，且慢！你如果真要死，要么带了你娘、老子一同死才好。"

　　樊老爷已知这是海盗，又把前后之路守住了的，除了生了翅膀，或者可以凭空飞去，不然，只有吃那强盗的尖刀而已。所以，当时一见他的女儿要想投河自尽，不禁闭着双眼，把手向着空中连按几按道："死得好，死得好！"

　　他的"好"字刚完，已被他的夫人将他拖住痛哭道："你们忍心叫你女儿死，我可没有这个忍心呀！"

这时候，那班喽啰已经奔到樊家船上，分头监视。不过大大王、二大王还在前面殷家船上，喽啰们不敢先行动手罢了。樊小姐瞧见盗匪已经近身，她那寻死之心自然越加急迫起来。正想将身向那河内一纵的当口，此时不必她去拖，那班喽啰早已争先恐后地将这樊小姐紧紧拿住不算外，又去拿了绳索，把樊小姐捆得不能动弹。

樊老爷的生性本是倔强，一面走到喽啰跟前，迂腐腾腾地将手指着他们的鼻尖，突突突地骂道："清平世界，怎会出了你们这班强人？"一面对他女儿以目示意，叫她赶快设法自尽。

樊小姐也以她的老子之言为然，正在把她一双眼睛东张西望，要想找个机会方好寻死。可巧被她母亲一眼看见，又在低声关照她道："我们二老之命全在你的身上。"

樊太太的这句话，凭她良心，倒也不是定要女儿失节保全他们老命。委实因为一个人到了无可如何的时候，嘴上说的话绝不会经过前思后想再说出来的。可惜当时樊小姐没有机会叫她母亲解释这句说话的意思，如果能够，我著书的人就晓得这位樊夫人是答不出的。这么，那时候的樊小姐，她的双手双脚虽然被绑，她的嘴巴尚未被塞，何以不去问她娘呢？因为那时可巧到来一个喽啰，已把殷小姐不肯失节、父母娘儿三个人业被大大王亲手刺死，讲给一班喽啰听了。

樊小姐一听此事，完全是她的前车之鉴，她的心上又在自问自答地，到底名节与父母的性命孰重？她还未曾决定，大大王、二大王已经接踵而至。所以她起先仍是软求，后见她娘已着一刀，身上的鲜血喷了出来，非但怕人，而且万分心痛。同时又见她那娘老子的性命真正已在呼吸之间，顿时把心一横，就对盗首咬了牙地说道："老娘顺从，你们须得先放我的双亲。"

大大王还没来得及答话，樊老爷此刻虽已被绑，他却一听女儿这句已肯失节之言，顿时气得喷出一大口鲜血，同时突出双珠大骂起樊小姐来，道："你这不孝畜生，竟会这般无耻，我们樊家的一座

41

好好门风，真被你这孽畜丢尽！"

樊老爷骂完他的闺女，正待去骂盗首的当口，大大王却不待他去开口，早已一刀戳在他的身上，立时痛死过去。

大大王还待再戳第二刀的时候，樊小姐又在拼命大喊道："我已答应顺从你们，你们和我父亲无仇无怨，为什么定要伤他性命呀？"

樊小姐说到这个"呀"字，她的眼珠已经发红，她的喉咙已经喷血。可怜这位樊小姐，已到比死还要难过的时候。

倒说那个万恶的强人，反而看得樊小姐格外标致，格外可爱，一时淫心大动。他也顾不得再去答复樊小姐的说话，只是吩咐那班喽啰道："孩子们，你们快把这个女子脚上的绳子解去。"

喽啰当然哄声道："喳，喳，喳！"

正在解樊小姐的绳索的当口，樊小姐却吓得将她身子死命乱动道："慢来，慢来！还有话说。"

大大王此时带着笑容问她："还有何说？"

樊小姐绯红了脸说道："你们强盗都没有信用，万一你糟蹋了我之后，仍旧害我父母的性命，我有什么办法？"

大大王缩头一笑道："你真是个痴孩子了，老实对你说一声，我现在要强奸你，不怕你逃到天上去。所以要你自己答应情愿者，无非本大王要在行事时候，有点儿意外乐趣罢了。至于你怕我在事成之后，仍要杀这两只老狗，一则我真和他们无仇无怨，杀了他们，我也没好处；不杀他们，我也没坏处。现在之事，只在乎你自己做了。你能够使我大大王开心，你的父母仿佛就是我的岳父母了。"

樊小姐不待大大王说完，已在她的心里暗暗大骂道："你这杀坯，可是我这个千金小姐，还来与你这班畜生攀亲不成？"她心里如此骂着，她的嘴上已在接口说道："就算如此，此地成何模样？又是青天白日，我可办不到的。"

此时樊小姐的双脚已被喽啰们解开了，她就出那大大王的一个不意，拼命地飞起一腿，对准大大王的小腹之下那个要害地方踢去。

谁知大大王本是内交，岂有不在处处留心之理？当时一见樊小姐飞起一条羊脂白玉色大腿，一面将身一侧，早已避过这个腿风，一面却在他的心里大大一荡，倒说非但未曾发火，兼之更加眉开眼笑起来道："你这位小姐，怎么又在讲傻话了？此时乃是本大王在强奸你呀，又不是洞房花烛，要择什么地方呀！"

　　大大王说到此地，便把他的双手紧握樊小姐的那双三寸不满的红菱小脚。刚待实行禽兽之事，只见业已痛死过去的那个樊老爷竟会苏醒转来。当时眼见他的女儿马上就要受人蹂躏了，顿时又在破口大骂道："不肖子孙，你想，吃这强盗的东西，必等你老子闭了眼睛，方才可以。"

　　大大王正要干他好事，因见樊小姐听了她那老子之话，顿时把她双腿乱缩起来。这一发火，还当了得？马上丢下樊小姐，奔到樊老爷的身边，拿起一柄钢刀，对准他的咽喉一刺。但是因为气极了，他的手有些发抖。又因用力过猛，却戳在樊老爷的肩胛之上。就在此时，只听得樊老爷大喊一声："痛死我也！"第二次死了过去。

　　大大王还要去戳樊太太的当口，樊太太到底是个女流，意志没有她那丈夫来得坚定，一见老爷已死，又见亮晶晶的一柄尖刀向她喉咙管前飞来，她便不觉喊出"大王饶命，女儿救命！"的两句话出来了。

　　樊小姐也已瞧见她的老子业已死，又在轮到她娘身上了，又听得她娘在喊女儿救命之声，不禁一阵伤心，接了她娘之口道："母亲，女儿真没有法子了。"

　　樊太太双泪交流道："女儿，为娘只好对你不住了！"

　　大大王耸肩一笑道："这个老虎婆还算识趣！"

　　说时迟，那时快，大大王一边吩咐二大王道："你可带了喽啰们守在两只老狗身边，只要看见他们女儿对于为兄稍一点儿抗拒，你就把他们砍成肉酱。"一边又对樊小姐喝道，"时候不早，你这女子，倒和本大大王有缘分。"大大王说完这句，竟将樊小姐的双脚一捏，实行起禽兽之事来。

这时，樊小姐又羞又苦，又痛又吓，不过三五分钟，也就晕了过去。大大王不顾一切，直至尽情尽意之后，再让二大王前去食他之余。

等事一毕，大大王即将殷、樊两家船上众人，以及樊氏母女二人统统掳了回他太湖。到了山寨，点点人数，却少樊老爷一个。

二大王报告道："大哥，小弟见那老狗已没有气，因此把他丢在前面船上，让他去和那个两老一少的死尸做伴，未曾带回。"

大大王点头道："已死不提，只是这个女子还没苏醒，你可带领本寨医生，快快将她医好，为兄还要和她大大地作乐呢!"

二大王答应，下去，就有全寨小喽啰进帐献功，这个说是他在某只船上抢了不少银子，那个说是我在某只船上抢了不少东西。大大王检点之下，这番出去，倒也人财两得。于是一面大排宴席，算是庆功，一面再去结连其他大盗，以便抗敌官兵。

现在不讲樊小姐在那强盗窠里过她真正非人过的生活，单讲殷、樊二家的两只船上之事。

当时那些船夫直待强盗去了老远，各人始将各人身上所绑的绳子设法解脱。樊家船上已是空空如也，殷家船上也仅四具尸首，幸而各人都是被戳身亡，总算还是全尸。

内中一个船老板道："这事只有前去报官。"

一班水手道："若不报官，我们还有命吗?"

船老板见是众意金同，正在将船摇往城里去的时候，忽见四具死尸之中，突然活了一个转来。慌忙围了上去一看，却是后船上的樊老爷。

大家喜形于色地说道："还好，还好! 樊老爷，你老人家回过气，就是我们的活口见证了。"

樊老爷回头一望，只见殷方正、殷太太、殷小姐三个死在他的身旁，忙问船家道："我们太太呢?"

船家道："真正不幸，已被强人掳去了。"

樊老爷又问道："还有我那畜生呢？"

船家又答道："也一齐掳去的。"

樊老爷又问："这个小畜生还没有被那强盗弄死吗？"

船家又答道："去的时候，却是抬了去的，是死是活，我们不甚清楚。"

樊老爷恨声道："能够死了，我才有面孔去见我们这位连襟。"樊老爷说着，又对丽华小姐的尸身微微地点上几点头道："你倒死得有节气。"

船家告知樊老爷，要到城里头去报官，求他做个证人。樊老爷一边摸摸他肩胛上的伤处，一边答道："且慢，我因痛得厉害，不能再熬，你们且将我摇到蒋家再讲。"

船家自然照办。等得摇到蒋府相近，停在码头，樊老爷吩咐船家快去报信，说是须拿东西，前去抬他。

船家奔至蒋府，就把船上之事一五一十地报知蒋府账房师爷，账房师爷不等听完，早已飞报进去。蒋氏七双老人，以及自奇公子、掌珠少奶奶一听两位老夫人闹了大事，不禁个个一呆。掌珠少奶奶本是惊弓之鸟，想到自己也被姓姜的杀戮糟蹋过的，心里更加痛苦，脸上更加面红耳赤起来。当下便向七双老人说道："这件事情，倒是我们害了他们两家了！"

七双老人抖凛凛地答道："这……这……这件事情，不好完全怪着我们。我们怎又知道有这大盗呢？"

自奇公子抢着道："现在百事少说，先将樊老夫子抬到家来，快快替他医治。"

掌珠少奶奶接口道："我想殷老夫子三个既是戳死的，或者也可医治。"

自奇公子不待掌珠少奶奶说完，他已奔了出去，带同账房、用人，又用几只藤床一齐抬到船上。

自奇公子一见樊老夫子，慌忙伏在他的身边垂泪道："先生，这真是学生害了府上了!"

樊老爷到了此时,仍旧不失读书人的身份,他却忍着疼痛,迂腐腾腾地答道:"恶,是无言也,斯人也而有斯疾也,初非我的意料所及。现在且到府上再说。"

自奇公子忙将先生亲自扶上藤床,又命账房分别把殷老夫子、师母、师姊三具尸体一齐抬到他们门前,飞速搭起天棚,还要去请中西医生救活他们。自奇公子吩咐之后,即随樊老夫子的藤床来到家内。七位老太爷当然出迎,安放书室里头,然后细问遇难情事。樊老爷除了他的闺女失节之事绝口不提外,其余所述,也与船家一样。

此时中西医生来了一二十位,诊过樊老爷之脉,说是幸亏平日餐生有道,尚没大碍。

医生正在上药,掌珠少奶奶已经命人送来参汤。樊老爷吃完,精神为之大振,便对七位东家说道,第一,要去报官;第二,要去救他夫人。七位东家允为代办,请他静养。

此时掌珠少奶奶已据丫鬟报告,就是大门口天棚里的那个殷小姐,非但十分美貌,而且面色如生,掌珠少奶奶便请自奇公子陪她去看。及至见了殷小姐的尸身,几乎要疑心她是睡熟的,不是戮死的。掌珠少奶奶急将自奇公子一扯,一同跪在地上,当天祷告,要求昆仑老神仙快快前来,好将死人救活。他们夫妇二人犹未祝完,七双老人也来观看,都说奇怪,为何不像死人,忙请医生医治。医生都说脉已没有,如何医治。

大家正在纷乱之际,只见一位县官开锣喝道地已来验尸。七位老人查问谁去报官,后来方知是船家要脱自身干系,前去报官请验的。

掌珠少奶奶忙对自奇公子说道:"你快去拦舆免验,不要弄得我们这位师姊,明是保全贞洁而丧生的,反而闹得赤身露体去被官府检验,使她死不瞑目。"

自奇公子连连称是,急去拦舆阻止。

不知能否免验,且听下回分解。

46

第七回

怨告状挺身作保
赞题诗发话有因

却说自奇公子听了夫人之话，忙到县官的轿子面前打上一拱道："生员要老父台免验，请到舍下待茶。"

县官点头道："免验可以遵命，待茶不敢。本县不过要到府上亲自问问贵业师樊老先生几句话。"

自奇公子便同县官来到屋里，即在大厅之上设了公案。县官坐了上去，先传船家，问过一番，便对自奇公子说道："贵业师曾经受伤，不知可能行动？否则待本县亲自到他床前，闲谈几句。"

自奇公子答道："敝业师经医诊治，已能行动，待生员去请他出见。"

自奇公子说完这话，忙到樊老夫子的卧室。一走进去，只见他的那位先生捏了一支笔，仿佛春蚕食叶的声音，沙沙沙地正在那儿写着状子。自奇公子便将县官之话告知先生听了。

樊老夫子道："你去回复县官，稍停即出。"

自奇公子回报县官之后，等了半天，未见先生出来，忙又前去催请。樊老夫子仍旧写他状子，未曾完毕。

县官一个人坐在公案之上，因为体制关系，又不好和人闲谈。直待好久好久，天已黑暗，方见樊老夫子手执状子，走到公案之前，打上一拱道："治弟樊某，参见父台。"说着，递上一张状子。

县官见是告那强盗之事，便细细地问了一番。

县官道："本县知道了，一定饬捕捉那盗匪到案，从严惩办。"

樊老夫子又打一拱，复又呈上一张状子。县官翻开一看，只见状由是：小女梅花，不守父教，败坏家风，请求治以忤逆不孝之罪等语。底下是说樊小姐不能抗拒强人，青天白日，反在父母之前裸体宣淫，此等不孝之女，生不如死，务必照本朝的律例，办她死罪。否则就是上控、京控，也在所不辞的，那些话语。

县官看完，心下大不为然，一则是蒋府上的扳请老夫子；二则是父办子女忤逆不孝，照例是不好不准的。只好含笑地相劝道："樊老先生，你的状子本县已经看完，若说令爱小姐，她在府上忤逆父母，这是应该重办，以持本朝以仁孝治天下的本意。但是现在照状子上看来，老先生怪她失节于盗，将来定被世人指摘。单以此事而论，令爱小姐明是因为她那表姊殷丽华的前车之鉴，以致殷氏二老死于非命，这真正是她通权遵变、苦心孤诣，方能保全你老先生和夫人的性命。倘若以此办罪，天下做子女的未免灰心了。本县奉劝老先生，不必如此固执吧！"

樊老夫子一听县官不准他状子，不禁气得满脸发红道："父台，你可知道大清朝的律例吗？"

县官微笑道："本县蒙朝廷的恩典、上司的栽培，来到此地做这官儿，当然知道一二。"

樊老夫子又气哄哄地说道："好，你既知道一二，照本朝的定例，老子办女儿的忤逆，贵府是不好不准的。况且此女的不孝，更比其他不孝要过百倍呀！"

县官未及开口，只见从内堂走出一位千娇百媚的少妇，站在公案之前，口称："老父台在上，小妇人便是蒋生员的发妻，此刻樊老夫子所控的樊梅花小姐，便是我的师姊。此次师姊遭了天大奇祸，咎由寒舍而起，假使拙夫蒋郎不去请这樊老夫子来舍坐馆，这么这位师姊岂不是安安稳稳地坐在杭州家里？这班强盗虽狠，断难闯入

48

省城之理。现在小妇人的一位师姊姊殷丽华业已被害身亡，这一位师姊樊梅花虽未被害，可怜又被各盗轮流蹂躏，照法律的真意，凡力不可抗的，不为有罪。不过父台此时却在为难，因父办女儿忤逆，不能不准。倘若一准，我这师姊岂非吃了强盗之亏，还要来受官家之刑，这个人未免太可怜了。小妇人特地前来保她。"

樊老夫子生怕这位县官要卖蒋府少奶奶之情，慌忙抢着接口道："老父台，凡是父亲办子女的忤逆，除了娘舅，没人可保的。"

县官因见这位樊老夫子满脸铁青，仿佛和他亲生女儿似有不共戴天之仇一般，况且句句都是例话，一时不好驳他，只好含笑地先对蒋少奶奶说道："你的好意，本县知道了，且请退下。好在这位樊小姐还在匪窟之中，且俟她出来再讲。"

掌珠少奶奶只好退下。

县官又与樊老夫子说道："老先生的贵恙未愈，还是快去休养休养要紧，有病之人，自然不宜多生闲气。至于令爱之事，本县收你状子便了。"

樊老夫子瞧见准了状子，方才无语而退。县官走后，蒋家大门外面陡然围上一大群闲人，争先恐后地抢着要看神仙。

掌珠少奶奶真是一位十二万分的好人，不但要保她活师姊，还想救活死的师姊。正在没法可想之际，忽见那个天棚之外，人头拥挤，不知何事，忙同自奇公子奔去一瞧。这一高兴，还当了得？

原来大家争着要看的神仙并非别个，便是这位少奶奶和她七双公婆所求的那位恩公昆仑老人。不过昆仑老人之外，还有一位极标致的少女，起初还当是碧霞子其人，后来仔细一瞧，似乎比较碧霞子还秀丽三分。慌忙走上去一把拖住老人道："恩公神仙，你怎会来的呀？"

老人哈哈大笑道："蒋少奶奶，你有如此好心，老朽倘再不来，或是迟来，那就辜负你的好心了……"

老人还没说完，七双老人，个个跑了出来，围住老人，只叫神仙救命。老人无暇细答，单命掌珠、自奇二人，见过那个少女道："这是我的师侄峨眉飞侠，你们将来劳烦她的事情很多呢！"

二人叩见峨眉飞侠的时候，峨眉飞侠也忙答礼道："公子、少奶奶，你们二位，我是久经钦佩的了。今日一见，果然是一双贤伉俪也，将来后福无穷。"

峨眉飞侠说话时候，只因七双老人、一对少年夫妇，还有账房、用人，一座小小的天棚之中，自然挤扎不下。不知怎样一来，自奇公子的一双脚竟会去踏在峨眉飞侠的三寸金莲之上。她若事前留心，不要说自奇公子的一双脚，就是那座有名的泰山，她也满不在乎。如不留心，这么一样也是血肉之躯，一只三寸小脚，被一个大男子踏上一脚，断无不痛之理，所以那时峨眉飞侠不禁痛得"哎哟"一声，忙去偏身摸她尊足。

老人在旁瞧得清楚，道："他是无心，你也无意，否则你就犯了过处了。"

峨眉飞侠听了此言，再去看看自奇公子。只见他唇红齿白，潇洒风流，非但外貌安详，他的灵光很有一点儿来历，不觉心下微微一动，赶忙制住。不料自奇公子因见自己错踏了这位神仙姊姊的绣鞋，忙命用人送上手巾，正待亲自前去替峨眉飞侠揩拭的当口，忽见峨眉飞侠目不转睛地对他在望，不觉害羞起来。只好借那揩鞋的工作，可以掩去脸上羞容。

掌珠少奶奶此时是一个人要对付几方，真正成了一位忙人。及见自奇公子误踏这位少女之鞋，已经过意不去。此刻又见她的丈夫亲自要去揩人鞋子，连忙笑着将那手巾抢到手中道："我来代劳，你快求老神仙，无论如何，非将殷小姐救活不可。甚至借我们夫妇二人之寿，也无不可的。"

自奇公子正在万分矜持的当口，一见他的夫人肯来代劳，还有何说？忙丢这边，奔到老人之前，告知掌珠的请求。

老人点点头道："此人不活，便无天理！不过要味药引。这个药引，极难办到。"

自奇公子未及答言，掌珠少奶奶已把峨眉飞侠的鞋子揩干净了，一同过来问着老人，什么药引，她可办到。

老人笑着道："要的是，壮年男子心头之血七滴，还得心甘情愿，不可威逼利诱。"

掌珠忙问道："这个男子出血之后，可有生命关系呢？"

老人摇头道："倘有生命关系，这是救一个死一个了，何必办它呢？"

掌珠少奶奶即将自奇公子一指道："我代表说，他定情愿。"

自奇公子听了大喜道："情愿情愿！"

老人即在身边摸出一粒丹丸，送与自奇公子服下。自奇公子还在等候老人如何取他心血的当口，陡觉心下一泛，立刻吐出七滴鲜红之血。老人慌忙取到手中，飞快地就向殷小姐的口中一按。

说也奇怪，殷小姐竟会扑的一声坐了起来，望着大家看了一眼道："此是何地？你们何人，我怎会在此……"

谁知殷小姐的"此"字犹未离口，陡见她的父亲、母亲双双卧在那儿，一时记起前情，连人家救命的大恩也顾不得去谢了，急去抱了尸体，号啕大哭起来。

掌珠和峨眉飞侠正待上去相劝，老人摇手示意道："不必，不必，她若不是好好地大哭一场，心头的一股怨气无处发泄，依然不能活命的。"

老人说完这句，即同七双老人，以及自奇夫妇，踱到天棚外面。因为蒋家有钱，这座天棚的内外排满了一百多盏的汽油灯，地下还摆上几十盏的保险灯，真正如同白日，也好说是第二个月宫。当时昆仑老人站在这个月宫之下，始把他和大家别后，到了杭州，遇见峨眉飞侠起，一直讲至救了樊梅花小姐回家止，统统详细地述与大家听了。

大家个个正在惊奇不已，老人又说道："我因杭州出了四大奇案，第一件是福将军之母的案子；第二件就是樊小姐的案子；第三件是金满的案子。这三件总算办好，所以同了峨眉飞侠急去办那湖州知府公子被害之事，岂知尚未办有头绪，倒说这位樊小姐和这位殷小姐又出乱子，而且乱子出得不小。幸亏我因瞧见樊小姐的面色尚带晦气，故而时常掐指算算，不然今天怎会来此？你们诸位就要找我，何处去寻呀！"

自奇公子和掌珠少奶奶一同问道："老神仙，这么樊小姐既被强人掳去，可有什么生命之虞吗？"

老人摇手道："不至于，无非多吃几天苦头而已。我等此地之事办妥，自然就去办理她的事情。"老人说完，又向大家一招手道，"现在可以了，诸位可以同我去安慰殷小姐了。"

大家听说，忙又拥了老人回进天棚之内，一见殷小姐果然业已停止哭声，又见峨眉飞侠还在劝她道："殷小姐，你能明白，这个大数已定，无可挽回之理，方才对的。否则我们师伯既肯救你，断无坐视令尊、令堂这般惨死的道理呀！"

殷小姐刚待答话，老人走上前去含笑道："殷小姐，我们这位师侄峨眉飞侠，她能几句话将你劝醒，她真比我老朽聪明得多了。"

殷小姐哪里还来得及先行答话？她急先朝老人磕着响头，谢过活命之恩后，又去谢自奇公子赠血之义，最次方谢掌珠少奶奶一切替她调度之情。等得刚谢完，只见蒋府上的那位教读老夫子樊老爷匆匆走至殷小姐的面前，话未开口，却去向她一揖到地地行起礼来。幸而殷小姐已由峨眉飞侠简单地告知一切之事，否则她还要当这位姨父痛女情切，发了疯了呢。

当下仍是殷小姐先开口道："姨父，你为什么朝我作揖？我的命苦，可怜我们两老已难救活，怎及我那梅花妹妹能够保全双亲呀！"

樊老爷听说，不禁长叹了一声道："我的好丽华，你还要在此夸奖这个畜生吗？你可知道，我们姓樊的门楣都已被她倒尽了。"

昆仑老人抢着一把将樊老爷扯到大厅之上道："樊老先生，你快不要如此厌恶令爱，可怜她和这班强盗也是前世一劫。"

七双老人不等樊老爷开口，大家一齐说道："老神仙的话不会错的，老夫子千万看破一些，不要瞎生气了。"

樊老爷因知昆仑老人确是真仙，所以不敢驳他。又听老人说她女儿前世一劫，足见他怪女儿并不算错。再加七位东家又在劝他，他才闭口不言，低头默坐而已。

老人便对七双老人道："时候二更多了，诸位饿了吧！何妨开出饭来，大家吃吃谈谈。因为老朽还要和你们商量去救樊太太之事呢！"

自奇、掌珠连连吩咐："快把夜饭开在大厅，仅分男女两桌罢了。"等得开出酒席，大家分别入座。

老人并不动菜，单吃一些果品，一边吃，一边问峨眉飞侠道："你的飞行本事，比我还好，你吃了饭，连夜就飞到太湖盗窟里去探一下子，第一要劝樊小姐忍羞全身。明天早上能够飞回来吗？"

峨眉飞侠点点头道："有何不可？不过樊小姐不认得我，未必信我之话。"

老人想上一想，忽然抬头看见大厅壁上挂着一幅墨画梅花，不禁一喜，忙对自奇公子笑道："你已进了学了，你快快在这画上题诗一首，好让峨眉飞侠带去，以作凭据。"

自奇公子果然提笔一挥是：

孤高不在世人知，如此情怀合自奇。
我醉青天问明白，几时春色到梅枝。

老人不待写完，已在连夸好好。

掌珠少奶奶微笑道："怎么把你的名字也题上了？"

自奇公子不觉羞得脸红起来，还想去改。老人阻止道："如此好诗，怎样可以再改？"说完，即把这画付与峨眉飞侠。

峨眉飞侠接到手中，仅仅将身一抬，已经不知去向。蒋府中人因为见过老人的法道，还不怎样，却把这位殷小姐看得呆了半天，忽又突然向着老人下拜起来。

不知殷小姐为了何事下拜老人，且看下回分解。

第八回

妖魔扇偷风火日
剑侠命犯桃花劫

却说殷丽华小姐，陡见峨眉飞侠有此本领，足见这位昆仑老人更加不得了了。她便慌忙向着昆仑老人下拜道："老神仙，我非反对'定数'二字，不过瞧见峨眉飞侠已去盗窟探信去了。不久，我那梅花妹子和她母亲定可脱离危险，重作家庭团聚的了。"丽华小姐说着，双泪已经流下来道，"我呢，眼见我的两老陈尸门外。人心肉做，岂不伤感？现在要求老神仙大发慈悲，我愿将我的寿命借给父母各人十年，你老人家必得允许。"

昆仑老人微微地摆着手，一面扶起丽华小姐，一面极真诚地答道："老朽只在替天行道，不敢逆天行事。你们令尊、令堂也是与这盗匪有过一劫，万无挽回之理。依我愚见，还是赶快买棺收殓，以安逝者之魂为妥。"

丽华还没答言，那位樊老爷却来岔口道："丽华，你难道还不明白这位老人之言不成？在我之意，你们两老有你这位守节轻身的闺女在此地，我认他们二位就是活了转来，还没这般荣耀。"

丽华终以未救父母之命为歉。樊老爷便将丽华小姐叫到一边，仍旧把那"饿死事小，失节事大"的一番话大演大讲起来。

这边桌上的掌珠少奶奶却在替丽华要求老人道："老神仙，我本愚昧，未识生死阴阳之理，为什么丽华可以救活，她的父母却不能够?"

老人微笑道:"一则死而复生的事情本来极少,假使人人都借法术之力,可以生死自由,那就不成法术了;二则如果殷氏二老能够凭我救活,这么那位落在盗窟里的樊小姐还能来到世上做人吗?"

自奇公子不懂此意,忙来插嘴道:"为什么樊小姐不能来到世上做人?"

掌珠忽把自奇公子微微一推道:"我已懂了,停刻我去解释给你听。"说着,又问老人道,"殷氏二老既难回生,那就应该快快从丰棺殓。"

老人点点头,即请七双老人从速代为料理。因为这位殷小姐现在是手无分文,难展孝思,七双老人立即关照账房办理。

此时的丽华虽然未被樊老爷劝醒,因见事已至此,只好奔到天棚,抱尸恸哭去了。等得衣衾棺木统统来到,棺殓成服之后,掌珠主张暂时厝在就近古庙,将来再看坟地。

这边刚刚办理清楚,天已大明,只见高士、秋月、小燕等已经得信一齐奔至,先去参拜昆仑老人,然后细问这件奇闻。自奇、掌珠还没有告诉完毕,又见那位峨眉飞侠业已面带忧容,俨同一只飞鸟,扑的一声,从空落下。

昆仑老人抢先问道:"何事慌慌?"

峨眉飞侠不及招呼众人,单向老人说道:"大事不好,我一直飞到樊小姐那间房里,告知一切,并将那画给她为凭。我虽见她母女二人抱头痛哭,似乎还没什么寻死之意。樊小姐知殷小姐已经更生,很能解她一半之苦。但我现在急于要报告师叔的大事,祸由我起。"

老人接口道:"可是那条小蛇之事吗?"

原来老人自将小蛇收藏之后,在老人的初意,原想望他弃邪归正,重行修炼,可成正果。哪知老人因要前去访查湖州知府公子身死不明一案,便把那条小蛇交与峨眉飞侠照管。不意小蛇虽已失去道行,他的师父黑面仙师不肯服输,便去求他师父黄龙老祖,非但要救门徒回去，且要除去昆仑老人，方才出气。那位黄龙老祖本来也是一个邪派东西，一听之下，马上同了黑面仙师，就在峨眉飞侠手中将那小蛇夺了回去。峨眉飞侠不是他们师徒二人敌手，只好报知老人。老人并不责备峨眉飞侠，单说："你既闯祸，将来自有一番费力之事出来。"

峨眉飞侠情愿前去拼命。老人因为已知殷、樊两家的凶耗，所以暂时丢下那边，先来苏州搭救殷小姐之事。可是老人本有事前预知的本事，他命峨眉飞侠往探盗窟，因他忽觉一时心血来潮，所以有此命令。此刻一见峨眉飞侠如此情状，已知果然不出他之所料，便问是否小蛇之事。

峨眉飞侠似乎很抱愧地答道："我当时因见樊小姐既无其他激刺，我就叮嘱一下，即去暗探盗首，岂知盗首倒没怎么本事。那个黄龙老祖、黑面仙师，以及就是回复人形的小蛇精，他们师祖、师父、徒弟三个倒说已将盗首包围，要借太湖地方去做他们报复我们之基。"

峨眉飞侠说到此处，忽朝老人望上一眼，蹙了双蛾，继续说道："我已访查所得，那个黄龙老祖不知是何神功，他的卧室之上却有道金光，使人很是惊奇……"

老人不待峨眉飞侠说完，暗暗捏指一算，不禁大惊失色道："这还了得？这个逆畜，真正胆比天大了！"

大家恐怕樊氏母女有失，忙问老人："何以如此失惊？不见他们的法道，还比你老神仙胜过不成？"

老人皱眉道："他们本非正路，自然不及老朽。但是这个所谓的黄龙老祖乃是海龙王驾下的一条孽龙，不知怎样一来，玉鼎真人的门徒龟灵圣母，居然被他蒙蔽，收他为徒。他又借此机会，冒了玉鼎真人的名义，去到太上老君八景宫中借书为由，趁那太上老君去到南海观音赴会的时候，悄悄把那万宝之祖，名叫风火蒲扇的法宝盗到手中，一脚来至尘世。在他初意，不过存了一点儿好奇心理，要想出出风头而已。可巧他的门徒黑面仙师求他救他徒孙，他便仗此宝贝，完全想把老朽除去。"

老人一口气说到此地，又将峨眉飞侠一指道："她方才所说的那道金光，便是风火蒲扇发出来的。"

大家听了，个个咂舌道："这真胆大极了！"

樊老爷却把头乱摆道："风火蒲扇乃是《封神榜》所说神话，我可相信孟老夫子所说的那句'尽信书，则不如无书'的话。"

老人微笑道："樊老先生，你怎么也有因噎废食的毛病呀？《封神榜》原是小说家胡诌出来的，但是书可胡诌，太上老君乃是道教之祖，他老人家的风火蒲扇如何假得？假使可以假的，老朽此刻倒不发急了。"

峨眉飞侠接口问着老人道："师叔，难道你那一粒心珠还不敌这把扇子不成？"

老人把手乱摆道："远得多，远得多！"

丽华悄悄扯了掌珠一扯，同时拭泪道："如此说来，我的血海冤仇，何时可报呀！"

掌珠正待劝慰，只见老人摸出一粒丸丹，交与峨眉飞侠道："你再走一次，可将此丸送与樊小姐服下，可以灭那个盗首淫毒。"

峨眉飞侠一愕道："师叔，你怎么不同去呢？难道想去禀知太上老君吗？"

老人道："这些小事，还要去惊动他老人家，我们这班后辈，要他何用？你只快去快来，我要召回碧霞子等人，以做帮手。"

峨眉飞侠口称遵命，一眨眼又不见了。

自奇公子问老人道："我知道碧霞子远在四川，怎么召法？"

老人道："这是只有遣请神将了。"

掌珠道："可否给我们大家看看神将？"

老人点头道："虽然可以，但请肃立两厢。"

大家听说，真的男东女西，站在大厅两边。老人命人焚香点烛之后，即将五雷旗取出，口中念念有词。忽闻一阵奇香，天上已经降下一位金甲天神下来了。老人打一个拱，不知说些什么，天神升上天去。

老人焚了一道符，急问七位老人道："诸位老太爷，此事还是官办、私办？"

七位老人不懂此意，不能答复。

老人又申说道："官办者，就去通知此地抚台，请他遣派大兵，我也同去；私办者，不必惊动官府，我们自己去办。"

七位老人道："下愚不知哪项为是，悉听老神仙吩咐。"

老人道："当然私办，有些阴功，不过私办之费须要诸位老太爷担负。"

七位老人一齐说道："款子事小，多少数目，只凭示知。"

老人将五个手指一伸道："至少五十万银子。"

七位老人道："不多不多，一天即可备齐。"

丽华悄悄问着掌珠道："师姊，你们七双公婆究有多少家财，五十万，还说不多？"

掌珠低声道："恐怕他们自己也难计数。"

丽华斜了掌珠一眼，又轻轻说道："你真好福气也。"

掌珠笑上一笑，偶见自奇有些露出倦容，她又怜爱夫婿起来，先叫自奇公子去躺一会儿。

老人也立起来道："诸位也去瞧他一霎，老朽也要打坐去了，下午还要商量大事呢。"

掌珠连说："好好！"

大家分头散后，掌珠陪同自奇来到卧房。等得自奇睡下，她把一床纱被向着自奇身上一盖道："你好好睡熟，我还要去伺候公婆。"

自奇公子一把拉住道："你也躺一下，老的那儿叫人去禀明一声就得了。"

掌珠也觉有些睡酸，便命丫鬟去到上房说明，即在自奇外床横了下去。自奇将身一让，分了一半纱被去盖。掌珠叹上一口气道："唉！这两位师姊真正都是苦命之人。"

自奇忽然想着起先席间老人的话，忙叫掌珠解释给他去听。

掌珠笑上一笑道："蒋郎，你为何这样粗心呀？你想，樊家师姊这般被那盗匪污辱，世上之人谁会替她剖白？可怜她受这羞辱，无非要保父母之命。现在假使殷师姊的父母居然活了转来，这么樊师姊岂不白白失节了吗？殷氏二老一死不活，方才显出她的失节大有功劳。"

自奇公子一边听，一边紧握着掌珠的玉手道："着着着！姊姊真譬解得明白。可惜你是女流，否则你一定会中状元。"

掌珠听见"状元"二字，便也想起一事道："蒋郎，你真奇怪，你昨晚上的那一首《墨梅诗》，非但不像你平日作的，而且无心地会把你的名字写了上去，莫非与她有些缘分吗？"

自奇将嘴一嘻道："连我也不明白，那时候仿佛真有神助一般。"

掌珠正想问桩事情，只见丫头送上参汤道："外面老神仙要请少奶奶出去谈一句心。"

掌珠呷完参汤道："没有请公子吗？"

丫头道："说明只请少奶奶一个。"

掌珠便对自奇道："不知何事，我去去就来。"

自奇道："说话要留神。他真是一位神仙。"

掌珠答应一声，一脚来到老人房内。踏进门去，便问老人道："老神仙，我们因为匆匆忙忙，未曾早为预备，这间书房，恐怕不大清洁吧！"

老人此时盘膝而坐，即请掌珠在他对面坐下道："不必客气，我此刻请你出来，却有一件关乎你们全家的大事，要和你斟酌斟酌。"

掌珠听了一愕道："什么大事呀？！是有什么危险吗？"

老人微笑道："毫没危险，且是一桩大喜事。"

掌珠忙问什么喜事。

老人又含笑道："你的丈夫乃是七房合一子，我已知道你们七双公婆打算各房替他要娶一位夫人。"

掌珠接口道："确有此意，但是我的他始终为我不肯答应。我已劝得舌敝唇焦的了。老神仙可是要想替他作伐吗？新娘可是殷、樊二位小姐吗？"

老人听了，甚为高兴，连连点头夸赞掌珠道："你真贤惠，你真聪明。不过两位之外，还有两位奇人。"

掌珠大喜，立问是谁。

老人低声道："一个就是峨眉飞侠。"

掌珠听了，不觉一呆道："她肯下嫁寒门吗？"

老人摇首道："你且莫问，还有一位，你猜猜看。"

掌珠想上好一会儿道："猜不出。"

老人很坚决地道："碧霞子……"

掌珠不待老人说完，扑的一声站了起来道："真的吗？"

老人将手一招，掌珠走近老人身边。老人和她咬上几句耳朵之后，单问掌珠赞同与否。

掌珠急向老人一跪道："老神仙恩典，全仗大力。"

老人点头道："你且起来，现在不必告知自奇。"

掌珠连声遵命。

老人打发掌珠去后，他又掐指一算道："是这时候了……"

老人的"了"字犹未离口，已见一个书童进房禀知道："老神仙，碧霞子等都在大厅之上，命我前来恭请你老神仙的。"

老人听说，即同书童来到厅上。瞧见吴人龙诸人的脸色仍与平时一般，独有碧霞子一个人面带桃花之色，喜气融融，身飘杨柳之风，柔情袅袅。不禁心下也觉一奇，暗想道，我算得果然不错。老人边想边问众人："可是有位金甲神人，用了云头，分送大家来的？"

吴人龙等一面答应正是，一面齐向老人参拜。

老人又笑问碧霞子道："师妹，你在四川的成绩何如呀？"

碧霞子见问，不觉将脸一红道："非但成绩毫无，而且闯下终身大祸，真正一言难尽。"

碧霞子在说这句话的当口，含春、孤女都在朝着她尽瞧。因为他们大家都在半路相会的，各人所做之事，只有各人自己知道。含春、孤女都是碧霞子的小辈，一听她有大祸，岂有不去关心之理的呢？

当时的老人无暇去管她们的事情，单对碧霞子郑重说道："为兄早已知道，你又何必因此烦恼？在为兄说来，你们师父并没办错。就是你的念头也是天经地义的念头，世上难道真有不孝的仙家吗？"

老人一边说着，一边以目示意，是叫碧霞子不必学那世俗之见，认为羞人之事。碧霞子不便明言，心下却甚感激。此时的七双老人，以及自奇、掌珠等，还有外客丽华、高士、秋月、小燕、樊老爷等，此时大家互相介绍，互相问候。

正在万头攒动的时候，陡见半空之中飞下一个鲜红的血人来。所有人众莫不大吃一惊。

不知此人是谁，何以浴血而至，且看下回分解。

第九回

门前遥望大众讶金光
釜底抽薪原神谒玉鼎

却说半空飞下那个并非他人，正是奉了老人之命前往盗窟送那丸药的峨眉飞侠。大众见她带伤而回，个个抢先去问。

老人却等不及她去报告，忙不迭掐指一算，已知其事。一面摸出一粒细小丸药，先去纳入峨眉飞侠的口内，一面怪着自己道："师侄，我可大意了一点儿，使你受伤回来。"

峨眉飞侠摇首答道："这要怪我自己贪功心急，因此吃了这亏。"

老人又将碧霞子诸人依次介绍见过峨眉飞侠，方去问峨眉飞侠道："现在止了痛吗？"

峨眉飞侠一边命人舀水揩去血渍，一边对着大众说道："那个黄龙老祖的本领，我看不在我们这位师叔之下。幸亏我还乖巧，逃得很快。倘迟一步，必遭风火蒲扇之灾。"

碧霞子大吃一惊："怎样，你为甚事得罪了老君？"说着，又问老人道，"老君又何必轻用这样至宝呀？"

老人即将他和碧霞子等人分别以后之事讲给他们听了。碧霞子又将舌头一伸道："这个黄龙老祖的胆也太大了。"

老人正要答话，又见带发和尚也已来到，不觉大喜道："人头已齐，就此杀奔太湖。"

带发和尚道："我来的时候，路上听得人说，江、浙两省的官府已经各派大兵五千，联合会剿太湖大盗去了。我们还是自己干事为妙。"

老人点头道："英雄所见相同。"

七位老人一齐说道："老神仙，银子已在账房，你如何拿法？"

老人不答，仅将他的双手向着空中乱抓。不到半刻，指指他的袖内道："已入此库了。"

众人因见老人袖内仍旧空空如也，自然认作奇事。

掌珠忽向七双公婆要求道："如此大事，媳妇和蒋郎要想一同前去。"

老人接口道："也无不可。"

丽华忙对掌珠道："我也要敬附骥尾。"

老人又接口道："一客不烦二主，岂有不可？"

樊老爷偏向大众说道："我却不要去。"

高士、秋月、小燕三个，都知老人的本事，也要同去，老人无不应允。

七位老人即命摆上酒席，先敬老人一杯道："请老神仙快饮敌人之血，何如？"

老人咕嘟一声，一口呷干。大家匆匆吃完，已是下午时候。七位老人又问如何去法。

老人笑着把他两只袖口向空一迎道："男的入左，女的入右。老朽这个袖子好像两只船。"

大家听说，因为知道老人的神通，个个喜形于色。

独有碧霞子，却将峨眉飞侠一拉，含笑地说道："我和你两个，可以不用坐这轮船。"

碧霞子说着，又朝老人的袖子一指道："他有几十年没有洗澡了的，这个袖子里头的垢腻至少可作坚城之用，我可受不住这个恶臭味儿。"

老人接口道："我能顷刻之间便到太湖，可问你们两个，有此神

64

速没有?"

峨眉飞侠至此,始蹙额道:"我已受伤,且极疲倦,我已不能陪同飞行了。"

碧霞子还待有话,老人笑喝道:"逆畜,还不快快上船!倘然迟延误事,我可不负责任。"

碧霞子听说,方将峨眉飞侠随手一扯,扑的一下,一同钻进老人袖内去了。

老人等得大家一齐入袖之后,仅向主人们拱了一拱手,立刻升到半空,同时脚下生出一朵白云,即向太湖飞去。果然比较缩地法还快万倍,顷刻之间,已抵太湖之中。老人按下云头,走入一座古庙,又将两只袖子一拍,所有同去的男男女女一起含笑地到了地上。

碧霞子忙问老人道:"此地就是你的帅府吗?"

老人笑着道:"人家的帅府,难免受着袭击之虞。我居此地,真正安如泰山。"说着,即请带发和尚管理男的饮食起居,孤女管理女的饮食起居,所有用物,只向神座下面去取。

碧霞子一向和老人开玩笑惯的,她一个人偏偏要长要短,有意要看老人的颜色。岂知真也奇怪,莫说别样用物样样齐备,甚至娘儿们的必需之品也会应有尽有。小燕、丽华二人向未同着剑仙侠客走过一走,此时眼见这种奇怪事,只有笑得花枝招展而已。

到了晚上,老人笑问大众道:"强盗窠离开此地不远,且俟半夜子时,诸位可要跟我前去见识见识?"

自奇公子先开口道:"当然甚愿前去见识见识。请问老神仙,可有什么危险?"

碧霞子含笑地接口道:"你真是一位傻公子了。倘有危险,这个老头子还好做元帅吗?"

掌珠也叫自奇公子不必唠叨。含春近来大有进功,她来发起,先到庙外,隔湖瞭望瞭望,一定有趣。大家听说,除老人、带发和尚、碧霞子、峨眉飞侠四个留在庙内之外,其余人等果随含春来至庙外，立定下来，只见一片白茫茫的湖水，以及飒飒宵风而已。非但一无所见，而且黑得几乎伸手不见五指。

哪知就在此时，含春忽对大家说道："诸位瞧见了没有呀？"

大家连忙抬头一望，只见远远一座高山之上，突然现出一朵奇大无比的红云出来。红云顶上，又有一道金光发现。

丽华暗问掌珠道："师妹，这个金光，莫非就是老神仙所说的那个风火蒲扇吗？"

孤女、佳果一同抢着代答道："这是宝贝的神光。"

掌珠也问道："既有如此的神光烛卫，难道太上老君反会一丝不知之理不成？"

孤女、含春道："此中道理，非我们下愚可知。"

大家正在瞧得起劲的当口，只见老人一个人也跟出庙门，问着众人道："你们议论纷纷，可是瞧见神光吗？"

孤女便将大家的疑问禀知老人。老人仅仅笑上一笑，不置可否。略过一会儿，老人拟率大众要往红云那边而去。

丽华又问掌珠、小燕二人道："老神仙是有法道的，我们大家隔着这万丈深湖，怎样去法？"

二人未及答话，老人已在向大家招手道："快快跟我走呀！"

大家一见老人一边说话，一边即向湖中踏去。这些没有本领的男女人众，个个都在趑趄不前。

碧霞子本已走到湖中去的了，忙又回归岸来，对着人龙、含春、佳果、孤女说道："他们胆小，你们可以男搀男的，女扶女的，快快一同前进。时候一过，或有危险。"

人龙等听说，立即照办，方把众人的胆子壮了起来。及至踏到水上，仿佛走在平地一般，方知仙家自有妙用，凡人没有见识之故。直至到了对面山上，大家抬头一望，只见金光在上，那朵红云反看不见了。

掌珠笑问自奇道："蒋郎，你可记得那句'一朵红云捧玉皇'

66

的诗吗?"

自奇也笑道:"这真有趣,从前唐明皇的《夜游月宫》,我想来也不过这般吧!"

掌珠还待有话,孤女忽来关照她道:"此是幽境,不可想着乐的方面。"

掌珠连连称是。

就在此时,突见那道金光格外发出宝光。老人已在向它膜拜。

拜毕之后,老人忽问带发和尚、汤杰二人道:"你们可敢进去侦探一下?"

二人一同答道:"唯命是从。"

老人即用一道符贴在汤杰的身上,说声"快去快来!"此时汤杰已觉身轻如叶,即同带发和尚直向内部而进。走到里面,尚未侦探,陡见一道白光向他头上飞来,不禁一个发慌。正想回身时候,却被带发和尚一把将他抓住,飞快地退了出来。

回到老人那儿,带发和尚摇着头道:"内部防范太严,很难侦探。"

老人哈哈一笑道:"我已满意了。我的原意,本来只要探一探内部严与不严而已。"

碧霞子问着老人道:"师兄,我们和对方总要明战交锋的,何必在此鬼鬼祟祟呀?"

老人点头道:"所言甚是,好在我们今晚上也不算白来了。"

老人说完,即由原路回转。男男女女分头宿歇。

次日大早,带发和尚、孤女二人已将早餐办妥,叫起大家。

吃过之后,老人便对碧霞子说道:"劳你去下战书。"

碧霞子点头道:"我愿担任此职。"

老人写好战书,交与碧霞子。碧霞子马上踏湖而去。等到回转时候,走到湖上,抬头望望那座古庙,竟有一道白云掩住,不禁暗自称赞老人道:"此人的法力无边,使人万分钦佩。我的初意,还当我的道行仅仅差一级而已。现在一看，简直要差十多级了。我的道行既是如此低弱，为何还要配人？假使生子之后，本原一定斫伤，将来进功，加二费力了。"碧霞子想到此地，打算且俟此地之事一了，要请老人好好替她想个法子。

碧霞子打定主意，立即回到古庙。老人问她对方收书之后，可有什么言语。

碧霞子道："怎么没有？当时我将战书交了进去，没有多久，原书退出，批着'如约奉教'四字。我刚想退出，忽又把我叫了转去，说是老祖有话要问。我自然晓得所说老祖，就是那个黄龙孽畜了。等我进去，只见一个白髯老道坐在一把金交椅上，见我进去，却大模大样地问着我道：'你这少女，胆子很大，竟敢来此投书！你叫什么名字？又是昆仑老人的甚人？'我即老实告知。他又问我走的是哪一条路，我也老实告知，说是踏湖而至。他听了，已是一奇，当下又见我的鞋子未湿，不觉在他口内自语道：'强将底下无弱兵！'说了这句，便对我说道，'本祖师和你们的师兄原是一派，不幸既已失和，将来交锋之际，必有一个失败。现在我要先礼后兵，方才不失我们资格。你回去的时候，不妨转致你那师兄，因为已定明午交锋，只好今午夜，我这里略备水酒，请你们的师兄大驾光临，以尽地主之谊。并且请他不必疑虑，我在设宴时候，决不暗暗中伤就是了。'他说完，还拿出一只金元宝给我，我也带了回来，乐得用的。"

碧霞子一直报告完毕，便将那只金元宝拿出呈与老人。

老人将手一挥道："这是你的脚钱，你拿去吧！"

老人说着，又笑上一笑道："鞋子都没打湿，脚钱就要一只金元宝，不免太费了吧！"

碧霞子既然有事要求老人，她便从此不与老人说笑。当下只问今晚去否，去的时候，可要带些人去。

老人摇头道："不必，我信他绝不伤我。"

老人说着，又将他手一挥道："你去休息一下，明天定有一场血战。"

老人一等碧霞子退出，便在腹中计划一下，便去盘膝打坐，闭了眼睛，一无言语，在别人瞧去，一定当他在那儿打坐。岂知他老人家早将他的原神出了泥丸宫，一脚来到大罗天上，直去参谒玉鼎真人。玉鼎真人知他不受玉帝封号，要在世上替天行道、劝化好人，却也十分敬他。

老人参见已毕，肃然侍立一旁。

玉鼎真人微笑道："你的功行也不少了，虽然放走鬼犯一案罚你再立三千功德，于你极有好处。"

老人又鞠了一个躬道："弟子只有一德一心地劝救世人，却也不想好处。今天来此，有件事情，未免冒渎真人。"

玉鼎真人极和婉地，便问是什么事情。

老人复又跪在地上，就将黄龙老祖擅盗风火蒲扇之事详详细细禀明真人。真人听了，肃然立起道："如此，我也有罪了。"

老人道："请问真人，黄龙老祖是否真正派下门人？"

玉鼎真人道："并无此人。"说着，即把龟灵圣母召到，命她立刻查明禀复。

龟灵圣母不敢欺瞒真人，忙也下跪道："弟子不肖，曾收异类，黄龙即是弟子的门徒。"

玉鼎真人道："人与物类，本是上天一同所生，倒也没有什么荣辱之分。但是他敢擅盗风火蒲扇，老君见罪下来，谁负其责呀？"

龟灵圣母大骇道："这个逆畜，他在害人了。只有弟子立随昆仑师弟去到人世，将这逆畜拿下，听候真人师尊发落。不过这柄风火蒲扇，谁敢前去送还，还求真人师尊大发慈悲。"

龟灵圣母边说边在叩首求恩。

玉鼎真人想上一想道："你且办了此事，至于那柄宝扇，姑且呈到我处，由我自去请罪便了。"

龟灵圣母听见她这师尊竟至代人受过，心下着实不安。但又没有法子，只得叩别真人，同了老人来到古庙。老人原神归原，方请圣母坐下，商量进行之事。

圣母道："何用商量，这种畜类已犯弥天大祸，我也管不得他了。"

老人道："这事还有斟酌，因他自知理屈服，作兴不受师训，他倒反抗起来，未免大动干戈，尚是小事。万一他一不做，二不休，竟用宝扇作为护身之符起来，如何是好呢？"

圣母听说，半晌不言。因为黄龙老祖果真拆拆烂污，真被老人料到，那柄宝扇的力量，恐连玉鼎真人也难抵敌，莫说圣母了。

当下老人瞧出圣母为难之状，便上条陈道："今天晚上子刻，他要请我吃酒。不如我在吃酒之际，将他款住，使他一时无法分身，圣母不妨径去那儿，先把宝扇取到手中，那就软来硬来，都不必怕他了。"

圣母连连点首道："只有此法，准定照办。"

老人又说道："现在离开半夜还早，此间有我不少的弟子门人，可否请圣母将你的法身给他们一见，以便引起上进之心？"

圣母眼见老人可以直到真人宫中，当然大有来历，当下微笑地答道："师弟的贵门人想来都是好人，有何不可一见呀？"

老人即请圣母上座，他忙出来传语碧霞子，须分剑侠、凡人两班进见。

碧霞子即率峨眉飞侠、带发和尚、人龙、含春、佳果、孤女、汤杰等第一班进见。

参拜之下，圣母忽问碧霞子道："你有这般玄功，为何动了凡心？这个人世一转，须迟百年上天矣！"

不知碧霞子如何答法，且看下回分解。

第十回

百善孝为先龟灵作伐
一妖凶莫比龙甲施威

却说碧霞子忽见这位龟灵圣母问到这句话，她便侃侃地答道："圣母在上，弟子敢不据实而言？弟子此次曾往四川，做过几件惩恶扬善的事情。嗣因最后一家恶人，大家公议，必得斩草除根。后来弟子杀到一个十三四的童子，倒说这个童子一把抱住弟子的钢刀，苦苦哀求，他说：'你这位侠客，杀我全家，我不怨恨，因为我家惯用大斗小秤欺侮良善，天理人情应得此报。不过我家也是一个巨族，明、清两朝代出大官，只以祖父、父亲的行为确有不是之处。我这童子尚没做过恶事，可否求你这女侠高抬贵手，留我一条性命？我这个人就算活了百年，终有白骨为尘的日子，我更不是怕死，此刻苦苦哀求的道理，原想留下一点儿后代，好使我们这份人家不致由我绝嗣。况且我的祖父、我的父亲有罪，我们祖先何罪？因为子孙不肖，罪及远祖，未免不仁吧！'那个童子边哭边说，弟子竟被他哭得手软心酸起来，于是留他一命，让他传宗接代。弟子事后想想，'不孝有三，无后为大'，我们站在道教方面，可是常常被那儒教中人鄙薄，这个说我们无父无君，那个怪我们自私自利。弟子身心一算，我的这份人家确也因我个人想要成仙得道，以致斩宗绝嗣。试问我这个人从何而来？弟子想到这种面上，不禁面红耳热起来。哪知弟子的师尊业已知道弟子动了凡心，立刻一封训谕，命我赶快嫁人。再过一个甲子，回山修道可也。弟子当时接到那个严训，弄得手足无措。后来还是昆仑师兄劝我遵了师尊之命，又说，一个人既动凡心，就是不泄原阴，也于进功有碍。与其白白地过几十年，倒不如去替我家传下一个后代。弟子也知师兄之意，因为天上绝无不孝的神仙的，至于世人浅见短识，或者要说我道心不坚，不过借了这个大题目，哄骗世人而已。其实天在头上，圣母高明，来你老人家指示迷途，没齿不忘。"

圣母一直听完，不禁拍着大腿，大大称赞道："从古以来，嫁人嫁得有这般道理的，真让你了。"

圣母说时，只把人龙、含春两夫妇奇怪得不知如何，又是佩服，又是感动，方知腹中区区的一块肉，关系如此之大。人龙偷眼看看含春，含春也在偷眼看看人龙。

这时候，圣母已在对老人说道："她的宗旨正大，我当成全她，她的媒人让我来做吧！"

老人大喜道："圣母肯发慈悲，还有何说？弟子正在愁得没有一个空前绝后的大善人好嫁呀！"

圣母微微摇首道："'十室之内，必有忠信；十步之内，必有芳草。'仔细留心，定有如意郎君在那儿守她呀！"

圣母说完，又将带发和尚以下诸人统统看过道："诸位都是心地光明、志向纯正，将来必有大望。"

碧霞子等退出，圣母又对老人一笑道："后辈之中，将来要推峨眉飞侠，以我看来，这位峨眉飞侠恐怕也得人世一转吧！"

老人听说，更加欢喜，便命凡人的一班进来参见。于是蒋自奇以下，一同走入参拜的当口，圣母一见自奇公子这人，竟至离座而立，急问老人道："此人是谁？"

老人即将自奇的家世略略说下几句。圣母口中自语道："七房合一子，又是数代的大良善人家，应有此儿也。"

老人道："弟子看来，此儿绝非红尘中人。"

圣母忽然一笑道："昆仑师弟，我要多言了。"

老人很恭敬答道："务求圣母训诲，才是我等之幸。"

圣母道："方才那位碧霞子，何不就嫁此儿？"

老人笑答道："弟子也有此意，不知他们缘分何如？"

圣母道："且俟办过逆畜之事，让我来办。"

老人谢过圣母，大家退出。

圣母和老人两个各自打坐一会儿。看看时已深夜，老人先说道："弟子先走一步，圣母务必即到。"

圣母听说，将手一挥，没有言语。

老人一脚来至盗窟。黄龙老祖已在厅上设了一席盛宴，还怕月色不明、蜡光不亮，取出他的两粒龙珠挂在梁间，真正照彻秋毫，比较夜明珠还要光彩十倍。知道老人也非等闲，特地亲自出迎。他那黑面仙师的徒弟、那个蛇精的徒孙，居然摒诸座外。

入席之后，老人客气道："老祖赏赐仙品，真是晚辈之幸！"

老祖张开大口一笑道："你的道行不错，所以我也不远千里而来，无非领教你的法道罢了。"

老人连称不敢。

酒至半酣，老人料知已是其时，一边暗暗用出天罗地网之术，一边恭而敬之斟了一巨杯的百花酿，送至老祖面前道："老祖请用此杯，一定寿与天齐。"

老祖虽然微有醉意，却能步步留心，当下接杯在手，一饮而干道："本想和你畅畅快快地饮到天明，只因业已约定时候，恐防有误，只好改日奉请了。"

老人忽作醉意道："改日再讲改日之话，我是今朝有酒今朝醉的信徒。老祖呀，晚辈还要敬你十大杯呢！"

老祖一愕道："那天的战书，难道不是你下的吗？"

老人更加装出酒疯子的样子道："尽可改期。"

老祖因见老人已醉，他要戏弄这个醉汉，便笑道："你既有兴，空吃此酒，也没趣味，我有一个办法。"

说时，即吩咐侍者道："你们可将姓樊的那个女子快快盛妆而出，我要命她侑酒呢！"

老人本想发怒，后来一想，既然如此，这是樊小姐的生路近了，当下也不阻止。

没有多久，只见几个丫鬟拥出一位少女来。老祖命她快替老人斟酒，还要歌唱。

老人忽把一班丫鬟的脸上一指道："你们站在那儿，不准动弹！"同时又将樊小姐轻轻一招，说也奇怪，樊小姐并不懂什么武侠，竟会将身一纵，扑的一声，飞入老人的袖子管内去了。

老祖看看不对，便向老人大喝道："你这老乞丐，如此无礼，难道要想班门弄斧不成吗？"

说时迟，那时快，老人不肯让那老祖先发制人，当下一面噗的一下，口中吐出一团三昧真火，飞向老祖身上烧去，一面摸出那粒心珠，随手又向老祖的咽喉飞去。谁知这个老祖，他敢偷窃太上老君的风火蒲扇，自然极有道行。当下只见他不慌不忙，首先将身一侧，避过火珠，随后正想去接那粒心珠的当口，突见他的老师龟灵圣母手执风火蒲扇，乘空而下，一句没话，即将风火蒲扇仅不过轻轻一摇，这个老祖竟会鬼摸了他头的一般，明明全身着火，他还要向那一柄扇子的跟前扑去。

老人一见圣母已经得手，樊小姐又已到了他的袖中，更知老君的风火，直可上烧天宫，下烧地府，这一座小小的山寨，如何禁得起他的火力呀，与其徒伤性命，违了上天好生之心，不如捉下罪魁，即可结案。当下便求圣母快快止住风火，又把老祖一把擒住道："不准抵抗，还可法外施仁。"

谁知老祖野性大发，扑的一下挣脱身子，就想去抢宝扇。圣母急命黄巾力士将他拿下。一班黄巾力士都被老祖口喷毒焰，不敢近前。

老人看看圣母手上之扇，几乎要被老祖夺去的了，明知圣母敬重此扇，不便去和老祖你抢我夺，因此反被老祖占了先着。老人恐怕此扇再到老祖手中，那就是圣母也没办法。他忙用出平生全力，吐出小小一柄飞剑，直向老祖的耳中射去。老祖一闻剑风，已知此物厉害，不过稍稍将手一松，圣母便好紧握宝扇，并作第二次的去烧。老祖无论如何凶恶，既要避剑，又要避那风火，赶忙将头一甩，已经成为龙形。又知山上不好施展，他即拼命冲出圣母所执的那柄扇下，虽然被他逃到太湖，可是他龙须已被焚得精光。

当时老人便想追踪而去，圣母阻止道："你在办理此地之事，这个逆畜交我办理。"

老人听说，亲送圣母出了山寨，方才进去。圣母追到湖边，只见偌大一个太湖，竟被那条龙身塞得满满。圣母见那龙头在她眼前，龙的尾巴直到湖的尽端。太湖八百里，谁不知道？倘若一计算那条龙的长短，也可以想象而知的了。

那龙一见他的老师追了上来，毫没一点儿师徒之情，索性一不做，二不休，瞧见圣母到来，他即将他那个大如嵩岳的龙头对着圣母大怒道："常言说得好，虎毒不食子，你也不过是一只雌乌龟之精，未曾得道之先，恐怕还是我的本身来得名贵一些。你既要我性命，我也不能再管什么老师了。"

那龙说着，又把他那巨口一张，顿时吐出一道黑焰，竟把青天遮黑一半。同时又将他的一双眼珠，仿佛放星弹似的，直向圣母打来。圣母也怕有失，不敢屡用风火蒲扇，她忙在身边取出一块尺余长短、形似一把水瓢的东西，即向空中祭起。只见那把水瓢悬在半空之中，本是口向天的，此时水瓢自会翻身，口向湖中，同时又听得天崩地塌的一声巨响，那条孽龙竟被水瓢吸到半空。倘一钻至瓢内，便可立化血水。此时孽龙自知已在生死关头，一边用他五只脚爪撑拒那只水瓢，一边又将浑身的金甲展了开来，要想前去包围那瓢。圣母知道孽龙本有几分魔力，也在口中念动真言，末后将手向空一放，又听得一个晴天霹雳，万道金光直向龙甲之上射去。哪知此龙真有本领，拼命把甲复又一张，倒说万道金光竟至被他击回。

圣母一时没法，只好望空飞速地一拜道："老君祖师，莫怪弟子擅用宝扇，委实这个孽畜无法制他。"

圣母说完，收去半空之瓢，即把风火蒲扇祭在天空。

这一来，孽龙服软了，一面放出臭屁毒血，要以污秽逼走宝扇；一面又在向着圣母求饶道："弟子知罪，先乞收去此扇，免我粉骨碎身。弟子必定随了老师回去，由你治罪便了。"

可怜孽龙知道宝扇厉害，在他哀求之时，眼中之泪比较千尺大浪还要多些。

圣母要留活口，不愿就把孽龙烧毙。当下便喝声道："你既知罪，先得缩成一条小龙，由我带了回去，按法惩治。"

孽龙只好答应，刚才缩成小龙，老人业已赶到。

圣母忙问："何以这般快法？"

老人道："弟子仅将樊太太救了出来，那个盗首拟俟官兵前来捉拿。"

圣母点头道："如此也好。"

即把小龙放入袖内，一同回到古庙。

碧霞子远远瞧见她的大媒来了，慌忙率了全体人员，跪迎法驾。

圣母走到里面，先命黄巾力士，且把小龙锁住，免他脱逃。

老人也将樊氏母女先由袖中取出。丽华小姐哪还能等待？早已扑到樊太太的怀内大哭道："姨妈，你老人家全亏有这位好女儿。我们二老命苦，又生下一个只顾自身、不顾劬劳大恩不孝的我。"

樊小姐完全是在做第二世的人，她又知道丽华早与父母一同丧生的了，此刻一见尚在人间，也去抱着大哭。幸亏女眷不少，大家分别劝解。掌珠又去逢人关照，不可说出樊老爷恨她失节之事。大家当然答应。

老人便问圣母，打算如何惩治此龙。

圣母道："他的一死，原不足惜。我的对不起真人，如何得了？现在拟将这个畜生，连同宝扇，送到真人驾前，听他处治。"

老人点头道："这么事不宜迟，就请法驾上天。"

圣母临走之际，又关照老人，说是碧霞子和峨眉飞侠两个女弟子的喜星一动，她还得重到人世一次。老人听了大乐特乐。碧霞子、峨眉飞侠听了，大羞特羞。

大家跪送圣母上天之后，掌珠忙不迭地要和老人谈她丈夫的婚事。

老人乱摇手道："且慢，且慢！现在先要急其所急，缓其所缓。"说着，即命凡会飞行之人，统统飞到太湖左右，察勘那条孽龙糟蹋多少田地。因为他们本来救人，怎么可以救了少数，反而害了多数呢？

大家听说，自然马上照办。不到多时，已经先后回报老人，说是孽龙经过之处，损失田地二三万亩。

老人听说，连忙大声喟叹道："咳！咳！百姓遭殃，连我也有罪了。"

老人说完这句，又对大家说道："幸亏我问蒋府上拿了五十万银子来，否则怎样忍心就此回去呀！"

自奇、掌珠忙问道："老神仙，二三万亩田地至少有几百千份人家，若去按家分赠，那不是一时不能动身吗？"

老人笑答道："如果派人去分，至少要一两个月。现在我打算拜托各处的土地菩萨，那就一夜工夫可以完毕的。"

大家听说，无不狂喜。等得老人这边之事办妥，那边的官兵也已到齐。两省所派的带兵官儿都来要求老人指示一切，老人无不详细贡献。后来那班大盗个个捉牢，送交吴县审理。

老人一见无事，即率大众回到蒋府。蒋氏七双老人设宴慰劳，老人就在席上详述一切经过，并把碧霞子、峨眉飞侠和自奇公子确有姻缘之分，一齐说了出来。七双老人不待听完，早已高兴得只去

77

偷望两位将来的媳妇。满席人众欢声雷动。

内中稍有美中不足的两件事情，一件是两位侠女也会羞容满面、坐立不安；一件是那位西席老夫子樊老爷见他那闺女回来，气得躲在一边，不肯见面。

老人见此二事，便对大家道："此事交我办理。"

不知老人以为如何，且看下回分解。

第十一回

宴前冀爱子科发三元
阁上访仙姝花呈并蒂

却说老人一见碧霞子、峨眉飞侠如此怕羞，长长日子，怎么住得下去？因为龟灵圣母前来做媒，至少还有几天。同时又见樊老爷的牛性仍在大发，对于如此的一位孝顺女儿，还要避不见面。当时老人先将碧霞子、峨眉飞侠两个叫到一边，仿佛在打切口般地彼此说了半天，始见二人笑容可掬地回至席上。大众见这二人虽然尚未完全退去脸上的红霞，倒也有时竟和自奇、掌珠两个有要紧没要紧地讲说几句。这个大概就是老人教导之功了。

老人对于第二件，他也去把樊老爷请至一边，两个人起先是谈的三教异同，后来方才谈到父女天性上去。他们说得起劲，那边席上众人自然听得起劲。

当下只听得老人在问樊老爷道："老朽却有一个典故不懂，要想请教。"

樊老爷便问其典故，又说："对于文学之事，兄弟可以说一句，百问必答也。"

老人微笑道："老朽所不懂的，就是那句舐犊情深的文字。"

樊老爷并不知道老人在嘲笑他，便正正经经地说道："舐犊情深，便是说老牛对于小牛非常宝贝，常用舌头前去舐那小牛，以示其爱。"

老人又故作不解地问道："我说老牛生了小牛之后，它的责任已了，何必还要这般爱它呢？"

樊老爷微微地望了老人一眼道："老神仙，你难道连那宋朝大文学家吕祖谦先生所作的《东莱博议》都未曾念过吗？《东莱博议》上面，不是有一篇'晋献公杀世子申生'的论文吗？他那篇末，就有'识天性之爱，则根本枝叶，与生俱生，而不可离'的几句，这是解说父子天性的真爱，并且还引林回弃千金之璧，而负赤子而趋，更可见一个亲生之子比较千金之璧还重。"

老人连声大赞道："好文章，好文章！这位吕先生真正明白天性之爱。这么，老先生你是圣人之徒，为何反对天性之爱呢？"

樊老爷至此，方知老人在说他的闺女。当时急朝老人突出双眼道："这个无耻淫妇，怎么好算我们樊氏门中之女呀？"

此时樊太太已有一点儿酒意，如何肯让丈夫如此毒骂这个贤孝女儿？她便奔到樊老爷面前，出其不意，一头撞入樊老爷的怀内，大骂道："我今天就和你这个老猪狗拼了吧！我们这个乖女儿，可怜她这般受了委屈，无非要救你这狗命。"

谁知樊太太起先那一撞，未免撞得太厉害了，早把樊老爷摔倒地上，更是可巧有根断钉撑在地上，樊老爷的一个后脑竟去不期而遇。那根断钉戳入脑后，顿时血流标杆，痛得晕了过去。至于樊太太所说之话，真正可以发咒，半句也未听见。

大家一见闯了大祸，慌忙七手八脚地先将樊老爷抱到书房床上。幸亏有位活神仙在此，立即取出一粒丹药，化水服下。樊老爷虽然苏醒转来，可是不能言语，还得另请医生诊治。

樊太太此时当然没甚话说，可是她的闺女樊梅花小姐忽又大闹起来，她即哭着告诉众人道："我固不肖，但是当时，亲见前船上的姨父、妹妹，和这位姨妈都被强盗害死，我也是一个人，我也知道三从四德的大道理。"

樊小姐说到此处，把她那双泪珠满眶的眼睛望一望大众道："诸位，我难道眼看他们二老再死不成？"

樊小姐说着，忽又向着殷丽华小姐告恕道："姊姊，你的事情又当别论，我并不是在说你那时不应该死的，假使那时前面没有你们那只船，我老实说，我也一定死的。我还有一句，敢'以小人之心，度君子之腹'的，妄言妄语。假使当时我们之船在前，殷家小姊之船在后，我恐怕姊姊也未必忍心一死呀！"

丽华不待樊小姐说完，忙去抱住她大哭道："妹妹，你方才一句话，真正说到姊姊我的心上去了。现在不必多说，我有一句公话，我和妹妹二人之事，要错都错，要是都是，世人公论也未免有阿私所好的。"

老人拍手大赞道："殷小姐这话似乎更比樊小姐明白些。"

樊小姐一听这位老神仙也在说她不明白了，她就一股怨愤之气涌了上来，当下也不管他是神仙了，立即把头一昂，前去质问老人道："你说说看，我在什么地方不明白？"

樊小姐的话尚没说完，早将掌珠少奶奶急得要死，连忙奔上去劝阻樊小姐道："师姊，你说话须要留神，老神仙面前，如今可以如此放肆吗？"

哪知樊小姐未及答言，老人已在答樊小姐的话道："樊小姐，老朽说你不明白的话，就是怪你做了如此惊天动地大孝之事，应该连高兴都来不及，怎么反又大伤其心起来了呢？"

樊小姐一听这话，真赞成到极点了，一时感激心动，不觉加二哭起来了。

掌珠不知其意，还当樊小姐仍在怨那老人，正待上前相劝，早被碧霞子、峨眉飞侠二人抢了先着，将樊小姐接到另外一间空屋说话去了。

他们父女不入席，大家可要吃的，于是重行坐上，边吃边谈。

杨小燕却现出钦佩之色，问着掌珠道："妹妹，如此说来，你们闺房之内，不久又要多添出来一番画眉的韵事了，真正令人羡死。"

高士岔口道："表妹，我说你和秋月的一段婚事，难道还不算为韵事吗？"

掌珠接口道："高士先生真正高士，说得不错。至于我们之事，一是祖宗积德，二是公婆行善，三是我们蒋郎略知一点儿家道，仅仅乎便宜了我一个人呀！"

掌珠还没说完，外边送进一份《邸报》。老人接去一看，不禁大乐地对着那七双老人说道："李亚雄、何国藩两位，放了江南的正、副主考了。"

高士抢问道："现在不过五月初旬，今年的主考何故放得这般早法？"

老人接口道："放得迟早没甚关系，他们总要八月初上方才出京。"

七双老人知道老人和李、何二人素有渊源，不禁起了一点儿侥幸心思，便托老人，可否替他们的宝贝儿子托个人情。

老人笑着摇首道："我上一次几乎和那魁星老爷打了起来，我可再不敢干第二次的违法了。"

自奇近来文思大进，那一首《墨梅诗》即是凭据，况且福至心灵，他即对着七位老父说道："儿子想来，请托一层，大可不必。常言说得好：'窗下休言命。'这是明明说需要用功，还有下句是'场中莫论文'，这又是明明说考场之中，却不在文章了。"

老人拍手道："着着着！公子说得真正有理呀！假使可以请托，这么那句'一命、二运、三风水、四积阴功、五读书'的古语，可以丢开了。"

七双老人还不放心自己儿子的文学究竟可否考得上，一同求着老人替自奇占一课。老人点头答应，即用筷子当作蓍草，一摸之下，不禁大喜地向着七双老夫妇道喜道："着着着！而且名额很高。"

高士和秋月二人也求老人一卜。

老人又用一只菜碗当作龟壳，一烧之下，又大乐地对高士说道：

"你是举人，明年的进士一定有份。"说着，又对秋月说道，"你的举人虽也可以到手，不过名次低了一些。"

小燕抢说道："只要得中，高低一点儿，也不在乎。"

带发和尚、汤杰二人道："可惜我们荒疏已久，否则也好附附诸位贵人的骥尾呢。"

老人摇手道："不必打诨插科，我还有正经大事要讲。"

带发和尚笑问什么大事。

老人道："我们这班人当然要干各人应干之事，岂可卖杀在此地蒋府上的一份人家呀？"

掌珠一听，老人似有他往之意，慌忙扑地跪下相求道："老神仙，你乃是一位替天行道之人，自然各处的人们仗你前去度化。不过你老神仙救人总要救到底，现在樊家师姊，他们父女方面尚未言归于好，殷家师姊已无父母做主，就是她的婚姻大事，也要你老神仙主断，还有我们蒋郎，他的一位老师已经去世，一位老师又在生病，转眼即是场期，他的文章何人指导？还有圣母何时光临？来了何人接待？以上诸事，总求你老神仙全始全终，了结后再往他方。"

老人一边请掌珠起来，一边却也皱了双眉地答道："以上之事，自然水到渠成，我在此地也没什么益处。只有自奇公子的举业，倒觉要紧。我可指给一位好先生与你们，只要此人肯来，便不愁蒋公子的功名不就了。"

七双老人连连争问何人。

老人道："目前的八股家，要算浙江的那位俞曲园先生了。但是他年高望重，自然难得请到。他的文孙名叫升云，将来必定是个鼎甲中人，现在还在家乡坐馆。你们只要卑礼厚币，前往聘请，目的可以达到。"

七双老人听了大喜，立即吩咐账房飞速办理。

掌珠又对老人说道："老神仙，就算诸事用不着你在此烦神，你的大恩也得让我们全家报答一二呀！"

七位老太太又哄声地夸奖这位媳妇能干道："老神仙，她的话不算无理，务求你老神仙暂住一时，只要一放秋榜，一定让你前去云游四海便了。"

　　老人道："非我固执，别事还好耽搁一下，杭州徐绅士的那位小姐，现在正在大受官刑；湖州府的公子，又非新娘所害。一个人要将心比心，不可只顾自己、不管人家。"

　　蒋府诸人本最良善，一听此话，非但不敢相留，而且还望老人越早越好地去救徐家小姐了。

　　当下七双老人便对老人说道："既是如此，悉听老神仙办理。不过小儿放榜之先，喜期之内，必求老神仙预先赶到。至于杭州的徐小姐，既在大受官刑，若需银钱等等，寒家可以帮助。"

　　老人点头道："这一句已经积了阴功不少，假使需用，老朽自然知照。令郎喜事，我必赶来吃喜酒就是了。"

　　老人说完，碧霞子、峨眉飞侠可巧同樊小姐出来。老人便关照她们二人道："你们既知助人，自己之事，谅来绝不至再有小家气派闹了出来。我要率领全班立刻到杭州办那徐小姐一案，你们二人好好地恭候圣母光临，她说怎样，你们就怎样好了。"

　　碧霞子、峨眉飞侠听说，果然含笑遵命，不再现那腼腆之容。就是樊小姐这人，也被二人劝得茅塞顿开。老人见没事情，除碧霞子、峨眉飞侠留下外，其余统统带走。

　　大家送走老人，回到里边，高士和秋月夫妇一同告辞而去。

　　七位老太太便关照自奇道："樊老夫子之病，你督率用人照料，一等俞老夫子到来，你就上心用功。其余之事，不必你管闲账。"

　　自奇公子一听此言，知道二位剑侠、二位师姊既住此间，在未行花烛之先，反而种种不便。便嘱咐掌珠几句，真的照料樊老夫子之病去了。

　　掌珠也命家人、书童好好伺候公子，又将樊氏母女的卧房收拾在她七房婆婆相近，以做老伴时时相谈。并把碧霞子和峨眉飞侠二人之房收拾在花园内的观音阁上，以便她们随时可以炼气。

七双老人瞧见这位媳妇真正办得井井有条，心下十分安慰。

第二天大早，掌珠请过堂上和樊师母之安，便到园里亲折两朵并蒂青莲，送到碧霞子、峨眉飞侠二人房内。一跨进门，就见二人相对弈棋消遣，一见她手捧莲花走入，不禁微笑着起身相迎道："好标致的鲜花呀……"

二人的"呀"字未见，见是两朵并蒂之花，就不觉将脸微红起来，似乎有些局促。

掌珠将花代为插入花瓶，一同坐下道："二位姊姊本是天上青莲，现在又做人间青莲，这真是我们蒋郎几生修到之福也。"

峨眉飞侠朝着碧霞子似愁非愁、似喜非喜望上一眼道："这件事情真把我们两个生龙活虎般的人转弄得犹同秀才、娘子一般，拘谨得寸步难行起来了。"

掌珠抢着接口一笑道："二位姊姊，不必嫌这秀才寒酸，我想老神仙不会说谎的，二位不久就可做'一举成名天下闻'的夫人了。"

碧霞子瞟上峨眉飞侠一眼道："我见了掌珠姊姊进来，本来已在难为情不已，你的话，反而更加引人趣笑。"

掌珠正色笑着道："我说缘分已定，况且老神仙也知二位姊姊，假使在此，尚有腼腆之容，未免大家不便。妹子今天竭诚奉劝，以后总要不可这般存心才好。"掌珠知道此话，又叫二人如何答法。她又接下去说道，"我还要求二位姊姊，快快帮我办理梅花姊姊的事情。"

碧霞子一愕道："她不是已被我们二人劝醒了吗？难道过了一夜，又会变卦不成？"

掌珠摇首道："并非她变卦，不过婚姻大事，总要父母做主。现在这位樊老夫子病得如此模样，口中所发呓语仍在提着'失节'二字，如何是好呢？"

碧霞子道："睬他呢！"

峨眉飞侠道："单是不去睬他，似乎还非正办。"

碧霞子想上一想道："这么且俟圣母驾到，求求圣母去解劝这位老先生，或者可以恢复情感。"

掌珠听了大喜。

忽听扶梯之上似有小脚声音，忙去一望，见是丽华小姐。

大家问过早安，碧霞子指指丽华道："她就好，干干净净地没人阻搁。"

丽华便问何事。三人未及开口，忽见几个丫鬟狂奔而至，高喊着："少奶奶，少奶奶，大事不好，樊小姐又被樊老爷用刀砍死过去了。"

不知樊老爷病在床上，何以又会前去砍他闺女？

欲知后事如何，且看下回分解。

第十二回

喜气重重大设仙家会
阴风惨惨何来吊客星

却说掌珠一听樊小姐又被她的老子砍死，可怜连话也吓得说不出来了，立刻左手拉着碧霞子，右手拉着峨眉飞侠，嘴上还在喊着："丽华师姊，快快跟我跑呀！"

四个一直奔到梅花小姐卧室，只见床上挺着一个血人，似乎业已断气。至于塞满了一室子的是谁，大家无心去看，单到床边，仔细一看，还有一丝游气。

掌珠急求碧霞子和峨眉飞侠道："二位赶快救命，其余之事，谁是谁非，慢慢再讲！"

峨眉飞侠因为站在前面一点儿，先去找寻伤疤。

碧霞子发急说道："快去舀碗阴阳水来，姑且止痛止血为要。"

此时峨眉飞侠已经瞧见伤在咽喉，深恐误事，她忙伏到梅花小姐的身上，用她舌尖先去抵住伤口之血。

碧霞子连连点头："这个法子也好，这么你索性不要动弹，且等水来，让我办理。"

峨眉飞侠本是后起之秀，她的道行并不亚于碧霞子。当下因为嘴巴既有工作，不能说话，仅仅以手示意，明明在催那水愈快愈好的样子。

及至水到，碧霞子接至手中，即骈双指，飞快地画上一道符箓，便去递给峨眉飞侠道："先用水抹伤疤，然后喷入喉内，多少有点儿微效。"

峨眉飞侠正在照办之际，陡又瞧见房门外面闯入一个疯汉。大家阻止不住，且被疯汉打得个个倒地，她却生起气来道："天下怎有这种不讲情理的人呀？人家怕他力大，我可不怕！"

说时迟，那时快，峨眉飞侠口上说话，犹未说完，她的身子早已纵到那个疯汉面前，走上去，一把将他前胸抓住，同时把手向里一扯，向外一送。只听得扑通通的，接连两声，那个疯汉已经跌在房门外面的阶沿石上去了。

殷小姐一见她的这位樊家姨父直挺挺地跌在那儿，也怕一时闹出人命，更加不妙，赶忙奔了上去。去抱的时候，不料又被一人奔来阻止。

殷小姐见是她的姨妈，只好相劝道："姨妈，我是恐怕姨父跌伤了，不是玩的。"

殷小姐一边说着，一边用力挣脱身子，想要再去拉她姨父。总算已被两个用人抱了起来，扶了出去。殷小姐因为峨眉飞侠已经动了真气，明明是在打抱不平了，自然不便再去请她去替樊老爷医治，只好求碧霞子。适巧碧霞子已把樊小姐治好一半。

樊小姐起先昏迷时候，自然不知峨眉飞侠替她打抱不平之事。此刻一听殷小姐去救她的父亲，似乎想起起先的事情了，不禁垂泪道："碧霞姊姊，他虽要我性命，我可不忍看他受苦，务求你老人家做做好事吧！我死也感激你的。"

碧霞子本来也在恨这老牛，这般多人劝止不住，他竟会下这个毒手，要想杀死亲女。再加樊太太又在数起樊老爷的不近人情，所以此时的碧霞子大有同去帮助峨眉飞侠惩治樊老爷之意。只因手上在替樊小姐医治，无从前去加入。此刻陡见樊小姐对于自己的生死倒不在她心上，只在哀求救她父亲。

碧霞子不觉心肠一软，只得站了起来，对着樊小姐说道："你要我去救他，我当然瞧你的面上，不好不去。不过他老牛治好，他倒有命了，你可没命了。"

樊小姐连连摇头道："我就死在他的手上，也只好怪我之命。"

樊太太此刻正在巴结峨眉飞侠，极愿峨眉飞侠立将他这老牛置之死地，不防她的希望还没达到，忽见她那女儿已在逼着碧霞子去救老子。这一个怨气还当了得？

正待前去阻止碧霞子的时候，只见外边飞奔而入的几个用人，大家对着七双老夫妇说道："大门外边来了五位神仙，据说一位就是龟灵圣母。其余四位，一位是昆仑老人的师父一气真人，第二位是碧霞子小姐的师父两仪圣母，第三位说是玄玄子、西山子的师父，第四位是峨眉小姐的师父四海仙妃……"

这几个用人背书似的尚未背完，碧霞子、峨眉飞侠二人一听各人的师父，同了师伯、师叔一齐到来，这一喜还当了得？立即招呼七双老夫妇，以及大众，奔到大门外面迎接。碧霞子、峨眉飞侠两个走在前面，一出大门，果见她们的师父等人都是笑容可掬地立在那儿谈天。匆匆忙忙叩拜一下，即将五位仙家领到大厅，亲自奔至后园观音阁上，取到五个蒲团，设在大厅的上面。只见她们两个师父先请龟灵圣母中间坐下，龟灵圣母客气不肯。

一气真人微笑着道："你是客人，我们都有小徒的关系，如何敢僭？"

两仪圣母和四海仙妃也接口笑道："说到小徒，你这位圣母还是大媒呢！"

龟灵圣母只好颔首，稽首了一下，方始盘膝坐下。

一气真人便向左边第二位上一坐道："我也不和三位师弟妹客气了。"

两仪圣母接嘴道："这么我就僭坐第三位了。"

三清仙尊顺手将四海仙妃一拉，同坐到右边第四位、第五位之上。同时把蒋府的人众一瞧道："怎么，这班凡人竟有如此的纯正之气？难怪今儿的龟灵圣母会去邀着我们一同至此。"

龟灵圣母颔首未语。碧霞子和峨眉飞侠忙又再去参谒五位仙家，然后率领大众，一个个地代为报名，参见五位。参见既毕，大众肃立两旁。

两仪圣母即把碧霞子唤至跟前道："你且不必在此招呼，快快先将姓樊的治好，否则恐有性命之虞。"

碧霞子奉了师命，匆匆而去。

此地的那位四海仙妃也将峨眉飞侠叫到面前道："姓樊的虽然不近人情，到底是父，你这顽徒，怎么可以动这真气，出手伤人呀？"

峨眉飞侠连忙跪下道："弟子为何动这真气，连弟子也不知道，要么是涵养一部分的功夫未曾进功。"

龟灵圣母岔口笑道："仙妃之话虽是，但是这个老头子又当别论。此地人家如此相劝，他竟不依，我说难怪你的徒弟生气。"

一气真人也笑道："这件案子，诸位评论评论，樊梅花小姐究竟是与不是？"

三清仙尊先说道："我说这桩事情，只要两句《孟子》，便可解决。一句是'男女授受不亲，礼也'。一句是'嫂溺不援手，是豺狼也'。"

龟灵圣母道："当然如此。"

一气真人道："既是如此，岂不是要害得殷小姐难以做人了？"

四海仙妃道："她倒已被小徒劝得明白了，就是樊小姐也明白了。现在只不过是这个老牛在此瞎闹。"

一气真人正待答话，忽见半空之中飞下一人。

一气真人不觉微笑道："你那徐姓之事尚没办了，何必赶来？"

原来此人非别，即是一气真人的大弟子昆仑老人。老人见过龟灵圣母，然后参见师尊、师叔。

参见已毕，方才恭而敬之地答他师尊道："师尊，弟子已经数十年不见师尊了，孺慕之忱，真正无时或释。今天师尊又是为了弟子所办之事而来，怎好不来侍候？至于徐姓一案，未能替她平反，要怪那个狗官不好。"

一气真人早授仙职，且已到了大罗会仙的地位，此刻一听他这弟子之言，立刻哈哈一笑道："你这数十年不见我的一句话，竟会牵动为师的儿女之情起来。"

一气真人一边说，一边又望了老人一眼道："亏你还能恪守吾道，你的进功也不迟慢。为师虽然身在天庭，心里何尝不留意这班徒弟？只因你们一有错事，为师眼见值日功曹一本一本地奏到玉帝那儿，就算玉帝不去责我，我已面上没有光彩了。"

一气真人说到此地，两仪圣母、四海仙妃一同接口道："谁不如此？所以弟子总以少收为是。"

三清仙尊太息道："我就受了我那两个孽徒之累。"

一气真人先去安慰三清仙尊道："玉帝因你已从严处治，故而未曾降罪。我说你也极有面子的了。"

三清仙尊听说，方始无话。

一气真人又对老人说道："徐姓之事，你既前去救她，不妨就给那个狗官一些银钱，此案便好早了。"

老人未及答言，两仪圣母微微摇首道："师父，你竟叫你弟子去行贿赂了，我可不甚佩服！"

一气真人一笑道："你那女徒常常在世上和我们这个徒弟斗嘴，方才之话，你不是明明在替你们女徒张胆吗？"

四海仙妃笑着道："我也以为两仪师姊之话为然，岂有一个师父去叫弟子做那不正之事的呀？"

一气真人又哈哈一笑道："你们二位到底还有女流之见，只知守经，不识行权。你们要知道，事有缓急，应该先救这个可怜女子出狱。至于我说给他一些银钱，无非加重这个狗官罪恶而已。"

龟灵圣母因见碧霞子已将樊老爷治好回来，每想和她师尊叙叙离情，竟至没空插嘴。当下便向她们师兄、师妹调和道："我说诸位所见，都有至理。现在姑且丢开不谈。"

龟灵圣母说完这话，即把七双老夫妇，连同自奇公子、掌珠少奶奶召到面前道："我们今天来此，原为执柯而来。现在此地的碧霞子可以暂去道号，仍旧称徐碧霞。峨眉飞侠呢，也将道号暂去，称作李峨眉。她们二人，连同殷家女子、樊家女子，三生石上，都与蒋公子有缘，依我之见，不妨明天午刻，趁我们几个在此，一齐花烛便了。"

七双老夫妇、自奇公子、掌珠少奶奶，喜得一同跪下叩头道："谨遵圣母娘娘之命。"

掌珠又单独磕头道："只有樊梅花现在伤痕未愈，她的父亲又不许可，如何办理，还求圣母娘娘教训！"

两仪圣母和四海仙妃一齐接口笑道："此事可由昆仑大弟子代劳吧！"

老人鞠一躬道："弟子谨遵二位师叔谕旨。"

老人说完，忽转其身，跪在地上，恭恭敬敬地向着花园的那座观音阁上吹上三口仙气，后又大拜几拜，站了起来，走至五位仙家面前跪下道："此是尘世，本来不敢亵渎几位上仙，但是现身说法，也是玉帝准许之事。弟子斗胆，业将观音阁收拾干净，要求五位上仙屈居那儿几天，实行明示上天惩恶罚善之旨，未知可否？"

一气真人首先许可道："既来之，则安之，而且我们昆仑、天山、辰州、峨眉四派，久思一叙，打算想出一个正本清源、四派门徒不得再有互相火并之举发现才好。"

两仪圣母、三清仙尊、四海仙妃也都首肯道："既是如此，我们四人倒要代表蒋家招待这位大媒了。"

龟灵圣母听说，因见四派剑仙之祖难得聚会一起，今天也是她的面子，于是笑盈盈地站了起来，同时五位仙家脚下生出云霞，顶上现出缨络，喷香的一阵仙风过去，五位仙尊早已驾到观音阁上去了。

老人先吩咐徐碧霞、李峨眉道："你们二人稍和其他凡人不同，自然不必如何打扮，只要吉期一到，临时穿戴凤冠霞帔而已。此刻可到观音阁外前去竭诚侍候，他们没有传呼，不必进去亵渎。紧要，紧要！"

徐、李二人本来也有一些腼腆，今见老人如此布置，仿佛有心照应她们一般，顿时连称遵命。无意之中，却向掌珠一个人暗暗地送了一下眼风，这是在要求这位兄门的大阿姊，遇事偏劳的意思。

老人一等徐、李二位新娘走后，又请樊太太前去私下问明殷丽华，将她排在蒋家第四房里做媳妇，有无异议。一时回报，并无异议。

老人又给了樊太太一粒丸药，叫她送与女儿服下，马上会好。

樊太太去了不久，居然欢天喜地地回来拜谢老人，说果是仙丹，服下之后，非但立即痊可，而且面色红润，精神陡长起来了。

老人微笑道："樊太太，你的小姐排在此地第五房做媳妇，我知道你们母女是没甚言语的了。可是你们那位牛性老爷，如何处置呢？不要正在花烛之际，他又疯了起来，岂非无趣？"

樊太太恨声道："这也只有我和老贼拼命得了。"

老人摇首道："此非正理。"

樊太太蹙额道："这就没有法子了。"

老人想上一想道："要么我用法术把他送到荒郊寺宇内去将养，且俟生米已成熟饭，他也没有法子再闹。"

樊太太听了大喜，老人便把袍袖一展，微笑道："这又算办妥了。"说着，又对二房、三房、四房、五房的四双老夫妇道，"你们快回各人屋内，收拾新娘。此地外边之事，只有劳烦大房、六房、七房的六位老人了。"

大、六、七房六位老人大喜道："老神仙，自然我们来忙。不过你老人家也要休息一下吧！"

老人摇摇手，又把掌珠叫到，道："你去预备四位新娘的装束，需要清爽华丽才好。"

掌珠连连接口道："知道知道。"说着，又问老人，观音阁上五位仙家吃些什么，以便预备。

老人微笑道："他们不过吃一点儿水果，此事交给我吧……"

老人还没说完，只见蒋府上的里外，久已挂灯结彩、鼓乐齐鸣，这个闹热，大概除了当时的光绪大婚或者胜过此处，其余人家未必会赶得上了。

哪知掌珠少奶奶忙得花枝招展、香汗淋漓的当口，忽见一班丫鬟、使女个个吓得满面失色，抖凛凛地奔来，悄悄地连称怪事道："少奶奶，新房里面出了怪物。"

掌珠急问什么怪物。大家一齐都说："每个新房之中，发现一些穿了麻衣、手执孝杖棒的少妇，而且这些少妇个个面如死灰，眉又倒挂，简直阴风惨惨，怕得不同人像。"

掌珠不信道："你们这班人，真是活见了鬼了……"

掌珠尚未骂完，又见高士、秋月、小燕三个人一齐奔来怪她道："你们哪个选的日子？明天乃是一个十恶大败日。"

高士也说："明天是五月十六，正是丧门吊客星下降的日子，怎么可以花烛？"

掌珠至此，方知方才丫鬟所惊报并非虚言。

不知掌珠对于此事如何办法，且看下回分解。

第十三回

天开异想绣鞋与木脚齐飞
海外奇谈丹药共明珠一色

却说掌珠少奶奶素知高士这人对于阴阳之学极有研究，况且和他交非泛常，既是深夜赶来说知此事，一定有点儿道理。当下便将丫鬟、使女已有所见的事情告知高士等人。

小燕听了，大吓一跳道："我们本为此赶来，或者还好推说迷信。现在既已亲眼看见，这是于你们夫妇诸人一生一世之事，只有快快改选吉日。"

掌珠听说，极以为然，忙把昆仑老人请到，告知此事。

老人一愕道："真的吗？"

掌珠道："这事怎好说谎？"

老人自语道："这些丧门吊客星的胆子也太大了，明明有五位仙家在此，竟敢照例而来，真正奇怪。"

老人说着，连忙来到观音阁上。一上楼去，只见徐碧霞、李峨眉二人恭恭敬敬地守在门外，便问各位仙家曾否传唤没有。

二人一齐答道："没有，他们谈说四派之事，正在起劲，师兄可要进见？"

老人点头道："劳你们二人，代为通报一声。"

二人犹未进去传报，已听见一气真人在说道："如有要事，准许进见。"

老人听说，慌忙进见道："刚据丫鬟传说，现在已有丧门吊客星出现，特地前来请示，可要改期？"

这也是君子问凶不问吉之意。

一气真人微笑道："你本知道阴阳消长之学，今儿何以竟致学那个明察秋毫，而不见舆薪起来了呢？"

老人未及答言，两仪圣母和那四海仙妃一齐说道："且到明晨子正，自有文曲星来冲破，毫无关系。"

老人听说，不敢再言，忙又退了出来。回到掌珠那儿，老实告知两仪、四海两人的话。

掌珠迟疑不决地自问自答道："现已亥初，半夜三更，还有何人到来呢？"

老人道："仙家自有妙用，你也不必迟疑。"

高士在旁却跳了起来道："这个吊客星，唯有文曲星可解，不知谁是文曲星？"

小燕接口道："你与我们秋月，以及此地的新郎，老神仙既已说过今年都要高发，难道这个文曲星便是指你和我们秋月而言吗？"

高士道："这个可不是表妹所懂了，天上文曲星只有一个，世上的科名中人，岂止恒河沙数？所以不是凡是高发的人，一定是文曲星照命的，必须这份人家世代善良，上代业已高发，他的子孙方才够得上文曲星照命呢！"

掌珠接口道："以我看来，此刻半夜三更，莫说未必有文曲星到来，恐怕连鬼也不会上门的了……"

谁知掌珠的一个"了"字尚未离口，忽见一个家人来报道："少奶奶，俞升云老夫子的轿子已到门口，据他书童说，本来是下午到的。因为此地学老师是他同年，特地前去相访，因此喝得醉醺醺而来。"

掌珠少奶奶忙叫自奇公子出迎，自奇亲将这位俞老夫子扶到书房，见他业已醉得不知人事，马上冲上一杯醒酒汤。

俞升云喝下之后，顿时清醒道："贤契，为师一来就失礼了。"

自奇公子道："先生何出此言？不过学生家里上承天麻，下叩祖荫，居然天下四大派的祖师同了龟灵圣母这位大媒一齐驾临寒舍，岂非奇事？"

俞升云一愣道："竟有其事吗？这是孔老夫子的不肯语怪，加二相信他的学通天人了。"

自奇公子笑答道："先生，学生起初只晓得照吕祖谦先生所说，他说圣人的不肯语怪，并非为的是眩世骇俗起见。其实在圣人眼中看来，本无怪之可言，又叫他老人家语些什么呢？"

自奇公子说到此处，又望上俞老夫子一眼道："现在照先生说来，怪是有的，不过孔夫子不肯去说它，以防分了弟子门人之心罢了。况且现在的五位仙家，岂好拿'怪'字去亵渎他们？因为他们简直是孔夫子所说，敬鬼神而远之的'神'字了。"

俞升云后来到底要中探花，又是浙东第一文学大家的文孙，当然不同那班腐儒拘执之见，当下极信仰地答他学生道："神仙虽在此地，我可要做这句敬而远之的功夫，不敢前去请进。至于你们有缘，又当别论的。"

自奇公子觉得这位先生不比那位樊老夫子的迂腐，心里十分满意。又因时已不早，命人开进点心，便请先生早早安歇，以便明天好吃喜酒，或者满城当道要来道喜，还要这位先生暂充致宾。俞升云当然一口应允。

自奇公子出来，即把他与先生问答之话告知大家听了。

老人微笑道："我来暂且泄露一点儿天机吧！这位俞老夫子便是文曲星了。"

掌珠少奶奶似信不信地悄悄吩咐丫鬟、使女："快到各房的新娘房里前去侦察一下，究竟有无什么动静。"

丫鬟、使女奉命去后，谁知首先的一个刚刚一脚踏进新房，陡被一个麻衣少妇砰的一下和她撞了一个满怀。这个丫鬟胆小，顿时大叫一声，吓得口吐白涎，倒在地上。

大家闻声奔视，把她灌醒转来。她还没有说完所见，却见几个比她胆子较大的，上气不接下气地奔来告诉她道："这位俞师爷真正是个文曲星了。"

众人问她何以如此说法，那几个使女道："我们奉了少奶奶的吩咐，各人走至各房的新房里前去探视。说也奇怪，倒说那班什么丧门吊客星，个个慌里慌张地，都向我们各人的胳肢窝里钻了出去。它们既在逃跑，我们胆子自然大了起来。等得我们回头去看，还见它们一个个地撅着屁股，死命地向厅外逃跑呀！"

这班使女正在大讲特讲，掌珠少奶奶早已明白此事，当下也不声张，一边仍在督率男女用人办理次日正日之事，一边却去催她丈夫早些安睡，恐怕第二天要吃不消的呀。岂知这位新郎真正人逢喜事精神爽，那个瞌睡魔王早被赶走了。睡魔既走，他的夫人要他去睡，岂非一桩难事？幸亏这位掌珠少奶奶，这天晚上，她是一位全权总理，此地刚刚站定下来，别处又去找她请示了。她既要忙大事，至于自奇公子这边，又只好算为小事了。

老人瞧见掌珠少奶奶脚不停地、口不停声，怕她忙出病来自然不妙，当下便送了她一粒丹药。掌珠少奶奶吞下之后，非但精神抖擞还是小事，倒说她的那张脸上，竟会又加几分美丽起来。

小燕陡见掌珠少奶奶这般地闹了整整一夜，怎么反会容光焕发，却与平常大不相同？小燕本也聪明，定知服了什么仙丹。及至仔细一问，果然不出她的所料。同时又见掌珠服那丹药的茶杯还有一点儿剩下脚水，她便拿起喝个干净。掌珠方要去笑小燕，不觉喉急的时候，哪知她的话尚未出口，可是小燕的一张粉脸，除了同她一样的容光焕发之外，而且比她还多上一桩好处。什么好处呢？就是小燕的咽喉之上，上次被那钱春风砍伤的一块极大的疤痕，说也稀奇，竟会霎时之间，不知去向。小燕的高兴倒还在次，却把这位秋月先生快乐得比较秋闱报捷还要高兴几倍。

此时天已大亮，殷、樊两位新娘，已由喜娘、伴姑等人，打扮得犹如月里嫦娥、瑶池王母一般，大家无不称赞。至于四房、五房里的四位老人，不禁笑落下巴来了，幸亏徐、李两位新娘方从观音阁上下来，走过他们门前。这个李峨眉为人更加年轻，况且真也不晓得做新娘的人，不到时辰，不好开金口的。她见四位老人落了下巴，她又见义勇为起来，拿出她那峨眉飞侠的本领，扑地蹿进房里，便将四位老人的下巴托地一下，托地一下，挨一挨二，飞快地托了上去。上完之后，还要冒冒失失地去问他们道："你们四位老人家，到底为了何事如此高兴，连下巴也会笑下来了呀？"

四位老人因下巴已经复原，更加大乐地答道："你虽是三房里的新娘子，也是我们的儿媳，我们现在所娶的少奶奶不是剑仙侠客，便是美女佳人，你这位新娘娘，说说看，阿要高兴不高兴的呢？"

李峨眉一被这四位老人提醒，也绯红了脸，羞得往外便逃。可巧兜头撞见了掌珠少奶奶，慌忙将她一把拦腰抱住道："大家都在等你这位新娘娘前去打扮，怎么你倒在此乱跑呀？"

掌珠一边说着，一边就将李峨眉拦入第三房的新房里面，又把徐碧霞导入第二房的新房里面，关照那班喜娘、伴姑，说是时候不早，快替新娘收拾起来。掌珠说完，忙又匆匆地奔到第四房、第五房的新娘那儿去了。

第二房、第三房的喜娘等人因为看见这两位新娘子却如两个半截观音，面孔之佳，还有何说？不过裙底下的那双盈尺莲船，假使不装小脚，怎么可以去配红裙？于是慌忙去替她们扎绑起来。

这位徐碧霞总算阅历较深，除了俯首含羞，一任大家替她装扮外，尚没什么笑话奇谈闹将出来。

独有那位李峨眉新娘子，她的绰号本有"飞侠"二字，她既飞来飞去，飞惯了的，如何肯受这般样子的束缚？再是那班喜娘、伴姑并未前去征得她的同意，竟把一个三四寸高的木头劳什子死死活活地绑在她的脚上。假使坐着不动，已经觉得不大适意；倘一站了起来，她的身子陡高三寸，脚上那个涌泉地方仿佛钉上铁钉一般，非但痛不可忍，而且寸步难行。她曾经笑过别人，她说："为什么这班妇女走起路来偏要一跷一拐，硬要学那风打杨柳，其形恶劣，真正不知什么心理。"今天自己也被大家弄得如此田地，她就假痴假呆地，先把那个绑在脚上的木头小脚有心地轻轻一甩。她虽觉着还是轻而又轻，试问那个木头小脚有何力量？说时迟，那时快，早被她那双尊足次第一甩，同时只听得扑通一声，两个木头小脚已经飞上屋顶上面去了。

此时新房里的一片笑声几几乎震动屋瓦，掌珠正在四、五房里安慰殷、樊两位新娘，一听这边大闹起来，赶忙奔来一看。只见这间新房陡然变作滕王阁场所，人家是"落霞与孤鹜齐飞"，这里呢，却是绣鞋与木头齐飞。又见这位李峨眉新娘子的尊足之上，连那固有的一双白袜也已脱了关系，不禁又是好气，又是好笑，便去请问新娘道："唅，李家妹子，今儿我可要僭一声，做你姊姊了。你这妹子，怎样这般淘气？此地又非用武之地，为何把你一双尊脚甩得老高呀？"

李峨眉听说，她却不慌不忙地咦了一声道："姊姊，我的脚本在我的脚上，怎么说是甩得老高呀？"

掌珠因见这位新娘不如其他三位听话，兼之吉时顷刻要到了，一时没有法子，只好去吓这位新娘道："妹妹，你快别闹，且让我来替你绑上。否则误了吉时，哪个来担责任？再不然，我只有前去禀知你的师尊，让她老人前来替你打扮的了。"

李峨眉一听掌珠要去烦劳她的师尊，心想，这些小事，如何可以前去亵渎仙家？方始服服帖帖地去让掌珠替她绑好。

等得此地刚刚收拾完毕，外面的傧相已在高喝着："请！请！请新娘出画堂。"

掌珠还防这位新娘不听调度，只好屈就逢迎，暂时权充喜娘，一直把李峨眉扶到大厅。抬头一看，只见新郎已经站立中间，右肩并立的，就是徐碧霞，和徐碧霞并立的，就是殷小姐，赶忙便将李峨眉推到新郎的左肩之下，前去并立；右边外面的一个，便是樊小姐。新郎、新娘统统站齐，于是交拜天地，相将送入洞房。

此时上自抚台起，下至县里典史止，没有不亲自前来道贺，一则是，蒋盐商的固有势力；二则是，一娶四位新娘，都非平凡之人；三则是，确有五位神仙住在蒋府里，这是锦上添花的事实，谁不卖这人情？俞老夫子因有乃祖面子，对于这班官场，不是老子同年，就是自己同年，这位致宾，真也选得道地。

一时席散。当道次第去后，至于蒋府上的至亲好友，用不着主人前去招呼他们，他们反而代为招呼其他客人。晚酒开出，昆仑老人因见宾客众多，灯火不亮，不甚有兴，他把他那一颗宝贝心珠命人悬在大厅栋梁之上。这一来，简直像把天上的大月亮借了来此一般，这天又是五月十六，真的月亮本也十分团圆，十分光彩，于是上下两个月亮，仿佛在那儿比赛一样。

酒过三巡，七双老夫妇主张新郎、新娘去到观音阁上朝参五位仙家。昆仑老人正待阻止，只见内中的徐新娘、李新娘反而走在新郎的前头了。昆仑老人知道徐、李二人要去叩谢师尊，只好抢在先头，前去报信。

及至新郎、新娘走入观音阁上，五位仙家居然十分客气，统统立了起来，含笑说道："可以免了，可以免了！"

新郎、新娘叩拜之后，龟灵圣母因是大媒，各赠一粒寸把长的明珠，比较夜光珠子还要光亮。其余四位仙家各赠一粒仙丹，真个可以却病延年，且和明珠一样颜色。

大家谢过退下，回到厅上，重行入席，一班年少亲友主张大大地去闹新房一下，还有几个轻薄子弟，且在高声嘲笑，说是殷新娘、樊新娘本是三寸金莲，不必说她，只有徐、李两位新娘，既是剑仙侠客，初做凡人，我等却要好好闹她一闹。别人听了倒也满不在乎，唯有这位李峨眉听了，早在心中暗打主意。

不知她的什么主意，且看下回分解。

第十四回

闹新房冤家初会面
留柬帖忍字要当心

却说一班宾客因为闹房的兴致浓厚，所以醉翁之意不在酒了。主人也知其意，吩咐快上酒菜。

大众吃毕，顿时不由分说，一拥上前，首先来到第二房的徐新娘房里。一跨进门，各人的眼睛几几乎被那挂在帐沿上面的那粒明珠晃得睁不开来。

内中一个名叫李伟仙的小秀才，便问喜娘道："难道蒋府上真正拿得出夜明珠吗？"

喜娘含笑地答道："这粒珠子，就是我们这位新娘子的老师所赐，恐怕比较夜明珠还要名贵万倍呢！"

李伟仙听说，心里已有三分妒意。因为李伟仙虽与自奇公子同考进的秀才，但他老子还是一个鸿胪寺少卿的职分。鸿胪寺正卿只有五品，少卿乃是从五品，既然官卑职小，当然没有家资。平时李伟仙常向自奇公子借贷，自奇公子从没一次不答允，所以李伟仙很和自奇公子要好，这个要好，无非看中几个钱罢了。

这晚上，李伟仙明明听见喜娘所说，这粒珠子比较夜明珠还贵，因此由爱而羡，由羡而妒，于是在闹房时候，他即首先发起，是说这位徐碧霞新娘子，她的道号即是碧霞子，已有八九玄功，又知这位新娘从小修炼，当然未曾缠过三寸金莲，他拟约同大家，实行检视裙下双钩。大家听说，都也随声附和。李伟仙又是一个色鬼，因见自奇公子已有一位美人魏掌珠了，还要再娶四个，况且个个都是天仙美女，纵然无法可想，就是借这闹房之名，亲手握她一握莲钩，也是好的。当下一见大家赞成，他便走到新娘面前，叫声"蒋家嫂子!"新娘当然不开金口。他就假装落了东西的样子，俯身去拾，不防就在俯身之际，出了新娘的一个不意，突然捉住新娘双足，把那假装的一双金莲扑的一下抢到手中，复又高高举起，一边拿给大众去瞧，一边狂笑狂舞起来道："任你这位新娘，纵有剑仙侠客的本领，今天晚上，你的尊足总被李伟仙少爷高高举起了。"

一班闹房的众人本来个个都是青年，所有附和寻开心的话，未免有些秽亵。幸亏徐碧霞确有一点儿阅历，当时虽然几次三番地受不住了，要想动火，仍旧被她自己制住。那班喜娘、伴姑也见这个姓李的太煞风景，只好不约而同地去把那双木装小脚抢了回去，仍替新娘绑上。

李伟仙因为这一晚上还要一连去闹三处新房，况且他已得优胜，便同大众来到第三房李峨眉新娘的房内。谁知这位新娘却不像徐碧霞肯受委屈了，一则她本年轻气盛；二则又据喜娘暗中报告，说是二房里的新娘业已当场受辱，叫她须要当心。李峨眉一听此言，正中她的下怀，所以一等李伟仙前去和她打趣时候，早将做新娘子不应乱开金口的老例规忘得干干净净，要求姓李的知趣识势，乖乖地一坐就是，算他便宜，否则定要给这小子一点儿颜色看看，好代徐碧霞报仇。

李峨眉刚刚打好主意，那个李伟仙已在朝她一揖道："新娘贵姓李，恰巧和我同姓，可惜大清朝的律例，同姓不能婚配，否则自奇兄的夫人也太多了，一个人用不完的，我就可以把你带走。"

李伟仙假酒三分醉地正在语无伦次的当口，一个不防，早被这位新娘狠重地呸了一口涎沫道："放你的屁! 你想将你祖母带走吗? 你祖母的李乃是太上老君的李，你这小子的李就是李莲英那个阉狗的李……"

喜娘陡见这位新娘竟会破天荒地不但大开金口，还要出言不逊，慌忙带笑带劝，阻止新娘不要再说。

这也是李伟仙应该受此教训，他若听得清楚，知道新娘厉害，赶紧知难而退，便好没有这场风波。岂知李伟仙不知怎么一来，竟会一句未曾听见，还是明见这位李新娘的脸上加二来得娇艳，他便色心高照，仍照起先对付徐新娘的手段，又来对付这位李新娘起来。说时迟，那时快，他即俯下头去，也把这位新娘子的一双足紧紧捏到手中，不但捏了假足而已，还要由下而上，想去摸这新娘的玉腿。这一来不好了，这位李新娘如何肯让这个浪子这样轻薄呢？她仅轻轻地将她足尖往外一扬，可怜这个手没缚鸡之力的李秀才，早已一个倒栽葱的筋斗，跌出两三丈之外去了。

大家一见新娘动武，聪明一点儿的人物首先溜了开去，老实一点儿的人物自然要替李伟仙出气。哪知李伟仙虽已跌得半死不活，他因有人扶起，倒说忘了这位新娘乃是剑侠，竟敢大了胆子奔了过去，照准新娘的桃花面上，拼命就是一拳。新娘正被喜娘和伴姑等人劝住，一个不防，她的尊脸便被李伟仙打上一拳。她既略有微伤，如何再肯忍受？当下也出李伟仙的一个不意，飞快地将头一低，跟着飞起一架裙里腿来，这一跌，真把李伟仙跌得死了过去。新房之中顿时起了一阵哄声，人人大叫："新娘动蛮，打死了人了！"

此时自奇公子、掌珠少奶奶正同三房里的老夫妇在忙，不曾进去。吵房的客人一见房中出人命，还当了得？顿时拥到新房，果见那位李伟仙真的直挺挺躺在地下，同时又见新娘仍旧若所无事地坐在那儿，此刻就是前去埋怨，也已是无补了。

幸亏昆仑老人已经匆匆奔入，掌珠告知其事，老人跺脚太息道："事果闹大了，仇也结深了，如何是好？"

老人一面说着，一面口吐他的三昧真火，总算已把死人医治。正待去代新娘赔罪，只见李伟仙一边嘴上说道："此仇不报非君子，且看老子手段怎样！"一边已经大踏步地出门去了。

老人既见姓李的大怒而去，只好埋怨李峨眉道："你这个人，怎样这般冒失，现在如何得了？"

李峨眉此时也知她的不是，闯下滔天大祸，不禁恼羞成怒地答复老人道："师叔不必害怕，杀人偿命，欠债还钱，天大祸祟，我去承担就是……"

老人不待李峨眉说完，忙又叹气道："咳咳！你现在已经做了人家人了，不比从前可以单独行为了。你说你去承担，人家怎肯让你一个承担呢？"

李峨眉听到这里，方才红了面孔，不再说话。

自奇公子和掌珠少奶奶对于这桩大祸，固是可怕，但见这位新娘闷声不响，心中大为不忍，忙去帮她对着老人说道："老神仙，事已至此，你老人家也不必再埋怨我们这位新娘了。就是要拆家败业，去打官司，我们决不疼惜银钱就是！"

老人又把他脚一顿道："不是这样说的呀！若是单以银钱可以了结的，我又何必在此杞人忧天？"

老人说到此地，因见房内并没外人，他又对着七双老夫妇和自奇、掌珠等说道："我起先进来时候，也以为拼出一些银钱去打官司，没甚要紧的。哪知再把姓李的仔细一瞧，见他的脑门之上一股怨气，直冲九霄，于是弄得我不懂起来，连忙掐了一卦，方知他与此地府上，前世本有一劫，这场怨仇，确非随便可解的。"

七双老夫妇一听此言，料知老人绝非虚话，但又宝贝儿媳，不肯他们去受委屈，不禁弄得呆若木鸡地呆了半天。还是第三房的老太太，因为加二切身一些，她便扑地跪在老人面前，要求老人带她去求五位仙家。她说，只要仙家答应，自可逢凶化吉、遇难成祥的。

老人大大摇首道："三老太太快快起来，你要晓得神仙之为神仙，最最不喜管人闲事。而且这几位都是最讲是非的人，此事本是你们这位令媳错的……"

老人说话未完，陡闻一股香风，连忙把手向着李峨眉一招道："你们师尊已经走了，快快前去遥送仙驾。"

李峨眉听说，不及去那新娘装饰，扑的一声立了起来，跟了老人就走。不过走的时候，暗暗把嘴向着掌珠少奶奶连歪几歪，这明明是她还不肯直接去叫新郎，去送神仙，无非通知掌珠转知新郎而已。

当时老人率了大众赶到后花园里，没有一个人的鼻子管里不曾闻到奇奇怪怪的异香。老人知道仙驾已去，忙又来至观音阁上，一跨进门，大家就见五位仙家坐过的蒲团上面各人留下一个柬帖。老人先将龟灵圣母所留的取到手中，拆开一看，只见写着是：

> 媒事已毕，吾返洞府矣。尔之前程远大，好自为之。

老人看完，一面交与徐碧霞、李峨眉二人去瞧，一面又把一气真人所留的拆开一看，只见写的是：

> 放走鬼犯，遗害世人，赶快补救，犹觉有罪，岂可感情自用，偏于一隅之蒋氏乎？尔之玄功，近来进步迟钝，深为不悦。唯所收之弟子门人，尚较他派稍知守法耳！祸福无门，勉旃，勉旃！

> 师字

老人不待看完，已是吓得面容失色。一俟看了，又交徐、李二人去看，再将三清仙尊所留的拆开一看是：

> 尔替玄玄西山二子，再四求情，足见厚道。余之气弹，既已恢复功用，准致二子可也。此次既与尔师等等成立四派互相规劝之信约，尔为首派之大弟子，尤须以身作则，

指导余人为是。

三清手示

老人看完，仍交徐、李二人去看，道："还有两封柬帖，自然是你们师父所留，你们快快拆看。因为老朽已受师尊训斥，未便再留此间了。"

徐碧霞听说，急把两仪圣母所留的拆开一看。只见写着是：

天上无不孝之神仙，尔既注重人伦大事，往后须尽责任，内功、外功本没分别也。尔妹李峨眉之夙世冤尊既已开始，恐难一时结算清楚，尔当从旁相助，不得恃尔道行，压迫对方，反使扩大。至嘱至嘱！

若有急难，速燃信香，通知为师。咳！为师为尔又须多操一番心思矣。尔若误入情魔，等于自杀，则千秋万世，永无再见为师之面，慎之慎之。

师白

徐碧霞看完此柬，更加吓得面红耳赤，慌忙送给老人一个人去瞧。因为此时，李峨眉正在看她师尊所留之柬，不好前去和她讲话。等得李峨眉看毕，忙也送给老人和徐碧霞一同观看。二人接柬在手，只见写的是：

夙尊相逢，本难逃脱，尔没先知，亦不尔责。若想完功，倘需时日，一个"忍"字，或可解释。

师白

107

老人和徐碧霞两个看完，便向李峨眉微笑道："你们师尊既有指示，就有路径好寻了。"

李峨眉将柬收好，却把双蛾一蹙地答道："这个'忍'字，我可未曾下过苦功，往后之事，还要你们二位竭力指教才好。"

老人也皱眉道："我此刻即须先到杭州，一等办好徐小姐一案，便要周游天下，完我一桩公案，未必能来相聚。"

老人说着，又向徐碧霞说道："这件事情，只有你帮帮她了。"

徐碧霞连连点头道："应尽之责，何消说得？不过师兄此去，你要赤心赤胆地督饬人龙、含春二人，不然是我们师尊为我操心，我可更加为他们二人操心了。"

老人点首应允，又向七双老夫妇以及自奇、掌珠说道："我已受了师尊之责，怪我偏重你们一家，此刻我要暂别诸位。好在此地之事，既有徐、李二人在此，就有天大之事，她们也可抵挡一半。总之为人在世，除了一个'善'字，并没第二条路程可走，诸位须要当心。"

老人说着，又去关照徐碧霞道："樊老夫子现在还在虎邱寺内迷迷糊糊地生病，你可设法使他父女和睦才好。"

老人说完这句，又单朝自奇公子和徐碧霞两个一笑道："今天正是你们二位的合卺喜期，不可错误良辰，快回新房去吧！"

老人说着，即把袍袖一展，顿时也有一道香风吹至，立刻不见影踪。

老人虽走，最后一句说话，可把这位八九玄功的徐碧霞新娘娘羞得进退失据起来。幸亏掌珠会做红娘，硬把徐碧霞和新郎两个送入洞房。大家也是愁多喜少，可怜闹了两天，都觉有些乏力，于是分头去睡。

现在单讲新郎、新娘来到新房，新郎忽向新娘深深地一揖道："神仙姊姊，你我得成伉俪，真正是上感天恩，下叨祖德，此刻姊姊羞得这般样子，岂非有违姊姊的初愿了吗？"

新娘局局促促地低声答道："我因师尊的一柬，把我吓得胆战心摇，至于人伦大事，我也有些懂得。但是今儿晚上，我因三妹子的冤家到了，不禁心绪为之不宁。我郎何不先到她那儿去同房，也好安慰她一下呀！"

新郎把脸一红道："今天日子既是圣母娘娘所择，我就应该在此。至于姊姊心绪不宁，足见姊姊情重，我们不妨谈到天明。"

徐碧霞听了此话，心里不觉微微一喜，她起初还当这位新郎无论如何有点儿来历，终究是个俗子，不防此时竟会说出几句情理兼尽的话来，倒也有些过意不去，只好一任新郎将她宽衣解带，扶入罗帐，共枕同衾起来。至于这位新郎是否言而有信，像那鲁男子的坐怀不乱；这位新娘，是否永夜的心绪不宁，并非著者要卖关子。

欲知后事如何，且听下回分解。

第十五回

洞房将合鸾忽拒乘龙
金榜未题名先称驸马

却说新郎一见新娘睡到床上，又是一个样儿，非但将她那双红袖掩了她的粉脸，而且声息全无，仿佛老僧入定一般起来。新郎忙去把她袖子轻轻推开道："神仙姊姊，你……"

新娘扑哧地一笑，开口道："你真是一个书呆子了，莫说我还没有练到剑仙的地位，就算练到剑仙地位，现在既已嫁了凡人，你也只好当我凡人看待，怎么开口神仙，闭口神仙，岂不亵渎神仙吗?"

新郎连连称是道："对对对！我就改口叫你二姊。这么二姊，我是凡人，凡人说的话，你要随时指教才好。"

新娘微笑道："'指教'二字，实不敢当，以后我准贡献一切。"

新郎听了大喜，忽又问道："刚才五位仙家留下之柬，你可以说给我听吗?"

新娘道："不但可以，还要你从中帮忙呢！"

新娘说着，即把五封柬上之言一一述给新郎听了。

新郎听了一吓道："二姊，我觉得你在我家，你的师尊不过叫你莫被情欲所误罢了。你是初来，自然还不晓得我的人，我自从老神仙光降之后，心地逐渐光明，对于儿女闺房之事，非常淡漠，你不相信，明天可去问你大姊姊的。"

新娘听说，又扑哧地微微一笑道："你又在说痴话了，这是什么事情，怎么叫我好去问她呀！"

新郎不答这话，一面微喟道："我现在倒在担心三姊的事了。"

新郎边说，边又去执了新娘的纤手道："二姊，你看三姊的那个'忍'字，她可能做到吗？"

新娘听说，先极满意地望了新郎一眼道："我倒瞧你不出，小小年纪，竟会留心到这个上头去呀！"

新郎便面有得色道："这个'忍'字，就是我们儒教之中的养气功夫呀！"

新娘一喜道："你倒知道养气的功夫！我瞧三妹这个人，对于这个'忍'字，未必马上能够做到，因为她一则是阅历世情未深，年轻人是容易动火的；二则是既是讲到前生夙孽，绝非等闲的冤家，否则几位师尊，以及我们师兄，早已替她解释的了，正为不能替她代解，只好劝她一个'忍'字。如此说来，要看她的造化了。"

新郎听说，便去要求新娘道："二姊，你们师尊既在叫你帮助你们三妹，你可否看我面上，多出一点儿力呢？"

新娘听了，好笑起来道："我郎说哪里话来？我是你的何人，她是你的何人，何必要你如此叮嘱？"

新郎一听这两句话，觉得今天晚上，乃是合卺之期，倘若辜负光阴，便觉对人对己两有不便。这样一想，可是蒋、徐两家的宗祧由此而起，他们夫妇之名由此而定。第二天大早，掌珠少奶奶早已打扮得花枝招展地前来替他们夫妇道喜。徐碧霞居然叫出一声亲亲昵昵的大姊姊来。

掌珠连称"我的二妹"，道："今天仍有喜酒，仍和昨儿一般热闹，你们翁姑和其余的翁姑都在厅上招待亲友，你快快让我替你打扮一下，便好出去行个朝见之礼。"

徐碧霞听说，除了含情一笑之外，一任掌珠替她打扮，不到片刻，仿佛房里少了一位新娘，却多了一位天仙。他们一夫二妻，一脚来到大厅。只见殷、樊二人也已脂粉香浓地守在那儿等他们去一同行礼了。这天之事，不必细叙。

单说晚酒既罢，掌珠少奶奶即把新郎送到李峨眉的新房之中，略略说上几句，就说新郎、新娘早些安置，掩门而出。

新郎一等掌珠走后，也向新娘一揖到地地笑道："三姊，我这称呼，却是二姊所教的。"

新娘接口道："我说叫我一声三妹足矣，家庭之间，应重排行，不重年龄。"

新郎又笑道："姊姊、妹妹都是一样，现在我想同姊姊去到床上，还有紧要心谈。"

李峨眉却比徐碧霞爽快一些，并不拒绝，马上自己卸妆，钻到床上去了。及至新郎睡下，鼻子管里便闻着一阵一阵粉腻花香的气味，不禁心耳一荡，想起昨天晚上，对着徐碧霞说过的说话，连忙将这摇摇不定的心旌稳住，然后说道："三姊，蒙你不弃，下嫁于我，真是意外奇缘。但是昨天你们师尊给你那个柬帖，你们二姊已经述与我听过了，未知三姊对于这个'忍'字，赞同与否呀？"

李峨眉忙答道："咦！这个'忍'字，乃是我们剑侠之中的第一要诀，我郎怎么问我赞同与否起来呢？"

自奇听了大喜，并且一时福至心灵地说道："难怪你们二姊昨天在我面上称赞你。"

李峨眉忙不迭地问道："她赞我什么？"

自奇笑着胡诌道："她赞你的忍耐功夫比她更好。"

李峨眉嫣然一笑道："蒋郎，这是她宠奖后进的法子，我哪会赶得上她呀？"

自奇道："这是你的自谦，你能如此虚心，真是我家之福也。"

李峨眉因见徐碧霞和她丈夫都在赞她，不禁笑容可掬地说道："我的年纪轻，往后真要你们大家提醒我。"

自奇公子一边听他这位夫人说话，一边瞧他这位夫人那张娇滴滴的嫩脸，真是红是红，白是白，完全是个美人之中的美人。况且这晚上正是他们二人的佳期，他捏了李峨眉的手，要行周公之礼。李峨眉虽然不比徐碧霞那般拘束，究竟还是一位二九年华、未曾开苞的少女，这时绯红其脸，咯吱吱地笑作一团。自奇公子昨天已是经过了沧海的，当下不免乾纲独振，即和这位新娘如鱼得水地成就百年之好。

第三天，轮着殷丽华小姐了。掌珠是一客不烦二主，照例将新郎送入第四房的新房子里头。丽华小姐既非剑侠，当然是普通的新娘，除了含羞低首外，也没别的事情。掌珠叫过恭喜，讨过吉利，掩门而出。新郎仍是先开口，新娘因为自己保全贞节，情愿死于非命，除了对父母面上稍觉于心不忍之外，可是对于新郎面上，当然认为有十二万分的面子了。况且洞房花烛，乃是人生第一件大事，于是便在腼腼腆腆之中，鹣鹣鲽鲽地成就夫唱妇随的好事。

第四天是最后一天，这位樊小姐却和她二姊、三姊、四姊两样起来。原来掌珠少奶奶真是十分贤惠，她在第一、第二、第三的几晚上，心里很是放心，因知徐、李二人都是剑侠，既然奉了师命下嫁世间，当然不会发生什么问题。后来结果，果然万分圆满。至于殷丽华呢，她已料定她有守身如玉的成绩在那儿，水到渠成，自然也没问题。独有这位樊梅花小姐，因有盗匪糟蹋的一桩事情，未免女儿家当然有些难以为情的。况且这位掌珠少奶奶又是过来人，岂有不知其中的苦衷？假使万一因此犟头犟脑起来，岂不是要使新郎为难了吗？所以这天晚上，她将七双翁姑伺候睡下之后，她又命一班丫鬟、使女早些去睡，她一个人方才轻移莲步，悄悄来到樊小姐的新房窗子外面，屏声静息地站定下来。同时又把舌尖舐破小小的一个纸洞，偷偷地往里张望。哪知不张犹可，这一张，竟把这位做大姊姊的掌珠少奶奶大急特急起来，因为她见新郎和新娘两个并没坐下，两个人却是一同站在牙床前面。可惜来迟一步，起先二人所说之话已经不能听见。

此时所听的，乃是新娘在对新郎正正经经地说道："我是一个失

113

节之妇，现承此地的七双翁姑和你郎君不弃，娶我为妻，这自然是我樊梅花的不幸之幸。但是我的身子已被盗匪糟蹋，还有什么脸面来做你的妻子？"

樊小姐说到此地，忽又眼泪汪汪地继续说道："我要请求郎君，允我之请，名义上算是夫妇，以便瞒过七双老人，实际上呢，我只替你铺床叠被，做一个高等丫鬟便了。"

掌珠少奶奶一听到这句，她的眼泪早也滚了出来。因为还想再听底下的话，否则她早哭出声来了。当下又见新郎急得把他双手乱抓自己的屁股，同时发急地答道："五姊姊，你真正在自己看轻自己了，你的这桩事情，上自天上仙家、人间官府，下至民众，以及我家七双老人，我们这班人物，谁不钦佩你的苦心，谁不敬重你的人格？怎么你反把如此难能可贵的一件大事认作美玉之玷起来，岂非大大奇事了吗？"

自奇公子说到此处，可怜不敢去执新娘之手，单是朝她恭而敬之地又作一揖道："好姊姊，你再这般地说下去，我的心要痛死了呢！"

掌珠少奶奶便在窗外暗暗地自己击掌道："好自奇，好丈夫，我们这几个人真正也不枉嫁你了。"

当时又看见樊小姐含了泪珠地答道："我郎呀，你虽然如此地说，我也信你出于真心。但是人心难测，作兴有个浅浅薄薄的人，他在大庭广众之间，不管有心无心，提起此事，叫我怎样做人呢？"

自奇公子不待新娘说完，他就把他脑袋很重一甩道："有我呢，天下之事，只要丈夫情愿，和人有何相干？"

新娘听说，嘴上虽然暂时没话，可是她的双足仍旧不肯往那床前走去。

自奇公子忽将他足拼命一跺道："五姊，难道你忘了你大姊姊的伤心之事吗？据我说来，恐怕她比你还要痛心一些吧！你若真为此事不肯和我成亲，这不是你明明地也在瞧不起你大姊姊了吗？"

新娘听到这句，觉得十分吃重，而且她对于这位大姊姊，真比天王老子还要敬重，如何可以因自己而连累她人呢？当下只好将她粉脸一红，问着新郎道："这么我真心说一句，我今晚上的迁就郎君，一大半是为的大姊姊这人呢！假使你将来误信人家的闲言闲语，我也只有一死了之……"

自奇公子一边说了一句："你放心！"急把新娘的樱桃小口拼命一掩，一边用尽了吃奶气力，仿佛像那蚂蚁拖鳌头似的，拖进帐去。可怜掌珠少奶奶，直到此时，方始悄悄地向天一拜道："我的天爷爷，再不然是，皇帝不急，倒把我这个太监急死了呢！"掌珠少奶奶说完这句，还是不放心就走，一直听到帐子里面微有笑声，一直看到帐子缝里偶然露出一只白生生的大腿，这一吓，这一羞，方才把她这位多管闲事的大太太逃回房去。

第二天早，掌珠们到她五妹房里去道喜。这样一来，蒋府上这场破天荒的大喜事方算完毕。掌珠少奶奶关心丈夫的功名大事，不满三朝，就逼自奇公子来到俞升云老夫子那儿去念书。自奇公子也能体贴妻小之意，果然埋头用苦功。徐碧霞少奶奶，她的第一件大事，就是陪了七双翁姑、樊氏母女，及丈夫等人，去到虎邱寺内，先将樊老夫子治好。正想叫她丈夫去谒丈人峰的时候，倒说那位丈人峰非但大发了一顿雷霆，而且一气出寺，逃得没影没踪了。

大家无法，只好一同回转。

徐碧霞便对自奇公子说道："这个老怪物，真不和他客气，他当福气了，以后不必理他，看他闹出什么把戏出来。"

李峨眉微笑道："二姊，你可对于那'忍'字似乎离了边儿了呢！"

徐碧霞一听此语，连连红了脸道："承教承教！我真失言了。"

李峨眉又笑道："这且丢开，现在要瞧那个李伟仙，又闹些什么事情出来。"

115

魏、殷、樊三位少奶奶一同说道："我等之意，还是蒋郎去到李家一趟，算是替她赔礼，未知七双公婆，以为然否？"

自奇公子不得父母许可，他便接口道："应该去，应该去，这就叫作礼多人不怪呀！"

七双老人立命家丁小子、丫鬟使女，拥了公子去到李家。哪知李伟仙托病不见，只好碰了一个钉子回来。

掌珠少奶奶因见李伟仙如此不受抬举，也会微动其气道："这事只好听他之便了。"

大家也怪李伟仙太觉过分，不再前往打招呼了。但是话虽如此，这位李峨眉自己想想，她到底是个罪魁祸首，只望能够侥天之幸，就此风平浪静，方好对得起人。不料一等也没信息，两等也没信息，一直等场期已近，终于没有一点儿信息。一时无法，只好暂将此事摆开一边，大家料理自奇公子进场之事。

照大清朝的规矩，苏州秀才要到南京去考，自奇公子不能例外。等得八月初一那天，离开场期只有七天，七双老人主张他们一同送去。自奇公子不肯让他老的出门，后来议来议去，方始五位少奶奶陪同前往。自奇公子还要想留几个在家侍奉，七双老人如何肯？只好恭敬不如从命，等得到了南京，早有用人租好极大公馆。

三场既毕，文章十分得意。照自奇公子的意思，放榜还要长长一月，况且苏宁近在咫尺，还是一同回家，免得七双老人惦记。哪知他的五位少奶奶，以为老人有言在先，自奇会中，何必多此往返呢？

正在议论纷纷，莫衷一是的当口，忽然来了一位南京姓高的巨绅，说是奉了吉钦差大臣之命。这位钦差是呱呱叫的亲王，因有一位格格，要招自奇公子为婿，无论如何，不得推托。就请两江总督来做大媒，亦无不可。自奇公子当然严词拒绝。岂知掌珠和李峨眉二人极端赞成，因知这位老亲王乃是慈禧太后的亲信，只要做了这位郡主娘娘的丈夫，还怕姓李的来做对头不成？自奇公子也被她们说动，不过说是要得父母同意之后，再行回复。那位巨绅连说应得如此，静候佳音。

此人去后，大家便推李峨眉飞回苏州禀明一切。

不知七双老人对于这位郡主娘娘的亲事是否同意，且听下回分解。

第十六回

芙蓉脸面尽对少年郎
锦绣文章难谐大主考

却说自奇公子等人打发李峨眉走后，因为没事可做，正想同了四位少奶奶前往莫愁湖游玩的当口，忽见高士、秋月、小燕走入道："恭喜恭喜！自奇公子，你真艳福无双，即日就是驸马公了。"

自奇便问他们何以知道此事。

小燕笑答道："若要人不知，除非己莫为。吉亲王的郡主是什么人？现在南京的茶楼酒馆，哪个不把这事作为谈助呀？"

掌珠便将李峨眉回苏请示之事告知小燕听了。小燕听了大喜，又将大家在捧这位郡主有才有貌的话细细地讲给掌珠等听。

自奇插不进嘴，他便向高士道："你又不下场，来此何为？"

高士笑答道："我因秋月兄还是初次进场，所以陪他同来。"

秋月要看自奇的场稿，自奇即与秋月二人互相交换看过。秋月自愧不如。

自奇笑着道："你自己在虚心吧！照我看来，你的和我的也不相上下吧！"

高士岔口道："让我来说句公道话，自奇兄必定可得五魁。秋月兄也可望中。"

秋月听说，方始无话。

高士又问自奇道："你们一夫四妻，此刻打算往哪儿去呀？"

自奇答道："本想到莫愁湖去玩的，此刻你们来了，不去也不妨了。"

此时小燕和大家也谈腻了，当下听见自奇公子要到莫愁湖去，她便第一个起劲。掌珠因见殷、樊二人，更有兴致，便同大家一脚来到莫愁湖畔。刚想进门，就被几个形似旗牌官模样的人物阻住，不准入内游玩。高士看不过去，即上前诘问："此是公共场所，如何不许我们进去？"

内中有个较有年纪的答话道："今儿俺们的福晋和郡主娘娘适来此处玩耍，关防严密，因此不准闲人挤入。"

秋月听说，先自自奇公子悄悄一拉道："这真巧极，你们可以会亲了。"

自奇公子听说，倒也不过一笑了事。独有掌珠同她四位妹子，个个都有想要瞧瞧这位郡主芳容之意。

当下徐碧霞便对一姊两妹笑道："你们果真要看这位新娘，我们马上闯了进去就得了。"

徐碧霞一边道声未已，一边已在把她双手向着那班脓包似的旗牌官，仅不过轻轻一分。只见那些人众早已跌跌冲冲、东倒西歪起来，同时却在嘴上打着京腔呿喝道："哪儿来的杂种，竟敢在此撒野？"

高士就大声答道："考相公！"

原来前清时候，对于考相公十分重视，因为抡材大典，万一考相公罢起考来，那班官府便吃不消了。谁知这句说话乃是指的官府而言，说到王爷头上，那就又当别论，他们既是天皇贵戚，自然不怕你们这班秀才造反了。

当时里面的那位福晋和郡主一听外边人声嘈杂，忙问什么事情。那班旗牌官自然加油加酱地把这外边男女几个说得形同造反一般。福晋和郡主两个顿时大怒，喝声："替俺一个个地捆了起来，送官究办！"

徐碧霞此时当然不肯动武，自奇公子更加胆怯。幸亏高士这人有些机警，他见连考相公的名义都不能压他，他就抬出对症下药的那个大来头，对着他们大声喝道："你们的狗眼可曾长在脸上？"说着，又把自奇公子推出众人之前道，"他便是你们王爷托人求亲的蒋公子，你们还当是谁呀……"

高士这话还没说完，只见那班大汉们已经吓得退缩不前。同时又见几个旗装妇女，顿时奔了进去，仿佛前往报信似的。顷刻之间，又见里面走出两个一老一小的旗装命妇，一面大骂她们家丁，一面又在一迭连声地说道："既是蒋府上的公子，俺们都是世交，快快不要生气，请到里边待茶。"

自奇公子起先自然有些生气，此刻呢，又有些闹不出来了。正在进退维谷之际，又见一班旗装使女似乎已知掌珠等人就是蒋公子的少奶奶，都在指指戳戳地点给那郡主看。那位福晋真所谓爱婿情切，她竟亲率了女儿，早把自奇公子等人拦入里面，一边打着哈哈，一边指着郡主这人，对着自奇公子笑道："蒋公子，这个便是俺们的格格，你俩是世兄、世妹，快快见过礼吧！"说着，又去拖她女儿来见自奇公子道，"她年轻，怕寒碜，其实已经是自家人了，怕什么呢？"

这位福晋真不含糊，真会酬应。如此一闹，自奇公子连同他的四位少奶奶只好以礼相见，并将高士、秋月夫妇介绍见过。

那位郡主虽然脸上微有一点儿羞涩，可是她的那双俏眼竟把自奇公子这人从头上打量到脚下不算外，还把掌珠、碧霞、丽华、梅花四个看得彻筋彻骨。

福晋见他这位闺女一双黑溜溜的眼珠尽朝蒋家夫妇五个人在瞧，似乎有些不甚雅观，便去敷衍自奇公子道："蒋公子，俺们王爷曾经听人说起，你府上真是富堪敌国。俺们要请教一问，你到底有多少的家财呢？"

自奇公子忽见福晋突然问出这话，觉得俗不可耐。但又不便当场驳斥，只好微笑道："也不算多，仅不过可以温饱而已。"

福晋咯咯咯地笑道："这是公子太谦了，老实说，你的苏州蒋还胜过南京蒋呢。"

自奇公子因见这位福晋带眼儿也不瞧瞧高士、秋月夫妇，深怕冷落了他们三位，便对掌珠等人说道："时候不早了，我们还得到别处去走走呀！"

掌珠本在觉得这位郡主娘娘仅对丽华一个子稍事敷衍，对于她和碧霞、梅花三个，似乎很是冷淡，正在没精打采的时候，一见自奇如此说话，正中下怀，当下即向福晋母女二人告辞道："我们无缘无故地前来阻止了二位的半天游兴，很是不恭。现在要告辞了，改日再来登门晋谒。"

福晋还待相留，因见自奇公子决计要走，急将她那一根香烟管上挂着的一块羊脂白玉牌儿摘了下来，含笑地送与自奇公子道："今儿可巧没有预备什么礼物送与公子。"说着，把嘴向着那块白玉一指道，"此物虽小，乃是俺们老佛爷所赏赐俺家格格的，谨以奉赠，聊做今儿一会的纪念。"

自奇公子虽是再三不肯收受，福晋却在再四请他收下。

他们宾主二人正在推来推去之际，忽然听见有人在说道："妈呀，人家既瞧看不上这件东西，你老人家应该再加上一些贵重的礼物才好呢！"

自奇公子一听如此说话，只得连说："既然如此，小侄收受就是了。"

福晋听说，非但方始大喜，而且亲自送到园门外面。那位郡主总算没拿身份，也把掌珠等人送走。

大众既到外面，正想前去瞧那明太祖遗像的时候，只见远远有个人，直向他们这里奔来。徐碧霞的眼睛当然比较众人能够看远一些，她忙丢下大家，一个人迎了上去，一霎时候，大家已见徐碧霞和李峨眉两个手挽手地走过来。

掌珠便问道："三妹，你怎么知道我们在此?"

李峨眉很得意似的答道："我也有未卜先知的本领，你们不要瞧我不起。"

自奇公子因为徐碧霞已经走到他的身边，他便忙不迭地低声问道："你们三妹真有这个本领吗?"

徐碧霞笑着将嘴一撇道："你莫听她吹牛。"

自奇公子还待有话，已见掌珠、梅花两个一同在问李峨眉道："我们见你这般喜悦，大概是这位大媒伯伯没有白走吧?"

李峨眉笑嘻嘻地把手向着前面一指道："我们一边游玩，一边说话便了。"

小燕接口道："三少奶奶，你先说一句，究竟七双老夫妇赞成与否? 好让我们放心。"

李峨眉便气哄哄地说道："一班老的，经我一说，马上答应。倒是那个又迂又腐的俞升云，要他不大赞成，岂非奇事?"

自奇公子很是信仰这位先生的，当下忙问道："俞先生怎样说法?"

李峨眉把嘴一撇道："这种腐儒，你想能够说出什么道理? 也无非是那些齐大非偶，自求多福的老古董罢了。"

梅花少奶奶接口道："这真是个书呆子了，何必理他呀?"

掌珠便笑道："如此说来，我们又多一个淘伴了。"

等得大家游湖回家，吉亲王已据福晋回去报告，竟将自奇公子说得犹如潘安再世、曹植重生一般，立即又托那位巨绅前来候信。

李峨眉正在提脚，要想出去答复的当口，却被徐碧霞边笑边喝道："你往哪儿跑呀? 你难道真想做这大媒伯伯不成?"

李峨眉一被她的二姊提醒，不禁一呆起来。

掌珠、丽华便去拜托小燕夫妇和高士三位。高士本不赞同此事，但是人家父母同意，姊妹赞成，何必来做这个恶人，破坏此事? 当时即同小燕夫妇前去接见那位巨绅，并说："男家父母业已同意，容俟商量妥当，请出大媒，再到女家求婚。"

那个巨绅听说，当然十分大喜而去。

小燕等人回到里面，掌珠又问李峨眉道："这件大事，老的怎样办法？"

李峨眉道："他们只命我和你们四个做主办理。现在怎样进行，我可不甚明白。"

小燕指指高士道："南京城内的绅士，不是他的老师，就是他的同年，我瞧准定推我们这位表兄，马上去请两位有面子的人物，做个现成媒人就是了。"

自奇公子接口道："就是你们三位，也得夹在里头的。"

高士一口答应，即去托人办理。此事因是女家方面发动，自然一办即成。行聘等等，不必细叙。

单讲女家那里，要求放榜之日，新贵赴过鹿鸣宴后，即到女家入赘成亲。

自奇公子听了这个消息，便去对他五位少奶奶说道："这真正是奇谈了，功名之事，怎有如此把握？"

李峨眉抢着接口道："郎君不必害怕，为妻又有先见之明。你一个举人是一定着杠的。"

自奇公子连连乱抓屁股道："天下断无此理，就算我能侥幸，也要被人家冤枉打通关节的了。"

大家听说，都以自奇公子之言为然，又请高士即去回复。谁知那位吉亲王本是一位一人之下、万人之上的大人物，他说的话比圣旨还难更改。

福晋转圜道："王爷，男家的不肯答应，无非是怕得不中，只要能中，自然也不会反对了。"

吉亲王却似乎极有把握地说道："俺们女婿的文章俺已请过好手瞧过，大家都说他的文章莫说中个小小举子不算什么，便是状元，也不过做到如此的好文字而已。"

福晋忽和吉亲王咬上一回耳朵，吉亲王一边点首答应，一边立即亲自提笔，写了两封信，命人送与大主考平亚雄、副主考何国藩二人。平、何二人拆信一看，见是吉亲王替他未婚之婿前来请托人情的。因为平亚雄、何国藩自从和昆仑老人分别之后，一向未曾通信，至于老人在这蒋家又做出不少的奇事，他们自然一点儿不知道，既不知道老人和这位姓蒋的有关系，兼之吉亲王又是一个奸王，如何肯干这个科场舞弊的事情呢？

当下平亚雄即和何国藩商量道："莫说这个奸王我们素不赞成，就算是要好的，这班秀才的卷子个个都是弥封，也没手脚可做呀！"

何国藩摇首道："这倒不然，只要我们肯舞此弊，总有法子可想。"

平亚雄连连叹气道："这个蒋自奇，也太没有人格了，现在满人如此压迫我们汉人，他竟会去做他们女婿，已经大大地说不过去。现在还要仗了大人的权势，来做这个无耻的举动吗？"

何国藩虽是平亚雄的妻舅，但是现在他的正主考权柄在他手上，只好私下托人前去回复吉亲王，说是信已收到，酌量办理等语。吉亲王得了回话，还当已经应允，便叫媒人通知男家，说是一定会中，不必担心。谁知自奇公子得了这个回话，加二急得要死。

等得放榜的那一天，正是重阳佳节，初八晚上，平、何二位主考照例排下香案，三跪九叩之后，即把所有取定了的卷子，先从第六名起，拆一封唱一名起来。及至唱到第一百名上，便是那个李伟仙中了。一直唱完，坐红椅子的却是孙秋月。两位主考因与李、孙无关，不必说他。当时又从第五名倒拆上去。

正在拆唱的当口，平亚雄很是放心，因思这个蒋自奇，既无品行，当然没有文学。现在已经拆到五经魁了，不见得这个姓蒋的竟会中解元不成？平亚雄的念头尚未转完，已见将要拆到第一名了，当时从监临起，一直至各房的房官为止，没有一个不在注意这位解元的名字。哪知唱出来的名字，竟是"蒋自奇"三个大字。大众虽与这个姓蒋的不认识，可是对于新科解元，这是人人欢喜的。不料却在这个欢声雷动之中的时候，正主考忽然对着大众说道："各位年兄，且莫高兴，因为这是国家的抡材大典，应该再三谨慎为妙。假使将来到了部里磨勘出来，我们大家便有不是。"

正主考一边说着，一边即将这个第一名的文章细细再看。真是篇篇锦绣，字字珠玑，以此抡元，确是朝廷国运。不料这位正主考偏有成见在胸，当下忽把桌子一推道："好险呀！幸亏本主考瞧出一个破绽来了。否则岂不大大误事？"

平亚雄说着，即对何国藩说道："请你将那备卷拿了过来。"

何国藩一见平亚雄真要换这解元，他的心下甚不为然。

不知何国藩如何答法，且听下回分解。

第十七回

座主回心门生发解
剑仙赌气贤妇遭殃

却说何国藩一见平亚雄问他要那备卷，便知他的这位妹婿已在意气用事。但是职权所在，未便阻止，只好把那所有备卷送了过去。平亚雄拿起面上一本，翻开一见，陡见这本卷子里面夹上一张小小条子，他就顺眼先看条子。只见写着是：

> 身为主考，应凭文章，胸有成见，于人有伤。君中善士，与己有光，碧霞师妹，已与成双，峨眉飞侠，做彼三房，逆天行事，即是荒唐，快快猛省，还可收场。
>
> 亚雄大主考
>
> 昆仑老人书上

平亚雄还没看完，心里已经没有主意。及至看到老人具名，更加吓得心跳不止。幸而到底是位才人，他急把他面色镇定一下，假装一面去读手上那本卷子，一面已把那张纸条吃到嘴内，吞下腹去。这一来，自知没有把柄了。当下更把胆子一大，匆匆地看完那些备卷，重又去将蒋自奇的卷子仔细一瞧。突然拍着公案桌子道："如此奇文，几乎误事！"说着，又对荐卷的那个房官说道，"老年兄，你

126

的眼力胜过兄弟多多矣！"

因为这篇文字须要几次三番细细读去，方见它的好处。这位考官听说，起初本在大大着急，此时已经是雨过天晴，还有何说？当下也不过这位大主考竭力恭维几句罢了。等得里面填好金榜，天已微明。及至贴出，恐怕那些从门缝里塞出去的消息早已连三报都报完了。照例解元的报子不比寻常，当时那班头报、二报、三报统统已经报到自奇公子那里。

自奇公子能够中到解元，自然两桩欢喜。一桩是十年寒窗，一朝得志，这是第一个欢喜；一桩是喜期业已拣在这天，万一名落孙山，试问去不去入赘呢？现在是解元公了，真正合得上那两句"洞房花烛夜，金榜题名时"的话了。

当时自奇公子正在高兴不止，重赏报子的当口，孙秋月因为他也中了，虽然名次低了一些，总与自奇公子是个同年。当下彼此道喜，各人的夫人也向丈夫道喜。

此地喜还没有道完，吉亲王那边早已用他本人的半副銮驾，第一是黄对子马，一对对的笃笃有声；第二是对子提炉，也是一对对的香烛缭绕，从头到尾，真要写上两三回方才能够写完。现在一笔包尽。

这位解元公蒋自奇新郎已经迎到吉亲王的行辕，就在那座银銮殿上，行过花烛之礼，送入洞房。因为那个李伟仙是与自奇公子翻脸，当然不会再来吵房。这位郡主新娘呢，她一不是剑仙侠客，用不着新郎再去致敬；二又不曾被人糟蹋，也用不着新郎再三慰藉。况且又是女方看中男方的，所以这一夜的芙蓉帐里，总算彼此吃了一桌满汉全席。

第二天起来，掌珠等五位少奶奶已在殿上恭候，先见朝廷之礼，五位少奶奶只好前去参见新娘。后见家庭之礼，这位郡主新娘也只好自称六妹，去见这五位先入门为大的姊姊。等得见礼之后，新郎还要去赴鹿鸣之宴，这么上回不是说过，先赴鹿鸣，后谐花烛孤吗？

做什么又要先后倒置起来呢?

原来吉亲王为人,本来十分跋扈,竟把一个朝廷大典不比他家私事,因此缘故,以后的这位自奇公子,弄得走投无路,读者不要性急,且让著者一样样地慢慢写来。

现在先说自奇公子,当时满身冠戴,自然是新科解元的打扮。他在吃那鹿鸣宴的时候,所有三省同年,除了那个李伟仙,因他又中解元,更加多上一重怨气外,其余的是,没有一个不在钦佩这位自奇公子年少多才。

及至宴罢,两位正、副主考单把解元门生请到内室叙话。

正主考的头一句话便说道:"我的贤契,这场事情好险呀!"

自奇公子自然莫名其妙。

正主考又笑着说道:"这事难怪贤契不懂起来。"

正主考说着,即把吉亲王写信请托起,一直说到昆仑老人暗中给他字条止,一句不漏,统统讲与自奇公子听了。

自奇公子又一愕道:"二位老师在上,这是家岳一人所干,门生真的一点儿不知。"

正主考双手大摆道:"贤契,假使没有这位老神仙通知,或者要疑心到你们翁婿串同的。现在既有老神仙保举贤契,我们当然晓得你的品行了。"

自奇公子刚得谦逊几句,又见副主考在问他道:"贤契,老神仙既说有两位剑仙侠客做你夫人,这么她们二位当然不比凡人,为何眼见丈夫去做奸王之婿,一句不说的呢?"

自奇公子也把李伟仙因为吵房,生了意见之事述与二位老师听了。

平、何两人一齐跺足道:"咳咳咳!这真正是因噎废食了。莫说贤契有这位老神仙照应,又有两位剑侠夫人,何必惧此一个姓李的呢?"

平亚雄又单独说道:"好在现在已经是同年了,可要让我们二人替你们解解和吧！"

自奇公子又将四海仙妃业已说过冤家寻到，恐非随便可以消灭之话讲给两位老师听了。

平亚雄想上半天道："既然如此，贤契千万不可去和奸王同流合污才好。至于李贤契那边，我们二人一定尽力解和就是了。"

自奇公子谢过老师，又问怎样认识这位老神仙的。平、何二人也将他们之事述给自奇公子听了。自奇公子因见他们师生几个都是老神仙提拔之人，当然更加亲昵。

等得前去见过房师之后，回到吉邸，他的丈人、丈母主张一同去到苏州，会了七双亲家，还要游山玩水，领略吴宫风景。自奇公子和他五位夫人当然十分赞同。

住过几天，等得送走平、何二人回京之后，真的一同来到苏州，在吉亲王未曾动身之先，已由南京制台飞报苏州抚台。苏州抚台一面通知蒋府，一面即在沧浪亭上设了王爷的行辕。刚刚布置完毕，吉亲王的銮驾已经到来，非但三大宪出城迎接，就是蒋氏七双老夫妇也来迎接这位王爷亲家。见面之下，此时彼此还没生出意见，自然十分融洽。

就从这天起，七双老夫妇天天陪着吉府人等，恨不得把这座苏州翻一个转身。李峨眉常常撺掇掌珠，去把李伟仙作对之事告知郡主，再由郡主告知她父母。倒是自奇公子竭力阻止，说是："既有平、何二位老师答应和解，还是等等再说。况且四海仙妃说过那个'忍'字，倘若我们告知王爷，这便是先发制人。对于那个'忍'字，更加离开远了。"

掌珠听说，甚以为然。李峨眉也只好耐心等候。岂知这位吉亲王正在玩得乐不思蜀的当口，慈禧太后因见左宗棠侯爷在那陕甘地方连吃败仗，手下的一个大将刘松山忽被一个回人打死，这位老太后发起急来，恐怕那些回人又成第二个长毛，于是一道六百里牌单的廷寄，立把吉亲王召回京去，以便商量国事。

蒋氏七双老人挽留不住，只好送出不少的奇珍异宝不算外，还要全家亲自送到上海。现在不言吉亲王入京之事。

单讲蒋府人众回到家内，又是一场大喜的事情。你道何事？

原来昆仑老人自从奉了师命，去到杭州办那徐家小姐一案。这个徐家本是杭州巨绅，他家和胡雪岩、王文诏都有亲戚，因见现任湖州吴知府的公子极有学问，托人作伐，要这女婿来到杭州招亲。吴公子当然答应。

花烛之后，徐小姐和吴公子异常亲密，因为吴公子说他老母不日就是五十大庆，要叫徐小姐同他回去。徐小姐本是知书识礼的人物，如何肯说不去？当时本已约定第二天就要动身的了。头一晚上，正和丈夫在吃晚饭时候，因见大家都已吃完，只有吴公子一个人还在吃酒。徐小姐又知吴公子欢喜吃那鲫鱼，便对丈夫说道："你既欢喜吃这鲫鱼，让我到厨房里去，再替你盛一碗来。"

吴公子正在吃得高兴，连说："好好！"

徐小姐便把那只吃剩的鱼碗拿到手中，就到厨房里去盛出半碗鲫鱼汤去。回至吴公子那儿，一边将碗放在桌上，一边微笑着说道："我当还有，哪知仅有这半碗汤了。你喜欢吃，明天多买一点儿就是。"

吴公子咕嘟一声，呷上一口酒，又去夹上一筷鲫鱼，送到嘴上道："新娘娘，你怎么这般忘性大呀？明天不是我们要动身回去了吗？"

徐小姐嫣然一笑道："我们要明天下午才起身呀！你既欢喜吃这个鲫鱼，明天我一定叫人去买给你吃。"

吴公子醉醺醺地望了徐小姐一眼道："新娘娘，你真贤惠，我吴某人能够娶你为妻，总算前世修来的了。"

吴公子说着，陡觉肚子微痛了一下，便又接口说下去道："我所怕的是，天有不测风云，人有旦夕祸福。假使一个不幸，得了一个急病，马上呜呼哀哉，那就辜负你的青春美貌了。"

徐小姐听了这话，陡觉心里无缘无故地一酸，同时把她那双娇滴滴的媚眼一红道："吾郎呀！你可是醉了不成？怎会说出这个不吉利的话来呀！"

吴公子又是"哎哟"一声，慌忙弯了腰，托手乱摇道："这也不算什么不吉利的言语。"说着，把手向徐小姐的肩胛上一搭道，"新少奶奶，快快请你扶我进房，我此刻的肚子更加痛得不得了了。"

徐小姐不待吴公子说完，忙不迭扶了吴公子来到新房。吴公子一睡到床上，便觉痛止一些。他又关照徐小姐道："新少奶奶，我因肚子痛了，没有吃饭，请你吩咐用人，把我吃剩的半碗鱼汤千万替我留好，作兴我半夜里肚皮饿了，还要吃呢！"

徐小姐连忙出去关照，还怕用人疏忽，索性把那半碗鱼汤拿到新房。吴公子瞧见这位新娘娘待他如此好法，不觉睡在枕上，自点其头道："好少奶奶，你真贤惠，我有你这位妻子，就是马上闭了眼睛，也是心甘情愿。"

徐小姐此时可巧走近床边，急将她的玉手掩住吴公子的嘴道："吾郎呀，你今儿真不好，为什么句句在说断头话呀？"

吴公子顺手一把将徐小姐拉到床上，将身向里床一歪，不觉假酒三分醉地涎了他脸去解徐小姐的纽扣。

徐小姐吓得红了脸地往外一缩道："你不是有毛病吗？不可以的。"

吴公子忽又"哎哟"一声道："我的肚子又痛了。好妹妹，你快快依了我吧！"

徐小姐又把吴公子的手一推道："我们已是夫妻了，何必忙在今朝夜里呀？"

吴公子不禁发急地说道："今天不对，你快自己脱吧！"

徐小姐忽见吴公子的眼睛之中，似有泪痕模样，心中自问自答道："今见什么缘故，他的种种举动，大不吉利。"一时想起夫妻之情，只好顺从丈夫。不料正在实行儿女之事的当口，倒说吴公子忽又大痛特痛起来。徐小姐连连把她丈夫推下肚皮，说也奇怪，吴公子就在此时，顿时七窍流血，死于非命。

徐小姐年纪轻轻，她那祖父母死时，她确未曾看见，她的父母又好好地活在那儿，可怜她自从有生以来，从没看见死过人的。这时还当了得？只好极声大喊。

等得父母赶进房来，他的这位女婿早已呜呼哀哉。忙问女儿，女婿究抱何病。女儿老实告知父母，父母商量一下，一边电知湖州亲家，一边从丰棺殓。

谁知湖州知府还没赶到，隔壁有个讼师，要问徐小姐借贷一千两银子。徐小姐正在哭得死去活来，忽见有人去爆她的黄瓜，顿时大怒，喝着用人赶将出去。这个讼师岂是好惹之人？便去唤到地保，认认真真地关照道："徐家出了命案，死人之父，又是现在湖州知府大人。我们邻居都要平安，你是保正，也有责任。依我之见，快快前往县里报验，大家便好安稳。"

地保知他是个恶讼，如何还敢怠慢？地保既去报官，官府自然前来相验。一验之下，据那仵作报称，说是死者七孔流血，确是服毒而亡，官府当然讯问新娘。新娘据实供上，官府即命把那吃剩鱼碗呈验。

验明之后，碗中确有毒物，不过究是什么毒物，可不知道。这样一来，可怜这位徐小姐便做阶下之囚了。徐绅士前去保释，当面既被县官讥嘲。后来湖州吴知府也去拜望县官，请他另觅正凶。县官也不答应，单把徐小姐一堂一堂地严刑拷问。徐小姐真没害死丈夫，如何肯招？哪知人心似铁，官法如炉，任你徐小姐怎样熬刑，后来也会情愿认那八刀的割罪。事被昆仑老人所知，自然去救这位可怜可惨的徐小姐了。不料徐小姐的苦头已经吃足，情愿去到阴曹见她丈夫，不愿活在世上。老人又去运动县官，县官只要两万银子，便好翻案。假使老人马上就给县官两万银子，县官即将徐小姐昭雪，不见得徐小姐定要死在监牢之内的。

这件事情，说来说去，要怪徐小姐和吴公子两个根本不是姻缘，却是一段孽缘。她的苦头还未吃够，所以这位昆仑老人竟会去和县官赌气。偏偏不给你这狗官银子，只要有我老人在此，怕你能剐这个女犯不成？因此老人尽管在和县官赌气，可怜徐小姐那个娇滴滴的皮肉，尽管在那里受罪。幸亏老人奉了师命，二次来到杭州，总算徐小姐有了救星。

不知后事如何，且听下回分解。

第十八回

传宗接代孤女产英儿
遇难成祥娟仙居末位

却说老人第二次来至杭州，自然先到他那门徒那里。刚到门口，头一声便听见呱呱之声，料知孤女定已产子。既是血房，难免秽污三光，忙不迭地反身即走，另找一个清净所在住了下来。先打了一会儿坐，然后掐指一算，又知徐小姐当初时候，因为受刑不过，情愿一死了事。后来复因死又不能，活更难熬非刑，倒在懊悔自己没有见识。从前既有那位老道前去救她，何必死死拒绝？

老人既知徐小姐已有悔心，自然要去相救。老人即用法术，先将人龙、佳果二人召到。

二人叩见之后，老人笑问佳果道："汝妻业已生子，此子啼声洪大，倒是一个英物，你须好好抚养，以延你们夫妇两家的香烟。"

佳果肃然答道："产妇总算平安，现在含春师姊照料，料想无碍。"

老人又问过人龙几句，因见他们的功夫猛进，很觉高兴。当下便对二人说道："现在吴臬台已升抚台，他是好官，我又没有闲空工夫，你们二人须要随时保护。"

二人当然谨敬受教。

老人又说道："此地新任巡抚乃是一个顶坏的旗籍，平生为人，非但贪财，而且十分好色。他的身边已有七八个妻妾，倒说一到杭州，瞧见此地妇女标致，一口气一娶就是四个，还要宠得过分。别样不必说他，单是各人的大红绣鞋，每人竟会预做五千余双，藏在箱内。这是暴殄天物，已为神明所忌。现在限你们二人，今天晚上去把那二万双绣鞋连箱窃来，我有用处。"

二人奉命去后，老人便一个人来到监内，一面花上不少的铺监之费，一面去会徐小姐。

此时的徐小姐，因为满身都是刑伤，躺在一块板上，竟与死人无异。老人知道她此刻无力讲话，即用一碗阴阳水，画上一道神符，交与一个女禁子，命她去替徐小姐全身搽抹。说也奇极，到底仙家妙用不比寻常。

当时徐小姐因见那碗符水搽到哪儿，竟会好到哪儿，一时感激之下，忙向老人磕着响头道谢道："老道长，我徐娟仙知罪了。你老人家从前劝我出去，我因名誉已坏，身体已伤，与其出去无脸见人，不如去到阴曹会我丈夫一面。谁知这个瘟官竟把我弄得要死不能，要活不可，故而此刻是情情愿愿地望你老人家救我出狱吧！"

老人微笑道："这么你的口供又怎样了呢？"

徐小姐道："本因受刑不过，业已屈打成招。哪知这个瘟官硬要我供出鲫鱼碗里放的什么毒药。"

徐小姐一边说着，一边流出泪来道："老道长，可怜我真的没有谋毙丈夫，叫我怎么说得出来？那个瘟官仿佛是我前世冤家，供得不是的既要用刑，供得是的呢？当然用刑……"

老人接口道："我知道了，这是你时时在翻供的了。"

老人说着，即和徐小姐咬上几句耳朵。徐小姐十分高兴。

老人出了监门，走到没人之处，将他袍袖一展，已经变成一个劣绅模样，一脚来至县官的签押房内。县官见是素来和他朋比为奸的张绅士，慌忙笑脸相迎道："请坐，请坐！老兄是一个无事不登三宝殿的，今儿有何财项进门呀？"

老人所化的张绅士道："此来非别，只因女犯徐娟仙的老子再三托我，要想救他闺女出去。"

县官拦话道："我早已说过的，我因看中嘉兴县的缺，只要有两万银子到手，便可走马上任。现在张兄前来，也只要此数可也。"

张绅士道："银子可以照送，不过你用何法开释她呢？"

县官耸肩一笑道："我只说鲫鱼碗里之毒不能伤人，那就可以开脱了她，另拿凶手了。"

张绅士很满意地答道："这是赃款，非现不可。且俟今夜半，由兄弟亲自送至。"

县官忙向张绅士一揖到地地大谢特谢。

张绅士出了衙门，仍用袍袖一展，化为老人，回到寓所。人龙、佳果已在恭候。

老人抬眼一望，已见房内摆有四只红皮箱子，也不打开去看，仅将袖子一飘，道："你们去吧！"

二人走后，老人口中念念有词，把那四只皮箱之中的绣花鞋子统统变为小小的元宝，五千一箱，整整二万银子。到了半夜，他又化为张绅士，命人抬了四只皮箱，一脚来至县衙。

县官迎接入内，打开一看，真正是雪白的银子。点过数目，谢过张绅士道："张兄放心，十天之内，我一定开脱徐小姐便了。"

张绅士将嘴一撇道："有了银子，一个堂堂县官，连小姐也会喊出来了！"

县官急于要去运动好缺，没有工夫斗嘴，赶忙送走张绅士，马上漏夜带了四只皮箱去看抚台，说有要公禀见。抚台见是首县，况且已有人去替他说项过的，立刻命他进见。

县官叩头，参见道："太师在上，卑职前托某观察来求太师，要想调任嘉兴……"

抚台听说，即把手一摊道："那个数目呢？"

县官又下半跪道："已在外边。"

抚台即命抬入。因见来势极重，不禁大喜道："恭喜贵县，本部院要借重你去署理嘉兴了。"

县官听说，也在大喜的当口。不料抚台打开箱子一看，不觉气得胡须高翘，指着县官大骂道："狗官，干的好事！本部院的上房被窃四只箱子，正在奇怪，一个巡抚衙门，关防重地，竟会失去重要东西。"

抚台说到此地，又向县官把他眼珠一突道："原来是你偷的。"

县官弄得莫名其妙，慌忙偷眼前去看看箱子之中究是何物，怎么明明是张绅士相送，何以怪我县官做贼？谁知不看犹可，这一看，这位倒霉县官也会扑的一声向着抚台下跪道："太师开恩，这些绣鞋连卑职也不知从何而来。"

抚台冷笑道："本部院升任此地，本在李莲英公公那儿孝敬不少数目，因此我的属员孝敬我的，我也并不推却。谁知杭州地方竟会加我一个贪官的绰号。"

抚台说到此，一边用脚去踢县官的大帽子，一边又咬牙切齿地发恨道："你这狗官，仗了何人之势，竟敢来戏弄本部院呀？"

可怜这个县官，真正弄得有口难分，有理难辩，当下除了大叫太师开恩之外，别无言语。

抚台因为两万赃款没有到手，还要将他所失之物戏弄于他，这一气，还当了得？一面命把四只鞋箱抬回上房，一面把这县官办到充发极边，遇赦不赦的罪名。这个害人县官，后来死于极边，连他尸骨也不还乡。此是后事，揭过不提。

单说当时的抚台恐怕地方再有谣言，特地做个好名声，将一个新到省的即用知县文达公其人署了那个狗官之缺。

老人办了此事，只在一旁暗暗好笑。既见来了一位读书官儿，看他对于徐娟仙一案如何办理。哪知好官总是好官，能员总是能员，这位文知县接印之后，便去清理积案。及至审到徐小姐的案子，问过年岁、籍贯，又问徐小姐道："徐娟仙，本县瞧你这个人品，也不像是谋毙亲夫的凶犯。但是鲫鱼碗中之毒从何而来，你要供得清楚，不要自误性命才好呀！"

徐小姐一见这位县官十分慈善，胆子略大，当下便供道："大老爷在上，鲫鱼之碗，那天确是小妇人亲去盛的，至于其中有毒，小妇人真正莫名其妙。"

文知县道："本县看过全案的案卷，你与丈夫甚是和睦，何致陡然害他？"说着，即命差人呈上那个鲫鱼碗。文知县查看半天，却也看不出什么道理，只好带同人犯，来到徐宅踏勘。除了徐小姐一一指给文知县去看："此地是我亡夫吃饭之处，此地是我去盛鲫鱼之处……"说得清清楚楚，也想死里逃生。

文知县的确细心，他去坐在吴公子坐过的地方，抬起头来四面望。

徐小姐的父母因为悲伤女儿、女婿之事，已经病卧半年。这天两老夫妇硬撑起床，要求文知县替他亡婿报仇，替他女儿申冤。文知县暗暗留心，看见这一双老夫妇也不会生不肖女儿来的，当下一一答应。复又亲自去到厨房亲自查勘一番。回出来的时候，因为已是深秋天气，陡见梧桐树上纷纷落下叶片，不觉见景生情、触类旁通起来，忙去抬头一望。只见上面有架荆介花的天棚，顿时把脚一跺，大喜地说道："正凶在此矣！"

徐绅士老夫妇本来跟在后面，忙问文知县道："老公祖所说正凶，究是何人？"

文知县指指荆介花的天棚道："即此是也。本县幼年曾读医书，知道荆介花和鲫鱼同食者，毒发无救。这桩案子发生之初，你们令爱夫妻要好，亲自拿了空碗，再到厨房添那鲫鱼，不防回来的当口，自然经过这架棚下，难免没有荆介花被风吹在碗里。莫说当时大家不甚留意，不知有毒，就是后来的承审官府，也难料到此事。"

文知县一口气说到这里，不禁面有得色道："今天不是本县，因见落下桐叶，触景生情，恐怕此案便是龙图复生，也难平反的了。"

文知县说着，即命倒鱼碗，亲自仔细去看。果见鱼汤之中，还

138

有一二片荆介花的叶子存在那儿。文知县便对徐小姐笑道："徐娟仙，这碗内的叶子，恐怕还是老太爷念你受屈到今，有意保存在此，以作昭雪此案张本的。"

徐小姐叹上一口长气，谢过文知县，道："青天大老爷，小妇人今天蒙你昭雪这段奇冤，还不过是一人之事、一家之事？我想求大老爷把此案始末附入洗冤录，这样一来，以后可以保全不少的性命呢！"

文知县点头赞叹道："这就是一家哭、一路哭的典故了。"

文知县说罢，立即回衙，八角通详，了结此案。杭州百姓竟把这位文知县称作日断阳间夜断阴的包龙图了。

老人既知徐小姐回到家内，他便带了柳含春去到徐府。徐小姐瞧见恩人到了，即与父母出谢。老人先命含春，将他历史，以及蒋家的奇文怪事统统述与徐家父女三个听了。徐小姐和樊梅花两个本是同窗好友，当时听见樊梅花遇了强盗，本在替她可怜，今见她已嫁了蒋公子，成为美满姻缘，不禁暗暗羡慕。老人已知其意，便去执柯，劝那徐氏二老，快把徐小姐许与蒋家，做那第七房的媳妇。徐氏二老自然乐意，即把女儿叫到上房，问她怎样。徐小姐本已情愿，此时对于父母，仅说一声"听凭父母做主！"而已。

徐氏二老大喜之下，即求老人做媒。

老人此时已知自奇公子中了解元，同时又娶王爷之女，即命人龙、含春二人遄往苏州，说明其事。蒋氏全家本来把老人的话当作圣旨一般的，此刻一听老人前来做媒，个个无不大喜，除了那位有一点儿醋意之外。那第七房的一双老夫妇马上一口答应，唯求老人亲把新人送到苏州而已。

人龙、含春回到杭州，禀明老人，老人告知徐氏二老。徐氏二老便同老人亲将女儿送到男家，这场喜事，也和从前一般热闹，这样一来，蒋家的七双老人总算房房都有媳妇了。

徐氏二老因见这位快婿如此年龄，已中解元，将来不可限量。

139

又有神仙照应，又有剑仙妻小，还有何话？住了几时，便放放心心地回到杭州去了。

自奇公子送走丈人、丈母，便问老人，可否在他家内度过残冬，明春一同至京？老人连连摇手道："不能奉命，现在陕甘一带的回匪作乱，连那左宗棠前去也伤一员老将。我要立刻带回徒弟等等去到那儿，暗暗帮助他们。此是整个的中国，不能因为异族做了皇帝，大家都看冷眼的。"

徐碧霞、李峨眉忙不迭地一齐接口道："这么我们二人也该同往为国效力。"

老人阻止道："尚非其时，你们还是在这儿做这传宗接代的工作吧！"

二人听了此话，不觉通红其脸地望了老人一眼道："这也是你老人家对我们说的话吗？"

老人仰天哈哈大笑道："你们既在讨厌我，我就去也……"

"也"字的余音尚在众人之耳，他的影子已经不见。

郡主娘娘一俟老人走后，便向自奇公子发话道："刚才这个老头子所说，不是明明在说俺们不该做你们中国的皇帝吗？这个无父无君的叛徒，俺要禀知俺们老子，定要画影图形地捉拿他了！"

自奇公子慌忙接口道："郡主不要误会，这位神仙真正忠于国事，他说不要因为异族人做皇帝就此袖手，这是说，不论何人为君，做百姓的都应该捍卫国家的。"

郡主鼻子里哼了一声道："你倒替他辩得好了！"

大家都劝郡主不可多事。郡主因为一个人在此地，独木难以成林，当下摆在肚里，面子上便算说过不提。

时光容易过去，转眼已是岁阑。大家一过新年，便要打点自奇公子上京会试的大事。照七双老夫妇之意，打算全家都去。后来谈来谈去，谈定七位少奶奶伴同进京。那时由上海到天津，已经有了海轮，无奈这位满洲郡主生性就和洋人反对，而且她的脑海里面存着她的祖上咸丰皇帝便是被法国人逼还热河去的，到后来死在那儿的。有这仇恨，死也不肯去坐轮船。既是不坐轮船，只有走那清江浦的十八站大道了。

当时郡主便对徐碧霞、李峨眉两位姊姊笑说道："俺也知道十八站大道是难走的，非有保镖的镖客不行的。但是你们二人比较镖客要胜万倍。依俺之意，正好把这条道路，劳驾你们二位打扫干净，也好便利来往商贾了。"

不知二人怎样答复，且听下回分解。

第十九回

行旱道首先逢左道
恃旁门口不答师门

却说徐、李二人听见郡主娘娘要走旱道，还要她们二人前去做那开路先锋。徐碧霞听了，不过一笑而已。

独有这位李峨眉，她听了异常兴奋，一则她的存心，总想郡主娘娘帮忙，以她王爷老子的势力前去压倒那个李伟仙，免到他来寻事。况且现又中了举人，一个人岂有不望发达之理，岂肯去和亲王反对之理？如此说来，这位郡主娘娘之话，李峨眉不能不听命了。二则是久闻清江浦的十八站大道素有强人出没，平时客商来往，或是各地举子上京，无不借重镖客。她的本事当然胜过镖客，真的去把道路打扫清净，免有强盗害人，也是剑仙侠客应为之事。有此两层理由，当下便笑嘻嘻地答话道："六妹，你要走那儿，我自然可以做你的镖客，这一班小丑，真的不在我的眼里。"

徐碧霞微微一笑道："三妹，你也不可小睹天下人呢！"

李峨眉不服道："这么你莫动手，尽管让我一个子前去对付。"

第二房的老太太吓得抖凛凛地对着徐碧霞说道："好媳妇，你万万不要和你三妹赌气，我们七房之中只有这一点点儿宝贝，我们还恨不得连你们的师尊都去请来，才放心呢！"

樊梅花接口道："二婆婆说得一点儿不错，我是一听见'强盗'两个字，三魂早已吓掉二魂的了。"

掌珠深怕梅花一个不经意，漏出从前那桩强盗之事，倒要被人背后议论，因此忙把眼睛对着梅花一眨。梅花也就觉着，马上停住不说下去。

郡主看得清楚，便向掌珠发话道："大姊，你为什么朝五姊眨眨眼睛呢？难道五姊和俺这个满洲人说说话儿就会寒碜了吗？"

掌珠一被郡主说破，一个心虚，不禁把脸羞得通红。正想辩白一下，徐娟仙忽来岔嘴道："六姊，你可不要冤枉我们大姊姊，我说她真是一位好人，不然，还容得他去讨我们六个人吗？"

郡主大怒道："住口！俺是天皇贵胄，不见得没有人要的。俺的下嫁此地，一股脑儿不过瞧上这个新郎还长得怪俊的罢了。"

徐碧霞听不下去，也来接话道："如此说来，六妹不是爱他文学，只不过爱他怪俊，这么他万一老了，不是就没有情分了吗？"

郡主因见大家个个和她为难，正想动气之际，幸亏自奇公子刚从书房进来，一见郡主面色不和，忙便拖入房内，问她何事。郡主便眼泪交流地告诉丈夫。

自奇即向郡主下了一个半跪道："一家总要和睦，以后不论哪个姊姊得罪了你，请你瞧我这个丈夫面上。"

郡主本爱自奇，此刻又见他如此小心，当下一把将自奇公子抱入怀内，一边闻香，一边说道："照她们几个的行为，俺真可以告诉俺们王爷老子，个个处死。"

自奇接口道："这么百事不必说了，你快同我去到大姊房里去一趟。不然，仿佛有了意见了似的。"

郡主把头一摆道："俺可不去，不见得俺去赔她罪了。"

自奇公子又要下跪，郡主站立起来，扑哧一笑道："俺算怕你好不好呢？"说着，即和自奇公子两个手挽手地来至掌珠房内。可巧梅花、娟仙都在那里。

掌珠真个聪明，已知郡主的来意，她忙含笑地说道："六妹子，你倒来了，我正想到你房里去向你赔礼呢！"

143

自奇公子抢着道："自家姊妹，莫说大家都不错，就是偶尔说错句吧，也用不着赔罪。以后都要瞧我面上，彼此各自谦让才好。"

自奇公子说到此地，又朝郡主一笑道："我一个人错，你们不做兴错的。"

郡主也扑哧一笑道："只有做妹子的来向姊姊赔罪的。"

娟仙也来凑趣道："这么我是老七，不是一天到晚向你们六个人赔罪？未免太吃亏了。"

这话说得大家都笑了，这场小小口舌也就雨过天晴。

没有多久，已届花朝之期，自奇公子别了父母、先生、岳母等人，偕了七个妻小，连同男女用人，就向清江浦进发。一天，到了城里，所有官府都来参见郡主娘娘。自奇公子代表见过，大家还要派了大兵恭送，自奇公子忙又谢绝，方始雇上几十副大车。李峨眉在先，徐碧霞在后，简直像一条龙灯一般，浩浩荡荡，直向大路进发。头一天晚上，总算平安无事。

第二天晚上，住的地名叫作桃花驿，地势异常冷落，四面都是乱山，十八站大道要算第一个危险所在。大家晚饭之后，郡主即把自奇公子叫到她的卧房，陪她闲谈。徐碧霞暗暗关照李峨眉，说是此地太觉冷僻倒还罢了，她只觉得一时心血来潮，不可大意。

李峨眉笑着去打上徐碧霞一下道："二姊，你老人家请睡安逸觉吧！不见得这班歹人真会长了角的……"

谁知她的一个"角"字还没说完，陡听得屋上有人接口说道："俺们就是长了角的，峨眉飞侠何不出来一会！"

徐碧霞一吓道："怎么，此地的人怎会晓得你的绰号？你得仔细留意。我不出去，要在这里保护他和大众……"

李峨眉不等徐碧霞说完，早已奔出天井，飞身上屋。刚一站定，就见有个白发老尼，不问皂白，向她一铁拐打来。李峨眉忙把脑袋一歪，避过拐风，跟手在她腰间拔出一柄软索钢鞭，嗖的一声，即向那个老尼头上打去。老尼也把她头一偏，便和李峨眉战了起来。

正在要紧关头，李峨眉自知她的本领的确不是等闲，除了昆仑老人，她肯让他三分，甚至碧霞这人她也不在心上。此刻一见这个老尼，竟能和她打上这几个对手，一气之下，正想用出飞剑取她性命时候，倒说陡然听得扑的一声，仿佛有只大鸟似的东西落在她的背后，晓得不对，急想转身过去，她的腰干已被一个长条大汉一把搿住。同时那个大汉把她身子拼命向左一甩，几几乎跌了下去。她急将气一提，方始站定身体。她刚站定，尚未立稳，不好了，前面老尼竟用童子拜观音的毒手来抓她的心肝。后面大汉又用脚去踢她下部，这一招也是毒法，叫作叶底偷桃。幸亏李峨眉乃是一小辈英雄，她竟用出背水立阵的一路解去后面大汉，又用釜底抽薪的一法挡开前面老尼之手。

此时的李峨眉方才知道，世上尽多能人，一急之下，更加有些胆怯起来。她又因为她的师尊再三再四地吩咐，只准自卫，不准擅用剑术，假使用了剑术，就算胜了人家，她的师尊也得责备。但是此时顾不得这个师命了，她就嘴上吐出一道剑光，同时她的肛门也会放出一道剑光。当时只听得哗啦啦的一来，前后二人的斗大头颅已经脱离项颈。她先四面一望，幸没第三个人影，方才把心一放，先收剑光，后去检那个大汉的身上。检上一会儿，只有一封书信，上面是一个名叫金头陀的奉了师命，命这大汉来取她与碧霞的性命。不禁一愕道："这是何人，究与我们有何仇怨呀？"一气之下，即在身边摸出一包药粉，挑了一些，弹在大汉身上，立刻化为一汪清水，没有影踪。

再去看那老尼的拐杖，乃是纯钢和金子炼成的，十分沉重，也极美观，她便拿到手中。又去检查老尼身上，倒说也有一个字帖，却是奉了玄玄子、西山子二人之命，也来取她们两个性命的。玄玄子、西山子乃是三清仙尊的门人，现在既已讲和，何得再来寻仇？她把字帖藏在袋内，也将老尼化为清水。

145

因怕下面有失，慌忙拿了拐杖，纵下天井。还没站好，已见七八个和尚正在包围徐碧霞一个，同时又见徐碧霞的额上已有一块血迹。她就大吼一声，蹿到里面，不分皂白，又用剑光去取那班贼秃性命。那班和尚虽然也放剑光抵敌，可是小巫见了大巫，各人的剑光都被李峨眉的剑光击坏，只好一齐吆喝一声，飞向空中逃走。李峨眉也不追赶，单问徐碧霞还有别的伤处否。徐碧霞一边摇手答复，一边已经回到里面。

李峨眉跟了进去，只见她的丈夫、五位姊妹早经吓得缩作一团，大家互相抱牢在那儿发抖。忙问道："歹人没有进来嘛，你们何必吓得这般模样？"

自奇公子抖着想来答话，不防牙齿还在打战，不能出声。

郡主瞟上一眼李峨眉道："一班强人就在外面打仗，你还在说他们没有进来呢！"

徐碧霞先把额上血痕揩去。李峨眉见有一个小小窟窿，急拿伤药去替徐碧霞边抹边问道："你为什么不用剑术取他们的狗命？"

徐碧霞望上李峨眉一眼道："像你这般动不动就用剑术，岂不要受师尊教训？"

郡主接口道："剑术本是防身的东西，我们赞成三姊先发制人的手段呢！"

掌珠因见大难已过，方始站起身来，拍拍衣服道："我的乖乖，今儿还是第二站，便遇这些歹人，往后怎样办法？"

梅花、娟仙一同说道："这要怪郡主不肯坐轮船了。"

郡主听了此言，口里虽然不响，心下又和二人结上一段仇恨。

自奇公子深怕姊妹之间又要闹出意见，便来转圜道："我虽吓得要死，不过此刻事后想想，也叫这班歹人知道我家厉害。"

李峨眉忙又拿出安魂定魄散来，分给各人服下，方把那一封信和一张字帖交与徐碧霞去看。

徐碧霞尚未看完，已在大惊失色道："这个金头陀，就是世上人称五头陀的老大，他们五弟兄，即以金、银、铜、铁、锡五字做排行的，原是自称西天大教主的门徒，具有飞天本领，一生专与异派作对。他们前来寻着我们，且不说他，为何玄玄子、西山子两个竟敢违背师命，再来寻仇？真正不解。"

李峨眉道："二姊，这个老尼的本事不能说她不好，你瞧瞧她这拐杖的力量，便知道了。"

徐碧霞拿起那根拐杖一看道："真的，倒有一些分量。三妹，我问你一声，你以后还敢目中无人吗？"

李峨眉把头一摆道："仍是他们失败在我手上，我却不惧。"

自奇公子因见郡主的脸色似在生气，便和梅花悄悄地咬着耳朵道："今朝晚上，照例轮着你的，但是我想前去安慰安慰郡主。今儿不来陪你，你瞧怎样？"

梅花一见大家正在谈论强人之事，没有留心他们，却把自奇公子拉住不放道："如果换一个人，我决没话。现在是她，我可不让。"

自奇公子深怕大家听见了去，殊不雅相，忙又低声恳请道："你是贤惠人，请你原谅我一点儿吧！"

梅花一定不肯。郡主已在她那卧房里连喊自奇快去。自奇公子左右为难之下，只好去把掌珠请来，求她调解。徐、李二人还当出了什么大事，一齐跟了过来，及至听到是件争夺汉子之事，二人不觉一同扑哧一笑道："这件事情乃是我们女人方面吃亏之事，为何这般抢夺呀？"

梅花听说，方始放手。自奇公子也就一溜烟地奔到郡主那儿去了。

丽华向不多事，这晚上，她却发起大家去瞧郡主和自奇公子的把戏。

徐碧霞红了脸，说道："我真要去瞧瞧他们，这又不是太上老君的金丹火炉！"

掌珠因见大家齐心，她也未便扫了公共之兴，一俟郡主房门闩好，她们六个人果真屏声静息，悄悄来至郡主的窗门底下，一并排地站了下来。徐碧霞站得较远，忽听断断续续的那样笑说，她忙挤至头里，从那窗缝之中就去朝里一望。哪知不望犹可，这一望，真将这位有了八九玄功的徐剑仙羞得扑的一声蹿到一边。

李峨眉不知何故，忙又挤上前去一望，她也绯红了脸，逃至大家背后，窃窃笑个不止。

梅花本与郡主小有嫌隙，她便上前一看。突见郡主寸丝不挂，一边拿住公子，一边又在盘问公子，逼他说出他的燕婉之私。虽见公子笑着不响，她已气得无可开交。也是合该有事，当下她就不顾大众，一个人破门而进，奔到床前，拖着公子要走道："你今儿应该在我房的！"

掌珠连在外面呼唤劝阻，可怜这位郡主也会羞得无地自容，急急躲入被内，闷声不响。

自奇公子只好想出话来，劝走梅花，重把房门掩上。掌珠等人一边笑着，一边拥到梅花房里，正想谈论郡主。脚步犹未立定，陡然听得公子已在大声告饶。

梅花愤愤地说道："让他去，不见得我们替他去求这个淫妇的。"

徐、李二人究是内行，一听公子的声音，不像闺房游戏之事，马上分开众人，一同蹿到郡主房外。早见门已洞开，房内有个少妇正在要取公子性命。那个少妇一见二人奔入房去，顿时丢下公子，拔出两股宝剑，便向徐、李二人拼命杀来。此时徐、李二人手无寸铁，一面把头一低，避过刀锋，各人顺手提起一张凳子当作兵器，即与那个少妇对打起来。谁知那个少妇的来势着实不弱，两个人打她一个，她却越杀越有精神。

正在难解难分之际，屋上忽又纵下一个人来。徐、李二人一见来者乃是三清仙尊，赶忙跳出圈子，问着仙尊道："师尊何以来此？"

仙尊不及答话，先向那个少妇喝道："你这不肖女徒，为师早已和你讲过，现在我们四教业已立有规约，彼此不分门户之见。你这孽畜，竟敢来害她们二人！"

那个少妇虽然不敢回嘴，但也不肯讨饶。

不知此人是谁，且看下回分解。

第二十回

险里险还亏裸妇功
情中情送到娇妻口

却说三清仙尊因见他的这个女徒目无尊长，况没半句乞恕之辞，不禁动了真气，大喝一声道："好嘛！反了，反了！就算你窃了这个至宝，有恃无恐，不过为师还能降伏于尔！"

仙尊说着，即把右手一举，他的掌内陡然飞出一道金光。金光之中，隐约似有一根绳索的东西，就向那个少妇头上罩去。那个少妇因见她的师尊不念师生之情，竟下这种毒手对她，不禁也是一气，急忙往后一退，同时嗖的一声在她腰际拔出一支金鞭，似乎要向仙尊打去的样子。好得她也知道此鞭厉害，又知三清仙尊究是她的受恩师尊，此鞭未便马上打去。幸亏她有这个软手。

三清仙尊早已往后一退，施出三清真火，保护他的法身道："孽畜呀，孽畜！你竟想下这个毒手不成？"

那个少妇至此，方始一面含泪，一面恨声答道："你这狠心师尊，难道你竟下这毒手吗？倘若我没此鞭，我早被这支捆仙索送命的了。"

三清仙尊此时的态度，早没从前在那不夜城中的镇静，当时目见他似想动手，取他女徒性命，却又不忍下手哩，委实气愤不过。

正在迟疑不决的当口，忽见一气真人也从天降。三清仙尊将手一指道："老师兄来得也好，我是把这个仙家的清静冲虚之气弄得一丝也没有了！"

一气真人点头说道："善哉，善哉！此是旁门道长、正气道消之秋，愚兄方奉玉旨回洞，陡见云头之上戾气上冲，知有以下犯上的大错发现，因此来此。果不出我所料！"

一气真人尚未说完，那个少妇知道真人法道，万一帮同三清仙尊一齐制她，当然万难幸免，她便一不做，二不休，即用那支神鞭，出那二位仙尊的不意，把鞭一展，就向他们击去。一气真人并未胆怯，即把一指向空一指，立时指上现出一朵金莲，挡住仙鞭。三清仙尊也将他那气弹保住法身。那支神鞭便在空中不能击下。这个少妇一见其势不妙，慌忙收回神鞭，陡把身子一扭，已往地上钻了下去。

一气真人因见此人既已逃遁，便将金莲收去，对着三清仙尊说道："师弟，这是你的责任所在，不可小觑此事！"

三清仙尊也收气弹道："咳！我也只好不念师弟之情了。"

徐、李二人本来恭立一旁，直到此时，方去参见二位仙家。

三清微微颔首。

真人先对徐碧霞道："你还没甚孽障！"

说罢，又对李峨眉道："你的冤孽正在开始，须要当心呀，当心！"

真人说话之间，拿出一根小小针来，交与李峨眉道："此名日月针，能抵大罗会仙的诸般法宝。从前曾向汝师借来，幸未还她。现在付尔收藏，非到间不容发、生死关系之际，不可擅用。"

真人说着，又在口中念了几遍善哉，善哉，便同仙尊冉冉升天而上，顷刻不见。徐、李二人望空遥拜之后，立了起来。

徐碧霞先去问着自奇公子道："我郎，方才我听见你在求饶，到底为了何事？"

自奇公子仍在上气不接下气地说道："二姊呀，我和你们六妹正在，正在……"

徐碧霞蹙额好笑道："不用说这个!"

公子接说道："我见一条丈把长的蜈蚣，张开大口，正要吞我，不知怎么一见你们六妹的身上未穿衣服，仿佛认为污秽了她的样子，急向后面一缩，同时化为这个女子，又要杀我。我正在求她当口，你们已经进来了。"

李峨眉恨恨地接口埋怨公子道："谁叫你们这般浪形? 否则我们也好进来保护你们!"

徐碧霞忙不迭地拦了话头，微笑道："三妹不必埋怨他们弄出把戏，我说还是幸亏这个把戏，污秽三光，竟把这条毒虫暂时吓得退缩。否则二人性命早已葬送在这条大蜈蚣的肚皮里了。"

此时郡主已把衣服穿好，她的初意，正想来怪大家不应偷看她的私房之事，后见一条大蜈蚣要去吞她丈夫，自然吓得仍缩被内。后来忽见天上降下两位仙家，各与那个少妇斗法，真正从未见过，不觉又惊又喜，又吓又怕。此刻听见她的二姊在说，反是她的裸了身子大有功劳，因此保全了丈夫性命，不禁红了脸地问着徐、李二人道："二姊、三姊，现在百事慢说，我要问问你们二位，这条蜈蚣精，可会再来害我们了呢? 不然嘛，我们就去坐那海轮吧!"

李峨眉连连双手乱摇道："不可，不可! 现在正和敌方开战，我们不走此道，人家必要说我们怕他们了。"

李峨眉倒是一位英雄，她一边说着，一边摸出那根日月针来，给大家去看道："我有此物，还惧何人呀?"

徐碧霞扑哧一笑道："三妹真是一个偷食猫性不改了，谁不劝你忍耐一点儿? 你瞧瞧，今儿一得这个神针，她又天不怕地不怕了。"

掌珠接口道："二妹之言甚是，三妹也要仔细一点儿，因为我们大家的性命都在你们二人的手上呢!"

李峨眉笑上一笑道："我是谁也不怕……"

哪知李峨眉的这个"怕"字还没离口，陡又看见空中飞下一人，对着她道："你不怕，俺来会你!"

152

李峨眉此时的手上刚刚捏了那支日月神针，一见飞下一个大汉，她就不问三七二十一地便向大汉脸上抛去。说时迟，那时快，只听得扑通一声，大汉早已着针即死，倒于地上去了。

李峨眉试过此针有效，不禁大喜之下，一边用了药粉化去大汉尸首，一边又笑嘻嘻地对着大家把针一扬道："有了此针，你们放心吧！"

此时，李峨眉十分高兴，竟与自奇公子打趣道："人家脱了半天，现在又害得人家吃吃力力地重行穿上，好在人家既有秽污三光救你之功，你快快去报答报答人家吧！"

李峨眉说着，即将大家一拉道："我们去睡吧！不要再来瞧把戏了。"

这天晚上之事，便在李峨眉这几句话上收场。第二天，仍旧往前进发。

郡主胆小，只叫李峨眉在她身边。李峨眉索性坐到郡主的车子上去道："六妹，你要我保护，我也要你保护我呢！"

郡主不懂道："此话怎讲？"

李峨眉即将李伟仙吵房时候，她因恨他太不庄重，踢了他一脚，他便因此记恨，死死活活要来作对之事，述给郡主听了。郡主听完，咦了一声道："你这剑仙，反怕一个凡人不成？"

李峨眉紧皱双蛾道："我自然不怕这个凡人，只因我们师尊说的，他和我是前世一劫，今生方才寻到，叫我千万忍耐才好。但我忍耐，他们进攻，我所怕的，便是对不起你的他呀！"

李峨眉说到"他"字，还把手指在郡主的粉颊之上一戳。这个媚态，竟将郡主引得心下一荡道："好姊姊，你这般样的风骚，俺想你和俺们的他未必比俺安静了！"

李峨眉将脸一红道："不得打趣！我问你，可肯答应我的要求呀？"

郡主连点点头道："你放心，俺的老子本是皇帝的叔叔，他要怎

153

样，不见得怕这个姓李的举子！便是他中了状元，也逃不过俺们老子手上呢！"

李峨眉听了，大喜道："如此，我也放心了。"

李峨眉正和郡主说着，只见前面带路的车夫前来禀话，说是今天起身太晚，要赶前面站头，还有三四十里路。现已天黑，路上防有歹人，不若在这左近有一古庙，可以住宿。

李峨眉本是此行的元帅，她便做主道："如此也好。"

车夫听说，便去传话。

大家直往那座古庙走去，刚刚到门，徐碧霞连连止住不要进去道："此中有毒，快去回明三少奶奶。"

用人忙去禀知。李峨眉走来向内一望道："确有毒物在内，不过我们本是替天行道来的，见了毒物，便要退避，自己也说不过去。"

徐碧霞未便再说，她即首先走入，仔细一瞧，又没瞧见什么东西。谁知大家个个头脑涨痛起来。

李峨眉忙吐剑光通庙一照，突见大殿梁上伏了一只大似琵琶的壁虎，不禁"哎哟"一声道："我郎和姊姊、妹妹，忙来瞧这大壁虎呀！"

大家抬头一望，无不又骇又笑。哪知就在此时，那只大壁虎仿佛也有智识一般，突向李峨眉一个人拼命扑去。李峨眉一被那只大壁虎近身，更觉头痛不止。她急把身往后一退，急忙拿出那支日月神针，直把这只大壁虎戳在壁上。壁虎当心被戳，当然无法动弹，她竟口吐一道黑烟，同时化为一位娇滴滴的美貌女子，向着掌珠等人哀哀求情道："你们各位少奶奶都是良善人家，千万代我求求这位女仙，放我下来。"

掌珠、郡主二人先开口问道："天下怎有如此大的壁虎？你又已经成形，一定害人不少！"

女子满面泪珠地答道："我真没有害过世人，此事可以调查。"

徐碧霞问道："你既没有害人，为何不到深山大泽前去修行，却在此地做甚?"

女子又答道:"我在五百年之前,同了一只蝙蝠在此修炼,约定彼此大家监督,成形之后,不得害人。哪知它的运气不好,在那四百年前,未能避去雷劫。我虽避过雷劫,还有二次未临,所以在此修炼,屡救此地一方的瘟疫。你们方才进来头痛,虽是我的毒气,然没害处。譬如年老之人也有那些气味一般,非我要想害人之故也。"

徐碧霞一直听到此处,不觉可怜起来道:"这么你已戳着中心,放你之后,还会活吗?"

女子点头道:"会活的,但要将养十年八年,方能复原。"

李峨眉道:"我如放你,防你要报此仇,反而多事。"

女子又发咒道:"女仙有此法道,何致怕我报仇?"

自奇公子既怜她的哀求,又爱她的美貌,便叫李峨眉快些拔去这支神针。李峨眉一拔那针,这个女子就忙一滚,仍变化为壁虎,并用她的舌头一舔一舔地在舔胸前之血。徐碧霞索性用了丹丸,把这壁虎治好。当时只听得空中谢了一声,此物顿失所在。

大家被这东西闹了半天,方去吃饭休息。

徐碧霞又关照李峨眉道:"三妹,你须辛苦一宵,大家平安才好。"

李峨眉悄悄咬了徐碧霞的耳朵道:"二姊,今天又轮着你了,你放心去睡,我们决不偷看你的把戏。"

徐碧霞呸了李峨眉一口,自顾自地去了。

李峨眉真的当心了一夜,平安过去。第二天起身,又向大路进发。

这天晚上,宿的是公驿,一进饭店,就听见极凄惨的哭声。徐、李二人便去查问,方知有位过路举人,他的妻子忽被此地山上强人抢了前去,不知生死存亡。

自奇公子见是隔省年兄,忙问已有几天。

那个举子道："已有两三天了。"

自奇公子问他何不报官。

那个举子说道："报官也没用处，现在虽有两位镖客路见不平，拔刀相助。但已去了一天多了，至今还未回来，不知如何。"

李峨眉在旁大怒道："有这等事情吗？不过这两个镖客也好算为饭桶的了。"

那个举子道："据此地店家说，山上强人比较当年的宋江还要厉害十倍，因此本地官府从来不敢发兵剿办。"

郡主也大怒道："如此说来，这班狗官简直吃粮不管事了。"说着，便与自奇公子商量，情愿耽搁几天，要把此山荡平再走。自奇公子也极赞成。

徐碧霞微笑道："你又来多事了！"

李峨眉接口道："不算多事，你不敢去，我一个人去就是。"

徐碧霞又微笑道："你莫激将，我如果一同前去，此地众位交与谁人？"

李峨眉把眼一瞟道："你就是要同我去，我也不放心此地的。"说着，即问那个举子道，"尊夫人是长是矮，是胖是瘦？因为强人既会抢你夫人，不见得不抢别个女子，我要认识她，才好救她。"

那个举子道："内人不长不矮，不胖不瘦，瓜子脸，眉心有粒红痣的，比较容易认出。"

徐碧霞道："依我之见，三妹前去不必动武，只要悄悄地把她盗了出来，岂不干净？"

李峨眉点头道："我也是这个主意。"

李峨眉说完要走。自奇公子、掌珠等人一把抱住，问她："何时可回？我们大家情愿不睡，守你回转。"

徐碧霞把手一扬，催着李峨眉快走，方才答复大家道："你们守她回转也好，大约不会过三更时分的。"

自奇公子眼看李峨眉扑的一下飞向空中去后，便对徐碧霞说道：

"二姊，你可不要寸步离开我们!"

徐碧霞还要打趣公子道:"今儿你该去陪大姊姊的，不要误了你们俩的佳期呀!"

掌珠恨上徐碧霞一眼道:"你们拿我开心吗？该打该打!"

自奇公子道:"今儿大家，不等三姊回来，不许睡觉。"

殷丽华接口道:"这么我们围坐一桌，吃酒解睡如何？"

郡主、娟仙都说甚好，大家便坐了一桌，一边喝酒，一边谈论强盗劫人罪在不赦之事。谁知不到两个时辰，只见李峨眉一个人已由半空飞下。

徐碧霞忙问道:"怎么，只有你一个吗？"

李峨眉一见大家围坐喝酒，她且不答徐碧霞之话，先对大家一笑道:"好冷呀！快让我喝一杯，赶走寒气。"

自奇公子即将他那一杯热酒送到李峨眉的嘴边道:"好，我来劳军!"

李峨眉就在公子手上咕嘟一口，喝在口内道:"不要说起，无功可劳。"

徐碧霞又问道:"莫非把守严密，不能进去吗？"

李峨眉摇首道:"不是的。"

徐碧霞又问道:"莫非此人已经送命了吗？"

李峨眉未及答话，只听得门的外面似有一个人砰的一声倒在地上。大家慌忙奔去看，只见那个举子已经死在地上。

不知那个举子为何而死，且看下回分解。

第二十一回

入山寨床中见丑态
论门神路上显奇才

　　却说大家奔出房门外边一看，只见那个举子死在地上。徐碧霞急去摸摸那人前胸，知是受惊闭气，便用一粒追魂丹将他救醒转来，问他为了何事吓得如此。

　　那个举子拭着泪道："我听你们在说，我的妻子已没性命，因此急死过去。"

　　李峨眉把口一张，正待有话，忽觉这句话羞人答答，未便去与一个陌生男子去讲，便把自奇公子拉到一旁，低声说道："这个淫妇，我倒懊悔前去救她！"

　　自奇公子忙问道："你又何以知道她是淫妇？"

　　李峨眉气哄哄地说道："我一飞到山寨，捉住一个喽啰，问明此妇现在何处。喽啰怕我杀他，只好说出地方，我怕他高喊起来，误了我事，一面送他狗命，一面跑到所说之处，即在屋上揭开一片瓦片，往下一瞧……"

　　李峨眉说到此处，她的粉脸陡生两朵红云起来。自奇公子忙又问道："莫非她已服了强人不成？"

　　李峨眉把脚一踩道："若被强人强奸，一个人总怕死的，也得原谅她力不可抗，无可奈何。谁知我第一眼瞧见，只见一个强人拥着一个裸体女子，正在干那禽兽之事。她若果真被人用强……"

李峨眉说到这句，又连向地上吐上一口涎沫道："真正该死，她竟会把她那双断命白生生的大腿举得老高。"

　　自奇公子不待听完，也在恨声说道："这是何必救她？"

　　哪知李峨眉因为恨那妇人，后来的说话并不低微。那个举子句句听见，却来接口道："我的内人千贞万节，绝不至于如此，你这位女英雄莫要误认了人呢！"

　　自奇公子一呆，又问李峨眉道："我也以这位年兄之言为然。"

　　李峨眉冷笑了一声道："我们炼剑术的眼睛，恐怕没有那么钝吧！"说着，又去问那举子道，"你夫人的大腿上面，可有一块寸把长的火烫伤疤呀？"

　　那个举子一愕道："确有这个伤疤。"

　　李峨眉望着大家，把她眼皮一抬道："如此，我可没有误认了人。"

　　那个举子忽向自奇公子扑地跪下道："老年兄，我既和她夫妇一场，我总得亲眼一瞧，方才死心。"

　　自奇公子便叫李峨眉带同那个举子去看。

　　李峨眉扑哧一笑道："这是什么事情？此时是人家早已蜷着睡熟了。"

　　掌珠等人都说救人要彻底，弄得半途而废，岂不前功尽弃？

　　徐碧霞也说道："三妹，你就再劳驾一趟，我说也不费事。"

　　李峨眉想上一会儿，便去把那一支金铁所制的拐杖拿到手中，望着那个举子说道："你快双手扳住这杖，同时紧闭双眼，我就挑了你去一趟。"

　　那个举子大喜，立即照办，一把抓住了李峨眉的那根拐杖，马上就走。刚刚飞上屋顶，就听见两耳之中飔飔飔的风声，自然不敢睁开眼睛。

　　不到片刻，已经觉着到了一个所在，当下只听见李峨眉轻轻说道："到了。"那个举子慌忙睁眼一看，果在一所高房子的屋上。李峨眉命他放手，又命他伏在瓦上，揭开一片，朝下一张，不禁把这个举子几几乎吓得大喊起来。

李峨眉一看，却见有只白羊似的东西，高高地挂在床档之上，同时又见那个盗首仍是赤条条的，已经睡熟在那里了。当下急问举子道："怎么，她又羞愤自尽了吗？"

这个举子因见他的爱妻忽会吊死，一时想起夫妻情分，要求李峨眉要把这个死身带了转去。李峨眉也见下面房里静得一无人声，她就从那瓦缝之中飞身而下，抢步上前，先把那个睡熟的盗首用手扑的一声扭断他的喉管，顿时死于非命。随手即把那顶白罗帐子嗖的一下搴上一大幅在她手中，一面弄断绳索，一面把那罗帐裹住死尸的身体，背到肩上，将身一耸，回到屋上，对着那个举子道："我打算将你这人和这死尸捆在一起，由我背了回去。"

那个举子连连说道："这是最好没有，这是最好没有！"

李峨眉即把那幅罗帐重行打开，又将他们夫妇二人弄在一起。包裹之后，仍用拐杖挑到肩上，居然人不觉、鬼不知地飞了回来。

此刻自奇公子正和六位夫人站在天井等候，一见李峨眉肩挑一件极大东西，从空而下。徐碧霞赶忙一把接住，抱到里面，打开一看，不觉向着大众一笑道："这是什么说法呀？"

原来那个举子一则抱住死妇，心下万分悲惨；二则被裹多层，四体早已麻木不仁，仿佛有了两个死尸一般。及至听见徐碧霞在问，方始勉强把他身子一动，才会答话道："这个就是我的亡妇呀……"

可怜"呀"字尚未说完，已在抱了一个裸体尸身，大哭起来。

徐碧霞先令那个举子将他夫人穿上衣服，然后摸摸前胸道："似还有救。"

那个举子一听有救，一面急去替她穿好衣服，一面又在跪地哀求。

徐碧霞摸摸身上，不禁"咦"了一声，忽问李峨眉道："我的返魂丹不在身边，你的在身边吗？"

李峨眉连说："有，有！"

急向身边取出一粒丸药，亲用开水冲化，便去帮同那个举子，就向死尸嘴上灌下。说也奇怪，真正是粒仙丹，倒说不到片刻工夫，那个女的竟会哇的一声吐出几口清水，立即活了转来。

那个举子顾不得先谢恩人，忙把他的夫人扶回自己房里，没有多久，手上拿着那个半幅罗帐，匆匆跑来指给自奇公子夫妇等人看着道："内人本来贤淑，不致如此无耻。但是这位三年嫂夫人亲眼见她跷起大腿，兄弟真正不解。现既承蒙诸位年嫂将她救活转来，我须问明此事。谁知内人且不说话，先将她的脚踝骨指给我看，我见她那脚踝骨上确有铁丝嵌入的深印。再去细细问她，方才知道那个杀坏强人，他的床上做有机关，他在糟蹋那些良妇之际，只要一捏床上机关，床的下面就有机关把你大腿弄得高举起来，同时床顶之上又有几根极坚硬的铁丝，顿时挂下，把你的脚踝骨吊住。"

那个举子说到此处，又望着李峨眉说道："三年嫂说她自愿从顺强人，这是三年嫂匆促之间没有瞧见这个帐子里头的这些铁丝之故。"

自奇公子同了大家，忙将罗帐之中的铁丝拿起仔细一看，果然实有其事。

梅花少奶奶太息道："足见世间的冤枉案子之多，就像这件事情，假使我们三姊不把这半幅罗帐裹了这位年嫂回来，便是这位年嫂的脚上有了这个铁丝之印，大家未必会相信她说的话呢！"

徐娟仙也岔口道："我说是，大约这位年嫂平日做人不错，仿佛鬼使神差地替她前来做证。"

李峨眉把脸一红，忙向那个举子赔罪道："这要怪我粗心，几几乎冤枉了我们这位年嫂了。"

那个举子连连向着李峨眉作揖打拱地说道："三年嫂，快快不要这般说法，你是大恩人，我这个人也曾中了举人的，何致如此不懂道理呀？"

丽华含笑道:"这真是天有眼睛,假使这位年兄没有遇见我们同路,那就有些危险了呢!"

那个举子又向大家作了一圈揖道:"年兄、年嫂,快请安置吧!好在我们同路,慢慢地再谢大恩吧!"

自奇公子对于李峨眉做了这件事情,甚为高兴。这天晚上,即去和她同睡,以奖其功。第二天早上,动身之后,等得大家打尖的当口,又在一家饭店之中听到一桩奇事,因为他们人多车子多,赶路不快,这天早上起身,直到过午,方才走上四五十里,不防这爿饭店里头早有比他们先到的客商,已把昨儿晚上之事讲与大众听了。

这爿饭店里的主妇居然也是一位草木才子,对于奖善罚恶的剑仙侠客也曾遇见几个。当下一边竭力招呼自奇公子等男女客人,一边除十二万分赞美李峨眉等人之外,又把那个强人只在三五天之先,就害死他们几个邻居的事情一五一十地讲与大家听了。

她说:"现在真要谢天谢地了,我自从嫁到此地来做老板娘,也有三五个年头了,这个杀坯强人每年总要下山抢劫几次。我们这个镇上乃是他的必由之路,所以我这饭店常要搬家。有一天,我们早已得信,这个强人率领喽啰当天上早,必定经过此地,因此大家一吃过中饭,没有一个不躲了开去。倒说只有我们这两位迂腐的邻居,自己偏要送死。"

李峨眉的性子最急,她因听了老板娘说了半天仍没讲到本题,她便拦了话头催着道:"我的妈呀,你可否讲得快些呀,把我真急死了呢!"

老板娘笑上一笑,反而先去指指对面庙里的两个门神菩萨,问着自奇公子道:"蒋公子,你是一位解元公,你可知道这两位门神到底是谁呀?"

那个举子接口微笑道:"谁不知道是秦琼和尉迟恭两位名人呢?"

老板娘忽把嘴巴一撇道:"你这位举人老爷,怎么也会说出此话呀?"

这位举人娘子忙不迭地接口道："这是他记错了的，这两个门神并不是秦琼、尉迟恭，却是神荼、郁垒二人呀！"

自奇公子在旁点首微笑，似现不然之意。这个举人娘子将脸一红道："难道我也说错了不成？"

自奇公子笑着摇首道："年嫂只说了一半，这两个门神的确不是秦琼、尉迟恭，的确是神荼、郁垒两个。但是神荼、郁垒四字，不应该读作本音，应该读作申舒、玉律之音才对。"

老板娘不等那个举人娘子接口，忙不迭地拍手大喜道："对呀，对呀！到底解元公有些学问。"

李峨眉又岔口道："难道那个强人就为人家念了这个白字，因此杀人不成？"

老板娘摇头答道："这倒不是，因为强人已要到了，大家逃避还嫌不及。倒说我们有位姓刘的住客，他正在穿衣服的当口，忽然望着对面庙里的这两个门神道：'现在只要这秦琼、尉迟恭两位在此，还怕什么卵的强人？'哪知却被我们隔壁的两位秀才先生听见了，竟会把逃难的事情忘记得干干净净，偏去和那刘客人辩论是非，说是不是秦琼、尉迟恭也像方才蒋公子所说，乃是申舒、玉律两个。刘客人却又不服，忙去翻出丘处机作的《西游记》，拿出来做证。两个秀才先生又去拿出东方朔所作《神异记》前来做证。他们三个人因为各人都不肯认误，谁知那个强人已经杀到，一见他们没有逃避，立即一刀一个，送了性命。"

老板娘说到此地，又问大家道："这几个书呆子不必说他，可是这个强人岂非带了杀星来的吗？我因这两个秀才死后，一切的笔墨没人帮忙。现在一听你们杀了这个强人，真要谢天谢地的了。"

老板娘一直说到这里，又把自奇公子笑眯眯地看上一眼道："蒋公子，你还小小年纪，何以有此才情呀？"

老板娘尚没说完，只见郡主娘娘倒说连难为情也不怕的，走来一把捧住自奇公子的那张雪白粉嫩脸，死命地闻上一个香道："郡马

163

爷，你真从何处学来的学问，可把俺爱死了呀！"

掌珠少奶奶瞧见太不雅观，将郡主叫到一边，催她快去收拾，以便起身，方才混过此事。等得大家打过中尖，一行人等再往前进。幸亏李峨眉除那盗首一事，沿途传说，因此宵小匿迹，匪人藏形，一路平安。

已抵京师，蒋氏七双夫妇早派妥人赴都，租好一座极大的花园房屋，以便一个儿子、七个媳妇居住。照郡主之意，要留大家到她王府去住，还是掌珠再三辞谢，说是王府关防严密，出入反而不便。郡主无法，方和自奇公子两边分居。

此时俞升云老夫子、高士、秋月夫妇等人也由海道先期到达，彼此异乡相见，格外情深。自奇公子又把那个举子介绍见过先后同年。

没有几天，会试场期已到，各人分别入场。考过之后，个个文章得意。及至榜发，个个都中进士。别人且不说他，独有掌珠等七位少奶奶，无不笑得连下巴也合不拢来。平亚雄和他夫人何国华，以及何国藩，都请自奇公子前往赴宴，并且教他殿试等等规矩。

没有几时，大家都去殿试，传胪之日，倒是那个李伟仙点了榜眼。俞升云老夫子究竟家学渊源，也是探花及第。自奇公子点了翰林，高士、秋月二人都点主事，只有那个举子，仅得榜下知县，分发云南。当时拜别同年，带了妻子到省去了。

谁知吉王爷因恶自奇公子未曾得到三鼎甲，大为不悦。同时又见李伟仙榜眼，真是才貌双全，居然特别垂青。李伟仙又是一个鬼灵精，一见有机可乘，忙去拜了吉王爷为师。他的老子不知怎样一来，倒说奏对称旨，由鸿胪寺少师升为大理寺少卿，并入军机处办事。这样一来，李伟仙更有面子。郡主偶然回去，他就狗颠屁股似的，忙以世兄世妹这礼相见。也是合该有事，这位郡主娘娘对他一见倾心，渐渐地有了暧昧之事。

有一天，李伟仙特地去求平、何二位座师，说是既与自奇公子同为一殿之臣，小小嫌隙，应该消除。平、何二人自然十分欢喜，当下即设盛宴，请到自奇公子，与之言和。自奇公子本在求之不得，当然一口应允。再加有那李峨眉从中撺掇，自奇公子竟与李伟仙打得火热起来。

　　不知李伟仙与那郡主的奸情何时闹破，且看下回分解。

第二十二回

李榜眼因奸施辣手
阿中堂奉旨审奇情

却说自奇公子虽和李伟仙打得火热，原是遵了仙家之命，要想消灭夙世冤业。可笑郡主也和李伟仙打得火热，真正要算奇谈，这也是孽缘已定，前世之事，他们二人也不知道。所以佛经说的，前生因，今世果，一个人种因，总要种好因，不可种恶因。倘若一种了恶因，这生这世便苦死了。

现在单说郡主娘娘，不知怎样一来，她的眼睛之中只觉得这个李伟仙千般美貌，万般风流，反而见了亲丈夫自奇公子，不过如此。唯其不过如此，以后的新鲜把戏所以大演特演出来了。

这一天，郡主因见自奇公子已到翰林院里办公去了，一个人正在她那房内神思疲倦，似在怀春之际，忽接丫头通报，说是李榜眼拿了不少的西洋钟表进来，还说须要当面送给郡主。郡主一听情人来了，不禁大喜，忙命丫鬟，先把李伟仙引到花园之中那座待月亭下。自己便去重理残妆，打扮一新，方才分花拂柳地来至亭里。二人一见之下，仿佛新婚夫妇，格外情浓。

郡主知道此时没人来到，先朝李伟仙极满意地嫣然一笑道："李郎，你这一大包，可是所说的西洋钟表吗？"

李伟仙一边点头，一边打开包袱，拿出一大堆的钟表出来，一件件地指与郡主去看道："这些东西，虽不稀奇，可是我的情义真正

166

比较海还要深呢!"

郡主一听此言,不觉心下一荡,好在左右无人,她竟把平日对待丈夫的名分统统拿了出来对待李伟仙了。

李伟仙一面温存郡主,一面含笑说道:"我的好姊姊,我李伟仙承你如此相待,不知几生修到现在。可惜不是长久夫妻,还不满意。"

郡主即将芳容一呆道:"这是怎么说法?你想和俺做这长久夫妇,恐怕要在来世的了。"

郡主说着,她的那双秋水如神般的眼睛已经水汪汪起来了。

李伟仙一把拿住郡主道:"好姊姊,何必说得如此没有希望呀?照我说来,我们俩要做永久的并头莲花,并不烦难。"

郡主将她的粉面忙去贴在李伟仙的脸上道:"俺可没有主意。李郎,你快想个法子呀!"

李伟仙忽然把天一指道:"我姓李的,如果不能娶你为妻,决不枉生人世。"

郡主更加发急地说道:"吾爱,除非你把这个独种弄死。"

李伟仙低声答复道:"也不烦难,我已布下天罗地网的了,所怕的,便是王爷他不肯要我这个女婿。"

郡主把胸一拍道:"此事凭俺,你只治死你的对头便了。"

李伟仙附耳道:"我今天本是来此商量此事的,我已约好了几个御史,联名参他谋为不轨,私匿妖人。"

郡主连连点首道:"对对对!只有这一招,方才能够扳倒他。"

李伟仙耸肩一笑道:"还有一个添头,就是姓樊的王八也要告他霸占他的女儿呀!"

郡主更喜道:"快快动手!"

郡主说着,一面闻了李伟仙一个香,一面叫声"俺的心肝,俺真在此度日如年,不能再耐了!"

李伟仙又附耳说道:"这么等我们那边一动手,你须就去哭诉王爷，说是姓蒋的污辱天皇贵裔，你要死死活活地不肯再回此地。"

郡主听说，反与李伟仙在这亭子之中效了于飞之乐，立即催他就走。哪知天下之事，若要人不知，除非己莫为。郡主和李伟仙二人商议的说话，句句已被殷丽华听得清清楚楚。

原来殷丽华一个人走到花园，要想采些鲜花，拿去孝敬她的大姊姊掌珠少奶奶。刚刚走进园门，便已听见有人在那亭子之中唧唧哝哝地说话，不禁羞得满面飞红。正想转身之际，却又听见长久夫妻一句，心下起疑起来道："何人要和何人做这长久夫妻呀？"忙不迭地轻轻走到亭子背后站了下来。仔细侧耳再听，更加大吓一跳道："天呀，竟是她吗？这么这个奸夫又是谁呢？"丽华念头尚未转完，已经听出男的声音，还想仔仔细细再听下去，不防二人已在干那无耻之事。她又羞得蹑手蹑足地逃出园门，一脚奔到掌珠那儿，上气不接下气地一五一十说了出来。

掌珠还没听完，已是吓得泪流满面道："如此说来，我们这份人家拆定的了。"说着，便问公子可曾回家。

丽华道："还没回来。"

掌珠即把碧霞、峨眉、梅花、娟仙四个人请到一间秘密所在，又命丽华重述一遍。

丽华还没说完，李峨眉指着丽华道："咳！四妹，你错了，你不该偷偷回来，应该立刻捉下一双奸夫淫妇，才有把柄呀！"

徐碧霞连连摇手道："她又不是你我，怎么能捉住他们？"

娟仙、梅花一同接口道："现在不必再说空话，快将公子请了回来，斟酌对付之策，这是道理。"

掌珠接口道："我怕他不相信，如何是好？"

梅花愤然道："这不要紧，只要不动声色，还怕捉不到这双奸夫淫妇不成吗？"

徐碧霞又摇手道："事急矣！恐怕不能再给你这个机会了。"

掌珠正待有话，已见自奇公子含笑走入道："你们六个人，青天白日，统统躲在此地，干些什么事情呀？”

掌珠即将此事始末，以及各人的议论，一齐述与自奇公子听了。

自奇公子迂腐腾腾地把他鼻子一指道："我自己相信，天下绝没这个叛逆之徒的。"

徐碧霞太息道："祸已到了眉睫，还在大说因果，世间真有这般迂人？"

李峨眉皱眉道："我又想到一件大事，难道我的夙世冤孽真有这般不能解的吗？倘说真有孽报，我看此祸恐非三言两语可以了结的。"

徐碧霞点头道："此乃一定之理，不过事在人为，我们岂可束手待毙、不想一个抵抗之法呢？"

李峨眉把足一跺道："抵抗之法，只有先把奸夫淫妇双双杀死，这也是一个釜底抽薪之法。"

掌珠大不为然地说道："这是负薪救火，如何使得？依我之意，只有设法去找昆仑老人……"

徐碧霞拦话道："我也赞同此意，此事只有请李三妹去到杭州一趟。"

李峨眉扑地立起道："事不宜迟，我即去也……"

她的"也"字犹没完声，人已不见影子。

徐碧霞道："我打算去找我们师父……"

自奇公子双手向空乱推道："也是事不宜迟。"

徐碧霞也把身子仅仅一扭，也已不知去向。

娟仙七少奶奶道："我家既有如此能人，想来也不惧惮人家。"

掌珠道："现在所说的妖人，正是他们两位。"

自奇公子道："我想前去质问这个淫妇，看她有何脸子对我？"

掌珠忙拦住道："且慢！不要打草惊蛇，尤为不妙。"

丽华道："依我之见，吾郎不妨假作不知此事，且到她的房中走一趟，瞧她如何样子。"

自奇公子听说，一脚奔到郡主房内。一跨进门，只见房里的要紧东西早已空空如也，及问几个丫头，据说，郡主说的，已得公子同意，因将一切东西搬回王府去了。

自奇公子跺了一跺足道："完了，今是纵虎归山了。"

自奇公子说罢，忙又回到掌珠那儿去。

此时大家也知郡主先行走了，不觉拉住自奇公子道："吾郎，事已到了燃眉，你快些去找你那平、何二位座师。"

自奇公子听说，因没第二个救急之法，只好一脚来找平、何二人。谁知事真不巧，平、何二人业已奉旨，去到四川查办案子去了。

自奇公子回到家里，要想专人禀知七双父母，掌珠慌忙阻止道："不可，不可，不要吓坏老人。况且他们也没法子，徒多着急而已。"

自奇公子忽然垂泪道："我们几个年轻人倒也罢了，倘有祸事，连累他们老人，问心怎样说得过去呀？"

大家一听此语，统统掩面啼哭起来。哪知这位公子，他是娇养惯的，如何急得起呢？倒说马上一口鲜红，晕倒地上去了。掌珠等人见了，个个抢了上去灌救，一直闹了半天，自奇公子方才苏醒转来。一见大家愁容满面、双泪未干，忽又长叹一声道："如此说来，皇天也没眼睛的。"说着之间，双眼一白，仿佛有些神经错乱起来。大家忙把自奇公子抬到掌珠房内，飞奔去请医生。医生到来，却也说不出什么理由，随便开了一张方子而去。服下之后，病倒没有减去，却见高士、秋月二人飞奔前来通信，说是不知李伟仙为了何事，却在大请满汉百余名御史，怕与公子有关，特来报信。

自奇公子昏昏沉沉，没有答话。好在掌珠少奶奶本是熟人，连忙和二人商酌道："天外奇祸，怎么好人没有好报？"

高士不知就里，秋月莫名其妙，还会说出一句天大笑话，说是，只要王爷帮忙，便没祸事。掌珠始把一切事情告知。两人不待听完，只会急得搔耳摸腮之外，一无善策。

殷丽华道："要么我去找到姨父，用个釜底抽薪之法，何如？"

梅花大怒道："不用去找，有我活口在此，决不连累我们公子。"

掌珠执了她手，长叹了一声道："咳！妹妹呀，他是你的父亲，本朝乃以仁孝治天下的。只要拿'天下无不是父母'一句老话来责备妹妹，恐怕妹妹便无词以说了。"

梅花听说，瞠目无语。

此时，自奇公子有些清醒起来，一见高士、秋月坐在床前，即将李伟仙不但玷污他的妻子，还要告他谋叛之事讲与二人听了。二人也将来意说出。

自奇公子边听边在摇首道："咳！二位年兄，除非徐、李二人前去相请之人能够到来一个，或者还有一点儿救星。否则，明年今日，就是我蒋自奇的周年了。"

高士连连安慰道："年兄不必如此悲观，我们二人纵没能耐，还能联合新旧进士，替年兄申冤。"

自奇公子谢了之后，仍是楚囚相对而已。高士、秋月因见自奇公子有病在身，不好多坐，只好告辞而去。

转眼三天，徐、李二人还没信息。忽见刑部差役前来捉拿自奇公子和樊梅花，以及徐、李四人前去听审。自奇公子虽然有病在身，如何可以抗拒不去？

掌珠、丽华、娟仙三个人哭哭啼啼地说道："郎君、五妹，你们也不必害怕，只要二妹、三妹两个之中回来一人，便有希望。现在我们一同陪你们二人前去好了。"

自奇公子和梅花没法，只好跟了刑部差役，一脚来到刑部大堂。

原来这位刑部尚书姓阿，非但也是满人，而且还是吉王爷的得意门人。此时吉王爷夫妇二人已听女儿之言，恨不得要把自奇公子立时置诸死地。因见一班御史联名参奏自奇谋为不轨，连忙也上一本，说是自奇公子诱骗他的女儿，现虽回到府邸，恐怕因案带累，特此声明在先。奏过不算外，还要吩咐阿刑部，非得严刑审讯，以保大清江山等语。

阿尚书奉了师命，自然犹如圣旨一般，此时军机处也已面奉懿旨，着刑部速将叛徒蒋自奇严刑问审。

阿尚书一见几路夹攻这个姓蒋的翰林，料想不会冤枉他了。当下坐在刑部大堂，先把自奇提到，第一句开口道："哼！你这个无父无君的叛贼，俺倒要瞧瞧，你究竟长了几个脑袋呀？"

自奇公子事到临头，也只好胆子大了一大，跪上一步，口称："中堂明鉴，请听犯官一言。"

阿刑部又把惊堂一拍道："好好供来，否则快取大刑伺候。"

自奇公子又朗声说道："犯官已经看过御史所告之本了，他们第一款参犯官是谋为不轨。请问中堂，凭据何在？他们又第二款参犯官是家藏妖人等语，其实徐、李二人不过有些武艺而已，妖人也要凭据。至于犯官的岳父告犯官霸占他女儿，既有岳母一同住在一起，且有本人的活口可以审问，还求中堂大人衡情度理，笔下超生。"

阿刑部一声不言，直俟自奇公子说完，方才又把惊堂一拍道："住口！谏官参你反叛，就是你有妖人妻子之故，现在虽已闻风遁走，自然可以画影图形捉拿她们二人的。本部堂虽是奉旨审理钦案，也要你这犯人死而无怨。今天徐、李二犯既未到案，不妨先审你与樊梅花一案。"

阿刑部说着，即传樊老爷上堂。

原来樊老爷自从逃出吴门，一脚来到北京，本是要来告御状的，只因到京之后，接连大病不止。此次不是那个李伟仙前去送他银钱，催他快告，他怕还要延挨几时呢。既见李伟仙与他表同情的，自然前去叩阍。可巧皇上接到各御史参奏，因此并案办理。

这天，樊老爷同了李伟仙等人都在刑部外边，一见传他，马上恭而敬之跪了上去，口称："中堂大人在上，前任某官樊某参见！"

阿刑部便问年岁、籍贯之后，道："你的状子，本部堂业已看过，现在你想办他和你女儿的罪名，恐怕还不能够吧！"

樊老爷不懂此话，忙问道："大人，国有王法，罪有应得，人赃

172

俱在，何以不能办他呢？还求中堂大人教训下官！"

阿刑部望了自奇公子一眼道："这个犯人，还有钦案在身，所以不能单单办他霸占你女之罪。"

樊老爷听了大喜道："中堂大人，这个小贼，既会霸占女子，自然会得造反。下官只要告准这个小贼，至于大人如何法办，下官当然应该静候。"

阿刑部点点头，又命快带樊梅花上堂。梅花小姐一上堂来，她已把心一横，不待审问，即从强盗污辱起，一直供至龟灵圣母为媒为止，一句不瞒，侃侃而谈，直把这位阿刑部听得呆了起来。

不知后事如何，且听下回分解。

第二十三回

风平浪静相国极忠诚
雨过天青皇恩真浩荡

　　却说阿刑部，只知见案办案，连做梦也不会想到有此奇怪之事。要说樊梅花一派胡言，她又供名徐、李二人已经分头去请原经手的神明和剑侠去了，非但供得确确有据，而且说明不久可以到庭做证。这位阿刑部一时不能自主，只好暂把自奇公子和梅花少奶奶二人分别收在刑部大牢，要与绍兴师爷商量之后，方肯再审。这也是自奇公子、梅花少奶奶二人命中不该受刑，方有这个机会出来。不然，这是刑部大堂，又是奉旨钦案，莫说一位公子、一位小姐，任你是个铜筋铁骨之人，也难敌此大刑。现在不说自奇公子和梅花少奶奶二人到了刑部大牢，自有掌珠等人替他们打点牢头、禁子，不致马上吃苦。

　　先叙阿刑部回到家内，即将绍兴师爷请至，告知案中奇事之后，因说道："老夫子，这件事情，你得好好想出一个两面光的法子，既要平平安安办了这些犯人，又要没有得罪神仙剑侠。"

　　绍兴师爷想上半天，方才一壁吸着水烟，一壁打着绍兴土白道："东家大人，这件事体倒有点儿尴尬了！皇帝伯伯，他是开金口，自然不好违旨；这么说到神仙，晚生却没见过；说到剑侠呢，这是晚生亲眼见过几个。东家大人，我说两方比较起来，还是剑侠可怕三分呢！"

阿刑部听了一愕道："这又如何是好？"

绍兴师爷顿时把他双眉一蹙，计上心来，道："有个法子在这里呢！现在的当朝首相，不是曾涤生曾侯爷吗？他的见识高妙，不比常人，东家大人还是快去求教于他，一定有个办法。"

阿刑部被这位绍兴师爷更加说得害怕起来，只好忙去拜谒曾相国了。见面之下，说明来意，曾相国听了，也一惊道："真有剑仙侠客不成？"

曾相国说了这句，又不再待阿刑部答话，他又接续说道："古之红线、聂隐娘等等，本有其人，确非虚语。现在国家正在用人之际，老夫还恐怕徒托空言，未必真有其人吧！"

阿刑部答话道："此案本是钦案，俺们老师吉王爷又来关照，非得严办。晚生一时没有主意，特求老爵爷教训。"

曾相国道："老夫之意，此案倘没神仙剑侠，这么'妖人'二字便不成立；倘有神仙剑侠，老夫即要借他一用，好替国家办事。就命蒋翰林戴罪立功，未为不可。至于樊梅花一案，内中既有如此曲折，况有其母做主，我看也没什么不了之事。"

阿刑部道："皇上和王爷如果见罪下来，何人敢担责任？"

曾相国微笑道："这么且俟老夫明早上朝之后，再定此案办法。"

阿刑部听了，连称最好没有。

第二天，曾相国果把此意奏明两宫。光绪本不多事，慈禧太后便对曾相国道："你的意思，打算怎样办理？"

曾相国奏道："老佛爷明鉴，老臣连日看到陕甘督臣左宗棠的奏章，老将刘松山已被回匪所害，他的儿子刘锦堂虽然赏了三品京堂，接续其父的营务，前去剿办回匪，为日已久，还没捷报到来。老臣之意，如果此案之中果有可用之才，不妨命他们戴罪立功；若无其人，再行按律惩办，未为迟也。"

慈禧太后听了，微微点头道："你这老臣之见，俺也明白，自然国家为重。俺们和姓蒋的又没什么冤仇，既是如此，此案交你会同

175

刑部办理可也。"

曾相国磕头谢恩，回到家内，即命人去通知刑部。阿刑部自然遵旨。

第二天，曾相国便同阿刑部会审，他是相国，又是特旨交办事件，自然要他做主。当下先提自奇公子，照例问过姓名、籍贯，便问道："昨天据尔妻子樊氏所供，她嫁你，她的父亲虽不赞同，她的母亲现在尔家，后来又供，还有神仙剑侠之事，此是刑部大堂，不得胡言乱语。二罪并罚，你们夫妻二人更加受不住了。"

自奇公子朗声供道："樊氏所供，句句实言，好在犯官的二房徐氏、三房李氏已把原媒昆仑老人请到。老大人不信，不妨传来一问，便知真伪了。"

曾相国爱国心重，一听此话，不禁喜形于色道："真有其人吗？好好！快快请来一见。"

刑部差役不敢怠慢，慌忙连声传话出去，也说："快请昆仑老人入见……"

此言未了，已见有位仙风道骨、须眉全白的老人走了上来，对着曾、阿二人打个稽首道："老衲昆仑老人参见相国和中堂二位大人。"

曾相国也将他手微微一拱，算是还礼道："老法师，你已修炼多少年份了？"

昆仑老人微微一笑道："年数不多，不劳下问。现请就案问案，老衲不远千里而来，无非做个证人而已。"

曾相国道："樊氏所供，老法师知道吗？"

昆仑老人据实答复道："老衲人在杭州，已经知道。"

曾相国见他果有未卜先知之术，虽然奇怪，还能镇定如恒。却把这位阿刑部大堂吓得有些零碎动了起来。

曾相国又问道："老法师既做证人，可肯当堂述一遍呢？"

昆仑老人即将去救殷、樊二人之事说了一遍。

曾相国道："既然如此，本案并没什么妖人了。既没妖人，谋为不轨之事也没其事了。"

曾相国说到此地，便向昆仑老人微笑道："常言说得好，'天上无不孝之神仙，世间无不忠之剑侠'，你法师肯帮蒋翰林之忙吗？"

昆仑老人也一笑道："救人须要彻底，老衲既与蒋翰林夫妻等人都是朋友，应得帮忙。"

曾相国听了，愈加敬重道："既然如此，老夫要请皇上授你一职，带同蒋翰林去到陕甘军营之中，既替朝廷出力，又好使他将功折罪。你老法师意下如何呢？"

昆仑老人又微微地一笑道："曾侯爷，老衲也是国民一分子，应该效我绵力。不过既已出家，要这一官半职何用？此事只有命蒋翰林带同妻小，去到军前效力，老衲同往，助他一臂之力就是。"

曾相国听说，连连称是道："这么就请蒋翰林同了各位夫人，立即动身。至于究用何种名义，须由老夫奏明两宫之后再定。"

自奇公子直到此时，方才开口道："爵相在上，我蒋自奇既然没罪，自然愿赴前敌去替国家出力。现有二事，要求爵相做主。"

曾相国便问何所请求。

自奇公子道："五房妻子樊梅花，她既舍命救亲，照本朝之例，应该旌奖。现在弄得对簿公庭，甚非教孝之道。"

曾相国点头道："此事由老夫替你解和，不必放在心上。"

自奇公子又说道："还有吉王爷之女，她既与我不睦，我也不办她七出之条，也求爵相做主，请她另聘高门。"

阿刑部接口道："此事本部堂可以效劳。"

曾相国道："如此，费心了！"

自奇公子还思陈述军务之事，昆仑老人岔口道："蒋公子，此事回府商量再说。"

曾相国也命自奇公子带了樊夫人先行回家，这场天大钦案，就此轻轻松松地了结。虽然要感曾相国爱国心重，能够化大事为小事，

177

但是也亏昆仑老人的来此做证，且肯同去杀敌的好处。

自奇公子一到家内，人情势利，早有诸亲好友、同年同官都来慰问。自奇公子一一接见去后，方才回到里面，先谢昆仑老人相救之恩。

昆仑老人哈哈一笑道："蒋公子，你快不必谢我，你们这位三夫人仿佛是我害你一般，一见我面，不但和我算账，怪我害了她了，而且把我这些胡须几几乎要把它扯下来了。"

老人犹没说完，满屋的人众无不大笑。

李峨眉到了此刻，也觉有点儿过意不去，忙向老人作上一个大揖道："好了嘛，都怪我的不是。"

李峨眉说着，忽又扑哧自笑道："话虽如此，不是经我这般一闹，你老实说，你肯来到此地吗？你肯同往军前吗？"

掌珠等人都在笑着道："三姊，你可不要再说了，不要弄得这位老神仙真的动气起来，他搭一搭架子，我们全家便没命了呢！"

自奇公子也笑了起来道："乐不可极，现在快谈正事。"

李峨眉忽把双眉一急道："这个死人二姊，怎么一去不回来了呢……"

李峨眉尚没停嘴，已见徐碧霞从空飞下，接着她口道："你才是死人呢！"

李峨眉一见徐碧霞回来了，连徐碧霞骂她也不管了，便是大喜地问她："可曾请到师父？"

徐碧霞先问老人道："咦！你真先来了。"说着，又问自奇公子，"此案可是她的师兄搭救的？"

掌珠即将一切之事告知徐碧霞听了。

徐碧霞点点头道："怪不得我们师父不肯来，只说已有救星去了。我因我们师父向来严厉，不敢多说，只好空手而回。"

老人便望着李峨眉，一皱眉道："你瞧瞧看，你们二姊多么恭顺，不像你这泼辣！"

李峨眉也笑了一笑道："她现在算嫁了人了，她从前还不淘气吗？"

老人忽哈哈一笑道："李峨眉少奶奶，你现在难道还没有嫁人不成？"

这句话，竟把大家又引得大笑不算外，且将这位三少奶奶羞得逃了开去。

自奇公子便问徐碧霞道："你们师尊既不肯来，这只有拜托老神仙一个人了。"

昆仑老人道："前敌方面，此地的二少奶奶、三少奶奶足够对付，我们此行，不过想去劝他几个同道罢了。"

自奇公子听说，虽然有些放心，嘴上仍说仰仗老人。

老人谦逊道："不必客气，且俟圣旨到来，再定行止。"

掌珠忙去买了鲜果款待老人，不防李峨眉真正淘气，她因请到老人，救了全家，对于丈夫面上大有光彩，一个开心，肚子即饿。她又没断烟火之食，此时竟会去把桌上所有鲜果吃了精光大吉。掌珠一边忙又命人添上，一边对着李峨眉微笑道："三妹，你要吃水果，尽管自己去拿，为何竟把款待客人的东西一扫而光呀？"

老人接口一笑道："大房少奶奶，我可要向你道喜呀！"

掌珠不懂，一时愕上一愕。

老人又接口道："你们三少奶奶已经坐了喜了。"

徐碧霞抢问道："师兄何以知道？"

老人把他脸色一庄道："她倘没有坐喜，何以贪吃生冷水果？"

李峨眉急向老人身上轻轻打上一拳说："我把你这个嚼舌极的，恨不得一拳打死。"

谁知老人确有先见之明。李峨眉此刻虽还未曾坐喜，可是这天晚上，真要受孕了。现在先说白天之事。

他们大家正在人逢喜事精神爽的当口，忽见几个丫头飞报道："公子、各位少奶奶，圣旨到了，快去迎接。"

自奇公子慌忙同了六位夫人，换了古服，排上香案，迎接圣旨。来人宣旨道：

奉天承运皇帝诏曰：国家多故，应需有用之才，师弟情深，共挡前方之敌。兹授翰林蒋自奇为平乱前敌总指挥部下参赞官，准其邀同师友，率领妻子，遄赴前敌，为国效用。朝廷恩深德厚，决不辜负臣民，有勇定录，有功定嘉，朕有厚望焉。钦此，钦遵。

自奇公子夫妇等人谢恩之后，送走天使，当下就有同年寅好前来道贺。家丁、使女也同主人叩喜。

老人捻须一笑道："事不宜迟，你这位参赞官何日选吉起行？二、三两位少奶奶自然同去，其余几位如何办法？"

掌珠、丽华、梅花、娟仙四个人一齐说道："皇上都叫我们同去，我们怎好违这圣旨呀？"

自奇公子道："一齐同去，并非不可，那么赶紧收拾，我想立上表章，准定三天之内起身。"

李峨眉急问老人道："人龙等等，还有带发和尚、汤杰几个，为何还没回来？"

老人掐指一算道："他们不来此地了，大概是在关外等候。"

自奇公子听了大喜，立上表章择吉起程。

一天，到了潼关，自奇公子也好算是一位小钦差，自有全省官吏前往迎接。自奇公子问过军情，方始知道左宗棠大将刘锦棠已替他的亡叔报了深仇。可是现在又遇一个名叫白老幺的敌人，屡次争战，屡次败北，正在盼望救兵。

自奇公子得此消息，哪敢再事怠慢？第二天一早，即行起程出关。未到前敌，左制台业已得了廷寄，早派刘锦棠亲自迎于三十里之外。相见时候，刘锦棠要以小钦差之礼相见，自奇公子因为刘锦

180

棠已是三制京堂，官儿比他大得多呢，如何敢受此礼？当时行了并行之礼，即问前方军事。

刘锦棠皱眉道："兄弟为国效力，本来死不足惜，但是徒死无益。这个白老幺，非但英勇无伦，且有左道边门的法术。刚才探马报到，据说又有几个妖人到了。"

自奇公子先将刘锦棠引见昆仑老人，方才答他话道："我们这位老神仙已奉玉帝授职两次，只因他要来到尘凡替天行道，不愿立授天职。此次之来，连两宫也称他老人家作师友呢！"

刘锦堂听了，自然喜出望外，忙同大家来到阵地。左制台倒也忠心为国，他竟住在营内，一听曾相国所保举的神仙和参赞官一同到来，慌忙亲自出见。互请之下，老人先说道："制军不必忧虑，且俟老朽明天出过一阵，方知彼方虚实。"

左制台连连拱手称谢道："倘是马上战争，敝部将士也能对付。现在既有妖人作梗，只有烦劳老神仙了。"说着，即请自奇公子等人和老人几个，住到一座行帐，独当一面。

他们刚刚走入，带发和尚等六人已经飘然走了进来。自奇公子夫妻七人见了他们六个，高兴得雀跃起来。

不知他们一到，尚有什么话，且听下回分解。

第二十四回

二女调情明明争受孕
一妖怒吼暗暗报前恩

却说自奇公子正愁带发和尚等人还没到来，未便遇事去烦老人。此刻一见大家到了，这一喜，真是平生未有之乐，男的细诉离情别绪，女的大说惦记相思。

李峨眉偶见孤女背上有个小孩儿，不禁笑嘻嘻地问道："这样东西，是从何处来的？"

徐碧霞把她一推，又向孤女的肚皮一指道："就在此中落出来的。你莫忙，明年此时，恐怕也有这累赘东西了。"

李峨眉不答这话，却去把自奇公子拉到一边，悄悄地怪他道："你这个人，真正嘴也不紧，我可从此不相信你了！"

自奇公子此刻正和老人等人商量破敌大事，突被李峨眉拖至此地，突然说出这话，真正弄得丈二和尚摸不着头脑起来，当下眼巴巴地问道："你为什么事情不相信我了呀？"

李峨眉忽又把她那张粉脸红得犹同熨上两朵桃花一般地嗫嗫嚅嚅地答道："我那晚上本来不愿意干这怪腻人的把戏，偏是你说，我正天癸干净，容易受胎。当时我也觉得阴阳翕合，却和往常不同。像这等羞人答答之事，你如何马上就去告诉二姊呀？"

自奇公子也将双眉紧蹙了一下，轻轻把脚一顿道："人家正在谈那正经大事，你怎么忽在夹忙头里说起这些不要紧的事情来了呢？"

182

自奇公子还没说完，就想提脚要走。又被李峨眉一把死命抓住道："你不要紧，人家却被二姊说得怪不好意思呀！"

自奇公子忽见她的这位三少奶奶这种形状，真觉有些娇憨可爱，方把脚步停止，咬了她的耳朵说道："这些事情，我总傻到没有边际，也不会向你二姊说出来的呀！大概是你们姊妹要好，偶尔说笑，被她瞎说地说着了吧？其实她还比你早有一个月的喜呢！"

李峨眉一听，有了把柄，顿时丢下自奇公子就走。回到原处，忽将徐碧霞的鼻尖冒冒失失地一指道："你也有了，还在取笑人家呢！"

此时徐碧霞正在和含春两个商量要去偷营劫寨之事，猛不防地被她三妹指着她的鼻子尖上，突然说出这话。因为她起先虽然乘机挖苦李峨眉一句，后见李峨眉羞得跑了开去，以为大家说过丢开，何尝会晓得李峨眉这个人痴头怪脑地竟会前去质问丈夫？直到此时，方才会过意来。一听李峨眉说她比她先有，也会绯红了脸，赶着要去拧她的一张小嘴巴。

李峨眉目见已经翻了本了，笑得逃到掌珠背后，连声极喊道："大姊姊，救救我！"

原来这位掌珠少奶奶，她是入门为大，又是一家之主，平时正在愁得她的丈夫对此几位标致美人如何能够守身节欲，既不节欲，对于后嗣，便没把握。今见徐、李二人互相趣笑，大家都将各人的隐秘和盘托出，便知两个妹子都已坐喜。这一个高兴，还当了得？当下一见李峨眉逃到她的背后，大叫救命，同时又见徐碧霞宛如花枝招展地笑着赶来，高举拳头，大有一击之势，不觉笑着双手一抬道："二妹，你们都已有喜，真是祖先有福，快快不要动手动脚，不要动了胎气，不是玩的。"

李峨眉本想掌珠帮她，不料掌珠虽在帮她，却又说出这话，她又绯红了脸，急把掌珠的背心一推道："天下怎有你这样不老成的大姊姊呀？"

谁知她是一位剑侠，手上本有功夫，可怜这位掌珠少奶奶如何禁受得起？顿时往前一冲。幸亏一跤跌在徐碧霞的怀内，也是她的运气，否则是，那就闹出大乱子来了。她们三姊妹大寻开心之事，本来还不会了结的，总算这个一冲，才把此事打断。

自奇公子虽在谈那正经，被他眼角看见姊妹三个闹着玩耍，不觉暗暗高兴之下，暂且放下正事，却在腹中自说自话道："我蒋自奇前世究竟做了什么好事，今生竟会得到这几位特别夫人？"

哪知老人正坐在他的对面，陡见自奇公子的脑门之上突然透出一道阳光，便知他的腹中转念之事。当下即向自奇公子微微一笑道："这也无非是轻财仗义的几桩善举而已。"

自奇公子因为急于要谈国家大事，只好也朝老人一笑，又去问着带发和尚道："你既说那条雌蜈蚣精的法术极大，何以我亲眼所见，却被一气真人和三清仙尊赶走的呢？"

带发和尚似笑非笑地答道："咳！他们二位本是大罗金仙，何必说他们呢？话虽如此，她因偷到一根打神鞭，倒有一些人奈她不得呀！"

老人接口道："我已算定阴阳，这个妖精现已到了姓白的那儿了。"

带发和尚竟会脸色吓得一变。佳果、孤女一齐说道："带发师父，何必长他人志气，灭自己威风呢？"

含春也说道："我们今天晚上，何不偷去一趟？假使有了机会，能将这个妖精结果性命，岂不干净？"

汤杰把舌头一伸道："你们的胆子也比天大了。"

孤女近来的功夫确属大有进长，她就把脸一板道："我偏不怕她，今儿晚上，我们一定去，哪怕死在她的手上，也是为国尽忠。"

老人点首赞叹道："好！这个存心，便加三分本领。"

老人说着，竟把他那小小的一面中央五雷旗借与孤女一用道："你们要去，未为不可，此旗你且拿去，便无一失矣！"

孤女大喜之下，谢过师尊。

李峨眉向着孤女的身边，低声笑着道："大喜，大喜，他的这张宝贝旗平时不肯轻易借人的呢！"

孤女连连点首道："这个自然。"说着，又问李峨眉道，"我也要瞧瞧你的日月神针呢！"

李峨眉便把日月神针拿给孤女去看，孤女看得爱不释手。

佳果在旁道："一个人只要肯下决心，无论什么法宝，会修得到的。"

孤女一面点头称是，一面把日月神针还了李峨眉。

含春道："我们今儿晚上，准定我们四个人去。"

李峨眉岔口道："我也同去。"

老人向她私下眨眨眼睛。李峨眉不甚明白此意，当了孤女、含春之面，又不便问。及至晚饭吃过，孤女即与佳果、含春、人龙四个人，辞别大家，立即用出夜行功夫，一眨眼不见影踪。

老人等四人走后，便对李峨眉说道："白天我和你眨眼睛的事情，并不是一定要瞒我这女徒。"

自奇公子和徐碧霞先接口问道："既不瞒她，何以又要眨眼睛呢？"

老人微笑道："此话甚长，诸位听我道来。"

老人说了这句，又朝李峨眉一望道："这条蜈蚣精又是你的冤家，因为你在几十世之前，本是一个乡村农妇，且是一个孝妇，平生做人甚好，所以这世有此结果。不过对于这条蜈蚣，可是结了十分深仇。你那时既是孝妇，对于一双公婆，自然万般行孝，怎奈穷不可言，对于田里的一草一谷，岂有不去爱惜之理？有一天，你正在种田时候，忽见一颗小虫在啮你那稻根，你便一气之下，立即将它打死。哪知它虽是一颗小小虫豸，已经修炼了百十年了。照它的道行，本可立刻伤你性命，又因你是孝妇，不但顶上正气十分厉害，且有诸神护持，它却不能伤你。既死之后，因有根基，转世便变蜈

185

蚣。她的冤家本也不止你一个，不过这世见了你，自然要报仇的。"

李峨眉一愕道："如此说来，我不是此番就要死在她的手上了吗？"

老人又笑上一笑道："假使你未曾修行，还是一个凡人，自然被她报仇。你既被她报仇，她又是你的冤家了，甚至生生世世，循环报复，永无尽期，非遇有缘之人前去替你解了冤结，方才了手。现在你既修行，又有本领，这就要看我们双方的法道了。所以我阻止你今晚去，不要去打断孤女和她的好事。"

李峨眉对于上半截文章自然明明白白，及至听到孤女之话，却又不懂起来，忙问老人道："孤女和这妖精有何好事？"

老人又笑道："孤女在好几世以前，曾经救过此精性命。原来那时的孤女，却是一位千金小姐。这条蜈蚣呢，那时已经有了一点点的道行了。有一次，这位千金小姐正在花园之中采取鲜花，忽见一个用人拿了一把极大火夹，夹上一条七八寸的蜈蚣，业已打得半死，还要把她送到厨灶里去烧死。这位小姐不知怎么一来，因见那条蜈蚣背上已有亮光，知她一定好多年的道行了。倒说一个软心，非但不准用人去烧，且把那条蜈蚣带回绣房之内，将她医治。当时那条蜈蚣还没报恩之力，后来各奔前程，也未见面。现在既在此世相遇，孤女虽在她的敌方，既已受人之恩，决不可以不报的。"

李峨眉听到此处，又岔口问道："这么这条蜈蚣精，现已很有道行的了，不知她能不能够明白过去生中的恩怨呢？"

老人摇头道："她还没有这个道行。不过阴阳之理，造化之机，不管恩怨相值，总像磁能吸针能吸石一般，必要或恩或怨，报个明白，方才各不相干。此刻孤女前往，正是这条蜈蚣精报恩之时也。你若前去，反而坏事。"

李峨眉至此，方始明白道："如此说来，我自然不去为妙。"

掌珠接口道："这样很好，让她报了也罢。否则岂不误了我大事吗？"

徐碧霞岔口道："师兄，她和我有无恩怨呢？"

老人道："没有。"

徐碧霞道："既没关系，我倒要偷去看看，怎样报法。"

老人道："去只管去，不要露面就是了。"

徐碧霞应声晓得，顿时飞身上空，一个转眼，已经离开所住之处很远很远的了。她因要看妖精报恩之事，一脚来到白老幺的营盘，只听得刁斗之声呜呜在叫，各处营房里的灯火照得犹如满天星斗一般。她便暗忖道："这个气象，怪不得官兵方面要吃败仗。"但是心不在此，所以一个念头转毕，只把一双眼睛四面瞭望。

就在此时，忽见远远一个地方，似乎像个空场，却有七八条黑影子正在那儿闷声不响地扑来扑去。再去定睛一看，内中一条黑影，正是那个孤女。一想不妙，她们已在黑夜之中打了起来了，如此说来，足见师兄所说的前世报恩的事情，不足为据了。谁知她的转念未了，那面的七八条影子愈加打得起劲。方想加入阵中去助孤女等，陡见只要再过去几丈地方，有棵极大极大的大树在那儿，而且枝叶茂盛，很可遮蔽她的身子。她便暂时不去加入，轻轻一个飞行之术，已经纵到那棵大树上面了。往下一望，那些对打的人们就在她的后面。她忙回转身去，果见那个蜈蚣精的少女也在其内。最是可怪的事情，老人之言似乎已有一些道理。原来她看见的那个少女，只拣佳果、人龙、含春三个在打。孤女明明打了过去，她虽也在对打，可是只有招架的那一路，并无还去的那一路。

徐碧霞起初时候，还当那个少女的本领不及孤女，及至仔细一瞧，那个少女的本领明明在那孤女之上。她一看到这种地方，仿佛她来观剧一般，竟把要助孤女等人的意思忘得干干净净。谁知就在此时，孤女只想直取少女性命，不暇再顾后方。后方却来一个和尚，提起一把阔刀，对准孤女的后脑就想劈去。正在把刀举起之际，徐碧霞替她急得要死，就是立刻飞下树去，想去帮她，也已来不及的了。正在间不容发的时候，倒说孤女仍旧只顾前方，不防后方。

徐碧霞此时也顾不得来得及来不及了，她便用尽平生之力，扑的一声，飞到孤女的后面。哪知还差几步，不及去挡那个和尚之刀。

就在这时，陡然听得那个少女一边收回手上之刀，一边大喝一声道："我就让我师兄取你性命……"

她的"命"字未完，孤女已经回过头来，陡见有个和尚奔来助阵，且已把刀举到。假使她回头再迟一分钟，她又没有长背后眼，自然是一条小性命不着杠了。说时迟，那时快，她急举剑一格，同时徐碧霞也已赶到，这么那个和尚难道是个死人不成？天下断无已经举刀要去劈敌人的了，何至擎得老高，尽管不劈下来，不被自己这边的人来大叫一声，以致这个敌人回过头来，有了准备的呢？这是要怪我徐哲身只有一支笔，不能够同时写三方面的事情。

当时真实的情形，徐碧霞一方在看，那个和尚一方举刀要劈，那个少女一方大喝一声，都是同在一分钟之内的事情。话既讲明，自然没有漏洞。

再讲当时孤女正在把刀格去和尚之刀的当口，徐碧霞早已赶到，一见孤女已把和尚之刀格脱，她就不问皂白，即向和尚的脑后劈去。岂知只听得扑的一声，她的那把刀竟被和尚的脑袋挡了转来，而且已将虎口震开，只好"哎哟"一声，跳出圈子。

正想去搽伤药之际，佳果已经瞧见了她，慌忙赶到她的身边道："师姊大概受了伤了，快快让我先行保护你回去。"

徐碧霞连连摇头道："不必，不必！你们尽管前去杀贼，不必顾我……"

哪知她的"我"字还在嘴里，未曾吐出，又听得孤女在叫不好。佳果只好把她丢下，飞奔似的跑到孤女那边去了。徐碧霞此时也不肯再顾自己之痛，把脚一踮，早已飞到孤女那儿。

不知孤女究为何事口喊不好，且听下回分解。

第二十五回

昧前因魔怪避恩人
开杀戒仙家遭劫数

却说徐碧霞不顾自己，一脚奔到孤女那里。只见孤女已被另外一个金面和尚杀得天昏地暗，正在有些不能招架的时候，防她有失，马上扑的一声跳入圈子，提刀劈去。

那个金面和尚一见又有一个标致女子前来助阵，顿时大喝一声道："狗男女，你也要来送死！我佛爷就做做好事，送你上天去吧……""吧"字之后，就是一刀劈来。

徐碧霞拿刀一格，觉得有些沉重，不敢怠慢，当然一边拿出平生绝技，拼命杀去，一边在喊孤女道："孤女师妹，你放心，你姊姊前来帮你也。"

孤女一见来了帮手，心下一喜，便向那个少女杀去。那个少女说也奇怪，只是不肯和她对敌。其时人龙夫妇也与几个敌人打得起劲。

大家正在杀得难解难分之际，陡见一个五绺髯须、满脸道行的道士大叫一声，杀将进来。

徐碧霞本有八九玄功，知道来者不是弱手，慌忙丢下金面和尚，便和那个道士前去厮打。谁知那个道士既不用刀，又不用枪，单把手指去向空中一指，立时飞下一条毒龙，见人就吃，见物就抓。大家各把各人的敌人暂时丢下，都去攻打这条毒龙。那条毒龙立刻把口一张，吐出一团猛火，竟把众人烧得头焦额烂。

他们这五个人中，要算徐碧霞本事最高，此时也会弄得手足无措，没有办法。再加那个道士复又口吐一道剑光，仿佛知道徐碧霞是个领袖一样，直向她的脑颈飞下。徐碧霞不得已，只好也吐剑光前去抵制，谁知徐碧霞的剑光不是对方敌手，不到三分钟的当口，只听得哗啦啦的一声巨响，可怜徐碧霞半世修炼的一道剑光，早已击落在地。这一下，还当了得？幸亏她还镇定，不曾慌乱，她先飞快地跳出圈子，往外就逃。同时还在大喊："你们快快不要恋战，还是从速跑吧！"徐碧霞要保性命，又有飞行之术，才算被她逃了回来。

昆仑老人同了大众自然不肯先睡，陡见徐碧霞一个人满面失色地跑了进来，老人便知不妙，急问道："还有他们四个呢？"

徐碧霞气喘喘地答话道："师兄，他们不知能否逃回，可是我的剑光已经被一个道士击坏了。"

老人大惊失色道："这还了得？现在待我先去救了他们四个人回来，再说别事。"

李峨眉不等老人说完，她已飞上空中。正待去救孤女等人，忽见人龙、含春、佳果三个，已经犹同丧家之犬、漏网之鱼，垂头丧气地飞奔而来。

李峨眉立即落下空中，拦住三个人问道："还有孤女呢？"

佳果一愕道："她还没回来吗？"

此时老人也已出来，一听此言，便把手向三个人一挡道："室里去讲吧！"

李峨眉问老人道："孤女没有回来，不要紧吗？"

老人点头不答。

大家来到里面，老人深怕佳果急死，忙先去安慰他道："她与那个蜈蚣精有缘，不必替她担心。"

佳果、含春二人一齐道："敌方厉害万分，还求老师先去救回为是。"

老人一面摇头，一面急把孤女前生之事简简单单地说给他们听了。

佳果稍稍放心，始对徐碧霞说道："你在叫我们快走的时候，我们何尝不知逃走？无奈那个少女和道士两个真有飞天本领，我们几个却被他们的刀锋卷住，好容易方始逃回。"

李峨眉接口道："我总不放心，我要去接孤女。"

老人大摇其头道："独有你去不得！你不去，孤女还没事；你一去，一定带累她了。"

徐碧霞拦了老人之话道："师兄，我又怎样呢？"

老人想了一想道："且俟愚兄明天前去见过一阵之后再说。"

自奇公子、掌珠二人一齐说道："敌方如此厉害，老神仙，你须大大出力才好！"

老人未及答话，只见孤女已经满身是血地奔了进来。

佳果一把抱住孤女，发急地问道："你伤了何处？快快说来！"

孤女垂泪道："我郎，我此刻还会见你一面，就是死也甘心的了。"

佳果忙朝老人一跪道："师父，你的女徒还有救吗？"

老人连连点头道："你莫急，听她说呀！"

孤女也把佳果之手一捏道："我郎，我是外伤，还不碍事。最奇怪的事情，就是那个蜈蚣精为何不肯和我对打？"

徐碧霞岔口道："师妹，你叫佳果且把你前生之事说给你听了再讲。"

佳果忙把老人所说的择要说与孤女听了。孤女听完，有些似信非信，因是她的老师所说，不敢反对罢了。

自奇公子忙问老人道："现在还未开战，二姊的剑光已被人家击坏。再据他们所说，敌方又是非常厉害，假使我们一点儿没有功夫，岂非全家性命不保？"

老人摇头道："这件事情本非小事，你且暂时勿急。一切之事，明天再讲。"

老人说完，自去打坐。

自奇公子因见徐碧霞愁眉深锁，忙去安慰。同时又听见李峨眉在怪孤女道："你有你那老师的中央五雷旗，为何不用？还是连五雷旗也失了效力吗？"

孤女一愕道："咳，咳，咳！该死。我竟会忘记得干干净净，真正该死！"

梅花、丽华、娟仙三个私问掌珠道："大姊，你快快叫他陪了二姊去睡，一则让他前去解解她的心焦；二则明天还有大事，多少总要睡息一时的。"

掌珠微微将脸一红道："你们三位真也太多心了，是不是因为他今天应该轮到我，你们未便去劝他陪二姊吗？"

丽华拖了掌珠就走道："你不管是不是这个问题，快同我们一齐去。"

掌珠即同三人去劝自奇公子。自奇公子本想前去安慰碧霞，一见掌珠如此贤惠，方同碧霞去睡。孤女等人也随便去睡了一霎。

第二天大早，左制台已来公事，因为敌方来了战书，约定本日午刻见阵。自奇公子忙去报知老人，老人点头道："大家快快吃饭，预备齐全，同我出去便了。"

大家饱餐一顿，不到午时，即随老人来至阵前。只见对方为头一人，生得白面长须，骑了一匹高头大马，很觉有些威风凛凛。后面所跟的，不是和尚，便是道士，一望而知都是妖怪，绝非正派。当下只见昆仑老人步出阵前，向那为头之人一拱手道："尊驾就是人称白老幺的吗？"

那人把头一点道："然也。你是何人？快快报上名来，本大王不杀无名之将的。"

老人微笑道："老夫便是昆仑老人，今随在爵帅部下的参赞官蒋

192

翰林来此征剿。你也是个中国人，为何胆敢造反呀？"

白老幺大笑道："你这老道，大概有些小小本领吧，可是你的本领到了俺们这里，便是前来送死。至于说俺造反，真正笑话。天下乃天下人的天下，哪一个不好做皇帝？"

老人说话之际，却在暗中留心白老幺背后一班人物。原来个个都是左道，倒非普通之流，心下也觉懊恼。当下又去劝那白老幺道："老朽本在替天行道，我要劝你不要执迷不悟，你要晓得，从古至今，可是没有妖人曾得天下的。"

白老幺出阵时候，那个蜈蚣精少女确曾和他说过，因要看看老人的道行，叫他多打几句闲话，让她可以多看一看。所以白老幺一任老人去说，还能忍耐，否则是早已跳得百丈高的了。

老人明知白老幺劝不醒的，当下便问他道："我现在最后劝告，马上投降天朝，还不失去封侯之位。不然是，死无葬身之地矣！"

白老幺此时已动真火，即命那个蜈蚣精道："蜈大仙，你快把这老道拿下，免他在此叽叽咕咕。"

蜈蚣精听了，即把柳眉一竖，飞奔来至老人之前，冷笑了一声道："你这老道，不必自说自话。若有本领，快拿出来！"

蜈蚣精不待老人答话，已把她那樱口一张，吐出一团毒焰，直向老人面上飞来。老人知道这个毒焰厉害，一边也吐三昧真火抵制，一面急把那颗心珠扑的一声祭了起来。这个心珠真有价值，那些毒焰见它之形即逃，闻它之气即灭。毒焰一灭，老人的三昧真火已经烧到蜈蚣精的眉毛了。此时白老幺恐怕他这大将有失，忙命一个金面和尚、一个道士加入阵中。老人方面，也命徐碧霞、李峨眉二人出应。

大家正在混战的当口，突闻半空之中陡有一派仙乐之音。就在这个仙乐音中，飞下一朵青云，云头之上，仙风拂拂地站着一位神仙。同时又见那个蜈蚣精，一见这位神仙降临，不禁一齐欢呼道："好嘛！我们教主来了。"

此时老人认得这个教主便是西天大教主，所有道行确在他的师尊之上，不觉一吓，忙不迭地施上一礼道："教主何必再来红尘，开此杀戒呀？"

西天大教主微微地一笑道："本教主本已不问这些小事。无奈你们昆仑、天山、辰州、四海的小辈，偏要前去欺侮本教弟子。又怪本教弟子的道行却又稍弱一点儿，以致你们得寸进尺。再过几时，岂不是要爬到本教主的头上来了吗？现在不与你这小子说话，姑且让你多活三天。快快去唤四派首领前来见我！"

这位西天大教主，一个人说了半天，他也不待老人答辩，竟把拂尘子向那白老么一挥道："且随本教主回营再说。"

老人即见对方众人果随教主回去。他也率领大家回到营内，尚未坐下，就和大家说道："这场祸祟，闹得如此之大，倒非初料所及。"

徐碧霞、李峨眉忙问道："难道方才这位教主真有一些本领吗？"

老人微喟了一声道："这就是你们的少不更事了，连他都不认识，怎么可以出兵打仗呀？"

李峨眉接口道："我们年轻，本仗你来指教，他是什么神仙，请你讲给我们知道。"

老人点头道："你们不问，我也要说与你们听的。这位大教主，本来久处西天极乐世界，他已三次授职。无奈他却有些袒护后辈，不愿安居西天，偏喜各处游行，专替弟子来打不平。有一次，曾受玉帝申斥，他更恼羞成怒、一意孤行起来。幸他老师就是东华大帝，众位仙官看他师面，不去参奏，他也知道此事，所以愈加无法无天。现在他既要请我们大家的师尊出来，我也未便阻止，而且无法阻止。"

老人说完，颇觉忧形于色。

自奇公子、掌珠等等从未见过老人如此形状，当然也是急得了不得了。

掌珠先问老人道："老神仙，现在怎样办法呢？我们全家人总要求你老神仙大发慈悲才好。"

老人点头道："此事虽然辣手，也不过多费一些手脚而已。我既来此，何能袖手旁观？"说着，便将手指一掐道，"这么快快替我预备香案。"

掌珠即去亲手安排。

老人膜拜之后，即把中央五雷旗拿到手中，向空一展，立时便有一阵异香，半空中降下四位金甲天神，朝着老人一鞠躬道："上仙有何差遣？特来听命。"

老人低声说上几句，四位天神复又一鞠躬而去。

不到片刻，已见祥云霭霭、瑞气重重，五色云中，一连降下四位仙人。为首的是一气真人，第二个是两仪圣母，第三个是三清仙尊，第四个是四海仙妃。四位仙家虽然来到凡尘，可是不肯贸然进这营帐，因为杀气太重的缘故。

老人和徐碧霞、李峨眉跪接仙驾之后，老人即向营盘后面一块空场上一指，同时道了一声"疾！"，说也奇怪，那块空场上面早已现出一座莲台。四位仙家走到莲台之中，一排地盘膝坐下。老人又与徐、李二人复再参拜。

两仪圣母和四海仙妃各朝老人的弟子点头微笑道："你们二人的香烟有望了……"

二位师尊尚没说完，竟将徐碧霞、李峨眉两个羞得统统红霞罩面，却又不敢说出什么。

四海仙妃又单独对着李峨眉说道："照你的前世种因而论，仅不过这条小小的蜈蚣精与你作对。现在竟会惹动这位教主前来多事，真是意想不到之事。你也不必害怕，不过多吃一点儿苦头而已。"

一气真人在旁微微一笑道："这也关乎气数，我们替这位大教主不免有些可惜呢！"

老人又跪下禀明西天大教主所说之话，真人将手一挥道："你且起来，此事为师早已知道，总之，可免则免。真不得已，也只好和他开开杀戒。就是玉帝见责，罪魁谁属，自有公论也。"

老人道："弟子道力微薄，不是教主对手，且也不敢与之对抗，还求师尊与几位师叔须念天下苍生，了结这件公案才好。"

真人微微点首道："这件公案，恐怕还不止我等几个历此劫数，好在他有三天期限，且看还有何人到来……"

真人道声未已，陡闻远远地似有仙乐之声，从远而近，从上而下。原来是玉鼎真人带同龟灵圣母，他们师徒二人不约而至。

一气真人率领三个师弟，即把玉鼎真人师徒迎入，即分宾主坐下。老人、徐、李三个又去参谒，玉鼎真人先对老人和徐碧霞两个说道："你们二人却被你们李峨眉师妹带累的，好在她是十世善人，根基不薄，这场劫数之中，或者还有一些好处，也未可料。"

一气真人、四海仙妃一同点首微笑。老人因见几位仙家并未抱有悲观，心上放心不少，正待说话，已闻玉鼎真人在问三清仙尊道："仙尊，你的门徒总喜自相残杀，殊非我们大同之道所宜。"

三清仙尊微微地将眉一皱，正待答话，又见半空之中陡现一道红光，各位仙家慌忙下了蒲团，去到外面，恭恭敬敬地似要迎接仙驾的样子。

不知来者是谁，且看下回分解。

第二十六回

进恶阵拼命破红珠
救情郎飞身入烈火

却说六位仙家刚刚来到外面，云端之上业已跃下一位怪神。彼此一个稽首，一齐回到里边。老人、徐、李参见之后，四海仙妃先向这位怪神慰劳，然后请他居中坐下。那位怪神再三不肯。

玉鼎真人笑着道："你乃是客，何必推辞？"

这位怪神方才坐下，一边对着四海仙妃，一边指着李峨眉说道："你的门徒着实有点儿根基，本神奉了我们燃灯古佛的法旨，来此相助一臂之力，不知此地已开杀戒否？"

四海仙妃听得这位怪神在说燃灯古佛的佛号时候，早已肃然站起，其余几位仙家也各起立。这位怪神忙也起身，代表燃灯古佛问候之后，大家方始归座。

四海仙妃也指指李峨眉道："小徒修行时候最浅，我对她特别看待者诚如尊神所说，十世善人，本也难得的。谁知西天大教主偏要意气闹事，牵累我们来此，因为师弟之情，自然不好置身事外。现在还要闹得古佛烦心，尊神劳驾，真是说不过去。"

这位怪神道："这是天数，谁能躲避？但是本神已知这位教主要与四位首领显显他的神通，未免有伤天地之和了。第一，玉帝知道起来，谁担这个责任呀？"

三清仙尊似乎微生其气道："罪魁祸首，玉帝岂有不能查明之理？但是我辈身罹此劫，言之不免痛心。"

两仪圣母岔口道："我辈当然不和他们一般见识，可是万一事到其间，似乎也不可如他之愿。"

玉鼎真人、龟灵圣母一同接口道："假使真的如了他们之愿，那也没有公理了。"

老人等得各位仙家停话之际，要想叫自奇公子夫妇等人也来参见参见。

一气真人道："现在似可不必，往后尚有日子。"

老人知道神仙是要清净的，不敢在此麻烦，即率徐、李二人叩别诸仙，回到屋内，告知大家。大家听完，自然胆子一大，各人也去休息一下。现在暂把这边放下，先叙白老幺那边。

原来白老幺本是一个富家公子，只因交友不慎，就有一班狐群狗党前去勾结。日子一多，更有江湖术士、游僧游道，以及医卜星相之流，都来凑趣。大家因见白老幺人才出众，家资又大，就有一班江湖术士说他生有龙飞之相、九五之尊，谋王篡位，非常容易。白老幺既被大家说动，顿时招兵买马，真的谋为不轨起来。物以类聚，也是定例，于是更有那些左道旁门之士前来投效。白老幺自然来者不拒，多多益善。

那时候的左宗棠正任陕甘总督，方在剿办回匪，因此鞭长莫及，一时顾不到白老幺的头上。谁知那个李峨眉的冤家对头李伟仙竟与郡主通奸，后被吉王爷知道，家丑不可外扬，索性招为郡马爷了。

李伟仙既打输了官司，他就一不做，二不休，便命心腹赏了多金，结连白老幺，要他马上造反。等得杀到北京之时，好把自奇公子全家杀害，以出心头之气。徐碧霞那晚上所看见的一个道士，就是李伟仙花了多金派去帮助白老幺的。白老幺的老子本有一个妖友，便是银面头陀。老子死后，银面头陀因见白老幺吃喝嫖赌，不免灰心而去。后闻白老幺居然大异往昔，竟有觊觎大宝之志，一个高兴，便同大师兄金面头陀、三师弟钢面头陀、四师弟铁面头陀、五师弟锡面头陀，都来投奔，自说自话地自命天子。

事又凑巧，那个玄玄子、西山子二人，自被师尊赦罪之后，死死活活要与昆仑老人作对。所以一知徐碧霞、李峨眉已由老人为媒，嫁了自奇公子，他们即托一个左道尼姑去到半路行刺。后来因见这个尼姑死在李峨眉的手里，心上又多一重怨气，所以又去联合那个蜈蚣精，请她同了他们来助白老幺，一则可以拆昆仑老人的烂污；二则倘若大事一成，他们便是开国元勋，好借皇帝势力，减却昆仑、天山、辰州各派首领。

及至蜈蚣精到了白老幺那儿，他们二人又去哭诉西天大教主，说是各派首领正在侮辱蜈蚣精，弟子坍台，即是老师丢丑。恰巧正值这位西天大教主方在倒行逆施之际，这把野火一点即燃，所以西天大教主来到阵前相会昆仑老人的当口，玄玄子、西山子两个早已先到白老幺的营里去了。

当时西天大教主关照老人，限他三天之内，要叫四派首领到齐之后，即同白老幺等人回到营内。一见玄玄子、西山子两个已在那儿，连说好好，并将会见昆仑老人之事述与他们听了。

玄玄子、西山子不禁大喜地恭维西天大教主道："教主爷爷，这样一来，四派首领一定死无葬身之地。因为你教主广大的法道通天，恐怕除了八景宫的太上老君之外，哪个敢来和你对敌？"

西天大教主听了，不觉哈哈大笑道："就是我们老君亲自前来，要么我是他的徒孙，有意让他三分，这是我的情分。若说真正法道，他也奈何我不得。"

蜈蚣精在旁忽然扑哧一笑。西天大教主问他门徒笑些什么，蜈蚣精又抿嘴微笑道："师尊，不是我做门徒的在笑你老人家，你的法道比较别个神仙要高万倍，我也知道。若说我们道教之祖老君爷爷，他也不能奈何于你，这也不免太离边儿了。"

西天大教主听了此言，并不生气，单是微微一笑道："你这顽徒，知道什么？将来总有给你看见的一天。现在我已限定昆仑老人，

199

三天之内，要叫四派首领来此会我。"

西天大教主一边在说，一边已在袖中掐指一算，早已知道自奇公子这边情形，不觉张口大笑道："玉鼎、龟灵师徒二人，同了他们四个，一齐到了，这也不算什么。我所高兴的是，那位燃灯古佛的一匹坐骑，这只狮子精也来活活送死，这真正是我的教旨要昌明了。"

玄玄子、西山子一同问道："这只狮子来此何为？"

西天大教主又笑道："他们要想各显神通，岂不是叫来丢丑不成？"

蜈蚣精又问玄玄子、西山子二人道："二位师兄，我知道你们都是辰州派三清仙尊的弟子，为何对自己师尊也有冤仇呢？"

玄玄子、西山子把脸一红道："他已不认我们是他门徒，我们也只好大义灭亲的了。"

西天大教主便吩咐白老幺道："你们且去休息一下，明天午刻便是我们各教大会的日子了。"

白老幺听了，大喜之下，谢过教主，即同大家都去休息。

第二天一早，各人都到西天大教主跟前听命。西天大教主即率大众来到营外，他在地上摆下一个西天如意阵，内分金、木、水、火、土五行，便命金、银、铜、铁、锡五个头陀分守五行之上；外设灭绝两门，也命玄玄子、西山子分守两门；中间设下一个葬仙坑，又命蜈蚣精和那个鬼灵道士左右分守，真想把老人这边到来的各位仙家，来一个，灭一个，显显他的手段。

西天大教主摆好这个万恶之阵以后，看看太阳已到天心，他便同了白老幺踱出阵前。刚才立定，老人已随怪神、玉鼎真人、龟灵圣母、四位仙家来至阵前，当下就由怪神为首，向着西天大教主打了一个稽首道："教主请了！"

西天大教主哈哈一笑道："你这一只狮子，本来远在西方，何必也来罹此劫数呀？"

怪神大怒道："你且住口，你的道行已入大罗会仙之列，何至气量如此狭小？听了两个小辈撺掇，竟会来开这个杀戒，真是愈修愈回去了。本神奉了古佛爷爷的法旨，来此劝化于你，你再执迷不悟，那就没法救你了。"

西天大教主又把他口一张，哈哈一笑道："我也用不着你这狮子前来相劝！"说着，回头把那如意阵一指道，"你们能破此阵，方有讲话的余地。"

三清仙尊已知他的孽徒也在阵内，不觉动了他的真气，上前一步，指着西天大教主说道："几千年来，各派仙家久已未开杀戒。现在无缘无故你敢上违天地之和，下设灭绝之阵，如此残毒，哪还有神仙气象？我们看你总是老君派下的一分子，限你立刻收去恶阵，随了玉鼎真人，去到八景宫中，自行谢罪，还可不失仙位。否则……"三清仙尊说到此地，接说"哼哼！"二字道，"那就要西天少了一个教主了。"

西天大教主大怒道："不必多说，谁人先敢入阵，便随我来！"

西天大教主一边说着，一边回身踱到阵门之前去了。怪神便和诸位仙家商议道："是一个一个进去，还是一同进去？"

玉鼎真人叹息一声，不肯接话。

龟灵圣母接口道："来者不善，还是一齐进去，彼此都有照应。"

玉鼎真人很郑重地对各位仙家说道："此次对于那个蜈蚣精，李峨眉与她有仇，孤女与她有恩，她们二人不可不去。"

一气真人便向玉鼎真人一稽首道："既去破阵，也得分配工作，还请玉鼎真人发令为是。"

玉鼎真人也不客气，他即朝南一立，因为南方主生，这便是神仙不喜妄杀的表示。

当时玉鼎真人向南立下之后，立即开口发令道："人龙、含春、佳果、孤女、汤杰五人一入阵中，可以分攻五行之门，先去其足；昆仑老人和李峨眉二人可以去攻灭绝一坑，攻其心腹；玄玄子、西

201

山子两个不肖门徒应由三清仙尊直接去办。此外，便请怪神为首，我辈一同前往，直取西天大教主可也。"玉鼎真人嘴上说着，脸上大有不忍之态。

倒是这位从西方来的怪神非常起劲，大家既已分配工作，即由怪神为首，同时一阵仙风已到西天如意阵的阵前了。

那时西天大教主正在指挥一切，一闻拂拂仙风，又见冉冉红云，知道破阵人到，慌忙出阵，对着怪神等含笑一拱手道："今天诸位上仙驾此相会，也是本教主之幸。"一边说着，一边将身闪入阵中。就在此时，道一声"疾！"顿时天昏地暗，各人伸手不见五指。

怪神大笑一声，首先踏入阵内，并不搭话，即向西天大教主扑去。哪知西天大教主早已起了杀心，忙不迭将手向上一举，便有十几道金光同向各位仙家头上罩来。不讲各位仙家各各显出神通，抵制金光。

先说人龙五个人，因恃各位仙家在此，胆子一大，直向那个五行位上杀去。此时金、银、铜、铁、锡五个头陀自然分别接战，战了不久，人龙等似有不支之势。两仪圣母看得清切，立即上去援助。这一来，五个头陀便吃不消了。

五人正想放去五行之际，却听得西天大教主大吼一声道："各人勿退，死守五分钟，对方统统都要化为灰烬了！"

五人一听此言，勇气忽又上来。同时又见那个蜈蚣精已在口吐一颗极大的红珠，直向李峨眉头上飞去。李峨眉稍稍一退，也忙摸出她那日月神针，说时迟，那时快，那支日月神针见了那颗红珠，仿佛冤家一般，只听得哗啦啦的一下，那颗红珠已被日月神针戳上一个大洞。怪神瞧见自己这边得手，他即将他身子一抖，陡化一只大如山岳的巨狮。正待去吃西天大教主的当口，忽被西天大教主扑的一下，早已打出一颗翻天印来。此印上打天门，下打地狱，这只巨狮如何能够抵挡？慌忙把身一滚，滚到生字方上，总算避过危险。

玉鼎真人恐怕狮子有伤，急将他的拂尘祭起道："快把此印拿入八景宫中。"真是仙家妙用，玉鼎真人的拂尘并不费力，已把翻天印拿到空中去了。

西天大教主陡见他的法宝被失，这一气还当了得？他又施出毒手，急又打出一支绝仙铜来，想把各位仙家一网打尽。一气真人自从入阵以来，并未动手一下，一则还想不开他个人的杀戒，二则留下了他可以事后转圜。岂知西天大教主一丝不留同道之谊，用出这支恶铜。一气真人忙把他手一指，指上飞出一朵金莲，这朵金莲虽然没把绝仙铜破去，但是那支铜只在空中，似乎不能够击了下来。

龟灵圣母更加大怒，也把她口一张，吐出一块十三小块结成的金色大板，就向西天大教主头上压下。西天大教主说声不好，连连避入中央台上。

四海仙妃追了上去，正待用她手上一把小剪要去坏那西天大教主法身的时候，只听得她的女徒李峨眉在叫救命，只好丢下西天大教主，飞身来到李峨眉那里。还没问话，已见李峨眉披头散发，却和一个道士在抢自奇公子这人。四海仙妃知道自奇公子并未入阵，定是那个妖道的行术，要想吓倒李峨眉，便好下他毒手。正待上前告知她的徒弟，同时又见两仪圣母已被西天大教主逼得往后退让，她怕两仪圣母有失，忙又丢了李峨眉，去助那边去了。

李峨眉一见师尊一走，心下一急，同时又见自奇公子已被道士交与那个蜈蚣精，刚想拼命去夺，陡然见这阵中一声天崩地裂的巨响。只见地下突地裂开一个大缝，缝中喷出火来，倒还在次。可怜只见自奇公子已被蜈蚣精丢入烈火之中去了。她便大叫一声道："我的夫呀，你的妻子也同你去吧……"她的"吧"字未了，早已扑通一声，跳入火内。

不知李峨眉生命如何，且看下回分解。

第二十七回

喜根基施恩嘉后进
解冤业获胜不穷追

却说李峨眉因见自奇公子忽会落入地裂的火焰之中，她一发急，慌忙跳了下去，细细一瞧，除了烈烈烘烘的火光之外，并不看见自奇公子。明知已被妖人焚死，不禁一个伤心，顿时晕厥过去。

不知经过久许，等她苏醒转来，睁眼一看，仍旧未见丈夫，她便大哭起来道："我的夫呀，都是为妻害了你了……"

谁知她的"了"字刚刚出口，忽有一个仙童走来，向她微笑着低声说道："此是八景宫，老君正在里面，你这女子，何得大啼小喊呀？"

李峨眉刚想问话，已见她的师尊同了两个仙女，匆匆走来唤她道："赶快揩干眼泪，随了为师去见老君。"

李峨眉弄得糊里糊涂，问又不敢问，只好一边揩干泪痕，一边跟着师尊，走到里面。在她经过之处，统统都是奇花异草，扑鼻芬芳，神鹤仙禽，鸣声清亮。她便停下脚步，偷偷拉上她那师尊的一角衣襟道："这是什么所在？我们不是在那西天如意阵中吗？"

又见她的师尊忙不迭以目禁止，似乎叫她不要乱问的意思。她见如此，只好低了她头，随着再进。

走不多时，已到一座内宫，抬头偷偷一望，只见玉鼎真人师徒两个，以及一气真人等等都是肃然无声地立在两旁。中间一个极大蒲团，满现金光，金光上面，端端正正地坐了一位长须神道，心知就是太上老君了。

就在此时，又听得有个仙童在喊道："老祖有命，即着四海仙妃带同女弟子李峨眉入见！"

又见她的师尊飞快地轻轻将她一拉，缓缓地走到蒲团面前，又替她代为报名道："李峨眉参见老祖！"

她一见这段雍肃静止的景象，不由得双膝下跪，俯伏地下。

当下只听得老君发出一派清净冲和之音道："你是李峨眉吗？修道有多时了？"

李峨眉叩首道："日子甚浅。"

老君听说，微微一展笑容道："日子甚浅，竟有如此功夫，倒也难得。"

玉鼎真人越出班来，向着老君鞠躬说道："李峨眉乃是十世善人，始有这样进功。现在尚被火毒所伤，恐于道力有阻。"

老君点点头，吩咐一个仙童道："可以赐她一粒金丹，以奖善根。"

当下，即有一个仙童送上一粒金丹。李峨眉叩首谢恩，吞到口内，不仅奇香满嘴，及至咽下，更觉精神百倍。自己知道，就是修上五百年，也没这般造化，忙又叩头拜谢。

老君把衣袖一展，命她起立一旁。四海仙妃又去代她谢过，轻轻向她说道："屏息侍立，可看老祖训斥西天大教主……"

说话未毕，又见老君仅把嘴巴微启，已见两个仙童早将西天大教主带上跪下。李峨眉瞧见此时的这位大教主一种觳觫神情，反而有些代他可怜。

当下便听老君很庄严地问道："你知罪吗？"

又见西天大教主悲声地答道："徒孙知罪，不过此事乃是被迫出此，确非本心。"

老君微微把头一摆道："你已修炼多年，难道连自制的初步功夫

205

都忘了不成？"

老君问话之间，他那左右金光只向大教主的身上一闪一闪地照着。大教主愈加抖凛凛地说道："徒孙直到祖师面前方觉所为大错，恐怕自忏已来不及了吧！"

老君不答这句，单命跪在一旁。此时又有两个金甲神人，各人锁入一个罪犯。李峨眉偷眼一看，不是别个，正是玄玄子、西山子二人。当下又见老君把他神目仅仅朝着二人一注，说也奇怪，倒说玄玄子、西山子二人竟会吓得缩成一个三五岁的小孩儿模样，跪在地上，连气也不敢透一口。

老君见此形状，微微蹙额道："人间叛逆，罪已不赦，此间如何容得这两个叛徒呀？"说着，将手往地下一指，同时玄玄子、西山子二人早随一指，指往地中去了。

李峨眉私下问她师尊道："二人哪儿去了？"

四海仙妃低声答道："已入阿罗地狱，永再不得超生人世的了。"

李峨眉一听此言，吓得战战兢兢，还想再问，又见有个仙童向着老君鞠躬说道："还有其他罪犯都在外边，请问祖师，如何发落？"

老君极和声地答道："此乃清静之区，怎样容得这些龌龊东西？可付你们大师兄处治。"

仙童领了法旨退下。老君便朝左右一看，对着玉鼎真人几个说道："你们且去！"

玉鼎真人慌忙下跪道："还有教主未曾发落，总求祖师慈悲，弟子等愿各减百年功夫，代为赎罪。"

老君微微点头道："既然这样，由你们将他带去，也命他的老师从重处治。"

玉鼎真人同了大家叩谢祖师的大恩。老君刚要返宫，一眼看见李峨眉也在跪拜，不觉又注视她一眼道："此子进功程序何以如此之快？方才我所赐她的一粒金丹不过可抵三百年的功夫，此刻见她神光大异，可见善人再修，谁也不能及她。"

四海仙妃忙又跪下，代为拜谢。

老君道："尔等已有地位，不必常往尘世，但是下界的妖魔又多，如在此子应该速修外功，让我赏她一件除妖之物，方能保她法身。"

老君说罢，将手向他座旁的一座花瓶一指，顿时异香满堂，花瓶之中，长出一朵金莲出来。老君亲手掣下一片花瓣，赐予李峨眉道："尔既有此神通，非有此物，不足护法。"

四海仙妃慌忙代为接下，一同叩谢之后，只见一道红光，老君法身已经回宫。

玉鼎真人、一气真人、怪神三个一同指着李峨眉微笑道："尔真无上幸运，我们所知，从盘古迄今，谁人有过这般际遇？"

四海仙妃也是满面光彩地笑答道："虽是祖师的洪恩，也是各位的提拔。"

两仪圣母扯了李峨眉的手，微笑道："尔的师姊比你忠厚，你既有此造化，以后对于除妖捉怪之事，由你去做。对于一切家务，由她去做吧！"

李峨眉自然肃然遵教，此时心下一喜，前去看看手上的那瓣莲花，倒说竟会变成一把一二寸长的小掌扇，随便把它一摇，竟把玉鼎真人、一气真人等等几位上仙吓得忙不迭地闪在一边，一同带笑带说道："我们祖师的道行，真与天齐，你们瞧瞧这柄小小掌扇，连我们也难敌它之风，岂不可宝吗？"

李峨眉听说，不禁高兴得一张樱桃小口笑得合不拢来。

四海仙妃也笑道："这件劫数，运气了我的小徒，委屈了大教主了。"

玉鼎真人一听此语，忙同大家来至东华帝君那里。

原来东华帝君就是老君的大弟子。西天大教主呢，又是东华帝君的二弟子，老君把他发交东华帝君办理，似有成全之意。东华帝君既奉此命，又见他的大弟子玉鼎真人同了众仙到来，特地降座

207

出迎。

里边坐下，东华帝君先对怪神微笑道："你是西方之人，怎会也来我们南土？"

怪神道："此是劫数，现在已了。帝君还有公事，我可告辞，要去回复我们古佛法旨了。"

东华帝君不便相留。可巧老君那边已把大教主押至，东华帝君送走怪神，还怕众仙在此大教主难以为情，便命玉鼎真人陪着众仙另坐一室，他方才去审大教主一案。

李峨眉此时惦记那个蜈蚣精，恐怕她得了重遣，她的宿怨仍难消弭，当下要求她的师尊，要去偷看。四海仙妃叫她不可声张，免得羞了一班罪徒。李峨眉奉了师命，来至东华帝君殿门外面，往里张去。只见东华帝君已经变了脸色，人家都说阎罗天子可怕，此时一比较起来，阎罗天子反是慈颜了。

李峨眉暗忖道："我真侥幸，怎会十世都是善人？以后更要好好做人，不要辜负老君的栽培。"她还未曾转念完毕，只见那位大教主已枷锁锒铛地跪在地上。

东华帝君大喝道："你这孽畜，为师有你这个门徒，已被众仙所笑。此时把你办了与玄玄子、西山子一样之罪，也不为过！"

大教主叩头号呼，没有辩说。东华帝君注视了他半天，方才长吁一声道："逆畜呀逆畜，我们道教全凭清净冲虚，似尔所为，哪里还有一丝体统？"

东华帝君说着，便命道童："快将大教主押入悔过所，且俟千年之后，再行提审。"

大教主连连叩头道："师尊，弟子知罪了！倘蒙赦我初次，永不再问世事。"

东华帝君不准请求，押了下去。

大教主下去，又把蜈蚣精，龟灵道士，金、银、铜、铁、锡五个和尚带上。

东华帝君一眼瞧见蜈蚣精一面怨气，知她宿孽关系，罪孽轻了一半，当下便问道："你还是愿罚愿责？"

蜈蚣精叩头不言。

东华帝君正待发落，李峨眉突然闯入，扑地跪下，边在磕头，边在代那蜈蚣精求饶道："她与小辈有怨，小辈情愿与她言和，以解此劫。"

东华帝君微微点首道："本难恕她，今准尔请，罚去一半道行，下去重行再修。"

蜈蚣精大喜之下，一面叩谢帝君，一面退下，忙向李峨眉一拱手道："既已和解，以后彼此各不干涉。"说完即走。

东华帝君又把各犯分别发落，方叫玉鼎真人将众仙请至谈话，言语之间，还在夸奖李峨眉大有凤根。说着，又赐徐碧霞等每人一粒仙丹，可抵百年功夫。

大家谈了一阵，告辞而出。

一气真人吩咐老人各处走走，两仪圣母也赐徐碧霞一柄二寸长的金绞剪刀，并且吩咐她不必因为李峨眉之扇就此灰心。

徐碧霞极诚恳地答道："她是我的妹妹，她好即是我好。况且师尊又赐我这柄金绞剪刀，我早知道此剪的功用，世上已经尽够，三妹的掌扇反而太高了。"

两仪圣母大乐道："如此对了，为师也放心了。"

一气真人、四海仙妃，各人又教导了各人的徒弟一番。只有三清仙尊稍有不豫之色，一气真人一把拉了他就走。

龟灵圣母送走各仙，又将老人等等送到凡尘，方才上天。

老人等等回到营内，自奇公子等人接入道："敌方之事，老神仙知道否？"

老人摇首道："我们另有事情。"

自奇公子道："方才据探子报到，白老幺因见他的帮手统统走散，正在大哭。"

老人自去打坐休息。徐碧霞、李峨眉两个方把一切之事尽情说与自奇公子等人听了。自奇公子听了大喜，急办公文，报知左制台那边。

掌珠因见徐碧霞的小剪、李峨眉的小扇，仿佛新娘嫁妆上的小小摆设，正想用手去拿，李峨眉慌忙拦阻道："大姊，你有喜的人，不好亵渎此物。"

掌珠红了脸地呸上一口道："你们难道没有喜不成？"

徐碧霞接口道："我们念过避秽咒的，大姊要学，我们可以教你。"

不但掌珠听了要学，就是殷、樊、徐三位少奶奶，也要同学。不防自奇公子办好公文，回到里边，一见六位少奶奶都在像个和尚念经，不禁大奇道："你们在干什么呀？"

掌珠告知其事。自奇公子后学先会，大家一会，掌珠先把那柄小掌扇拿到手中，就向自奇公子的脸上一扇。不好了，自奇公子这人呜嘟嘟的一下，早被扇到半天云里去了。

掌珠一见扇走自奇公子，不觉吓得手足无措。

徐碧霞忙说道："不必着急，假使没有我们两个，那就闯了祸了。"

徐碧霞一边说着，一边便朝李峨眉笑着突上一眼道："你还不去把他接了下来？"

李峨眉也笑道："还早呢！"

李峨眉说罢，方把身子往空一纵，顿时已把自奇公子抱入屋内。

自奇公子双手抱了脑袋道："好险呀，我仿佛腾了半天的云呀！"

李峨眉因见自奇公子被那小扇子扇到天上，非但不惧，且有乐意，心下也觉十分高兴。

这天，大家谈谈说说，一到晚上，自奇公子应该轮到李峨眉房内，二人到了床上，李峨眉忽对自奇公子笑道："你莫高兴，我已奉了仙人之命，要到外边去做救人工作，家里之事，只好由二姊姊和大姊姊等人服侍你了。"

自奇公子到底也有根基，听了此话，不觉大喜道："我的贤妻，你能出去救人，乃是我求之不得的事情，并且我还想同你一起去呢！"

李峨眉瞧见自奇公子毫没儿女之态，足见这位丈夫并未错配。于是分外亲昵，一觉睡到天明。

第二天，老人来对大家说道，此地的战事，徐、李二人足够对付，他要同了带发和尚、汤杰、人龙等两对夫妇，去到各处，做他替天行道的工作，不能在此久留。

徐、李二人知道不好留他，只得殷殷话别，再图后日相会。

老人等等一走，李峨眉便和徐碧霞商量，立即下了战书，要与那个白老幺一决雌雄。白老幺本是一个妄人，自然约期见仗。这一仗，不必细叙，徐、李二人竟把白老幺那边打得全军覆没。幸亏白老幺早已设下狡兔三窟之计，一见大事已去，他即逃入俄国边界。自奇公子不去追击，马上同了徐、李二人去见左制台，禀明奏凯情形。

其时左制台那里已据密探报告，知道得详详细细，除了当面慰劳外，立即用了六百里的加紧牌单，飞奏两宫。不日旨意下来，除将自奇公子升任翰林院祭酒之职，徐、李二人也得金花封诰。自奇公子谢旨之后，率领全眷回到北京面君。慈禧太后召见的当口，专问各位仙家下凡的经过。自奇公子一一奏对。慈禧太后很是快乐。

自奇公子下来，去谒曾相国的时候，曾相国也是大为嘉奖，说完之后，忽向自奇公子哈哈一笑道："蒋祭酒，老夫还有一个喜信给你呢！"

不知是何喜信，且看下回分解。

第二十八回

弃怨忘仇性情未改
袒胸裸腹礼数全无

却说自奇公子一听曾相国说是还有喜信，还当不过庆功设宴之举，也不高兴。曾相国见他很能镇定，加二瞧得起他。当下又笑容可掬地说道："蒋祭酒，老夫等你奉旨出征之后，马上命人替你前去疏通你们令岳大人，无奈他总一睬不睬，真正无法可办。后来，老夫得到你的奏凯之信，忙又亲去相劝，方才把这位老迂儒说动起来，最后解决，等你回京，亲同他的令爱前往赔罪，方能了结这件公案。现在你已来京，快快回府，同了尊夫人来走一趟。他是长辈，你们应该遵他意旨的。"

自奇公子不待听完，已经又感激又欢喜，当下叩谢了曾相国的成全之恩，马上回到家里，告知此事。掌珠等人无不欢天喜地，都向梅花少奶奶道喜。

梅花少奶奶却红了脸地说道："这样羞人答答前去赔罪，我可不干。"

自奇公子大惊失色道："五姊，这便是你的不对了，天下无不是的父母。况且你又没有为非作歹，为何说出羞人答答一语呀？"

掌珠、丽华等等都来相劝譬解，梅花少奶奶方始同了自奇公子去见她的老父。樊老爷因见李伟仙业已失势，女婿又是有功于国，再加堂堂宰相亲去说情，方才把那个牛性和婉下来。见了自奇公子，

212

也不提那旧话，单是一脸正经地说道："贤婿，你的武功已经麒麟阁上有名字的了，至于你的文学，仅仅升堂，还没入室，以后须要日夜用功。"

自奇公子见他这般迂腐之状，真正又好气又好笑，但又不好放在脸上，只好唯唯从命。

樊老爷因见自奇公子还能听话，方去教训女儿道："在家从父，出嫁从夫，你家公婆又多，做人不易，以后如有不孝之名出来，为父便要重责。"

梅花少奶奶自然连连称是之后，才请老父住到女婿家中，好享后半世之福。樊老爷算不反对，答应即日移居。这样一来，自奇公子这边，总算十分的全美的了。

哪知没有三天，高士、秋月、小燕三个前来送信。说是那个李伟仙瞧见自奇公子反而因祸得福，大不为然，已经暗暗命人赍了金银重礼，去到各处名山聘请高人异士，定要除去自奇公子全家，方始甘心等语。

自奇公子听了一急道："这真哪里说起？姓李的霸占我的妻房，我倒没有与他为难，他偏要和我作对，如何是好呀？"

掌珠大怒道："天下怎有这般妄人？好在我们二妹、三妹已有特别法宝，何人到来，何人便没性命。"

徐碧霞道："这也难讲，世上很多能人。倘若我们二人，来一个打赢一个，那么老君也不必赐徐三妹宝扇了，我们师尊也不必赐给我法宝了。"

李峨眉现在的道行陡然飞进，已与昆仑老人不相上下的了，她又是一个热心派，当下接口说道："天下之事，哪能一句说定？像那西天大教主，他也不防到如此结果的。依我说来，我们只要抱定惩恶奖善的宗旨做去，上天绝不辜负我们。"

徐碧霞笑骂了一句道："你这小东西，真正叫作是初学三年，横行天下了。"

213

梅花少奶奶因为父女和好如初，心下快活，当下岔口道："我也赞成三姊姊的主张，二姊姊未免有些老顽固了。"

丽华也岔口道："你现在是人逢喜事精神爽了……"

梅花少奶奶不待丽华再说下去，忙接口笑道："这么，你莫不是闷到愁肠瞌睡多吗？所以我昨天看见你在青天白日还和他搂着好睡呢！"

原来自奇公子对于各位妻小十分公平，因怕丽华见了梅花父女和好之事，未免伤心，故意白天也去和她绸缪。此刻丽华一被梅花当了大众说破她的隐事，竟把一张美人脸红得犹如关夫子一般。

掌珠恐怕丽华恼羞成怒，忙接口笑道："五妹不要说人家，你前天不是也一样吗？"

梅花笑着将她双蛾一锁，又突上掌珠一眼道："你若不是我们大姊姊，你那天下午，闭了房门，不知和他在干什么把戏，我就要说出来了呢！"

小燕指指梅花道："你还当没有说出吗……"

小燕还没说完，大家已在哄堂地大笑。幸此一笑，方将此事打断。

自奇公子又对高士、秋月二人说道："承蒙好意，来此通知，真正感激。"

小燕因对自奇公子确有特别好感，当下接口道："我们非但不要你感激，还要送一位美人夫人给你呢！"

娟仙忙问哪个，小燕微笑道："就是我们的邻舍王家小姐。"

自奇公子双手乱摇道："我已够了。"

掌珠岔口道："六房里的缺应该补上的。"

自奇公子听此大题目，不便再言。

秋月接口道："王家的那个太放荡了一些，我倒不大赞同。"

掌珠还要再问，忽接苏州一个电报，说是六房里的婆婆害了大病，倘若自奇公子为了国事不能回去，也没法子。

自奇公子忙对大家说道："忠孝不能两全，现在国家没事，怎么不回去呀？"

大家自然赞成此话。高士等人因见他家有事，告辞走了。

自奇公子立上一本乞假省亲的奏章。朝廷不能不准。自奇公子赶忙收拾行李，全眷回苏。因为内中没有郡主了，当然去坐海轮，没有几天，已到家内。

六房里的老太太因气自己媳妇不及人家，所以生了大病，今见儿子一呼即到，心下一乐，病倒好了一半。其余六房的老人都来问明别后之事。掌珠等分别告知。大家听了，又惊又喜，还有何说。

现在的樊老爷圆通得多了，不但抢着先喊亲家，且和樊老太太也诉别后的一切。

第二天，大排家宴之际，哪知六房里的老太太硬要撑起入席，一个劳动，偏偏晕了过去。徐、李二人慌忙拿出夺命丹来，服下之后，虽然回过气来，却把自奇公子一把抓住，双泪交流道："我儿，为娘不久人世了，所恨的，我死之后，没有媳妇替我披麻戴孝，有些不能瞑目。"

自奇公子忙安慰道："六娘，你老人家千万不可做如此想，方才两粒乃是仙丹。至于你老人家要讨媳妇，儿子已在留心。"

六房里的老太太听了这样说话，眼泪已经干了一半。掌珠等都来问安，也说包她身上，三个月内，定娶一房孝顺媳妇给她。六房里老太太方才破涕为笑起来。

第二天，掌珠坐了大轿去望父亲。魏乡绅见了女儿，非常高兴，又说他要去到南海烧香，女婿、女儿如果一同前往，南海观音可以保佑婆婆之病。掌珠回去告知丈夫，自奇公子主张同去。

徐碧霞笑着道："到普陀去是要过海的，我来保护你们前去。"

李峨眉接口道："二姊，师尊说过，叫你对付家事，出外之事要我负责。"

徐碧霞瞟上李峨眉一眼道："我又不要夺你丈夫，因你不说同去，我才说的呀！"

李峨眉也睃上徐碧霞一眼，并不驳她，便去收拾行李，带了男女仆从，一夫二妻，同了魏绅士，由苏州到上海，再坐小轮去到普陀。那天他们的船将离普陀不远，陡见风浪大起，把一只小轮船几几乎要船底朝天了。李峨眉一见大事不妙，她忙掐指一算，知道于她丈夫大喜大利，她就对自奇公子、掌珠二人说道："这个风浪，似为我郎而发。"

船上人众听了她话，一个个的大不赞成道："如此说来，蒋家有利，我们大家却遭殃了。"

李峨眉不去睬他，只是小小心心地保护他们夫妻二人。谁知忽见一条五六丈长的大鱼突向船下扑来，大有要攫自奇公子之意。李峨眉慌忙拿出那柄小扇，并未扇动，已把那条大鱼吓退，同时风平浪静，船已安然到了普陀。自奇公子等人即在一座茅棚之中做了宴所，打算次日去拜观音菩萨。不料就在当天晚上，无缘无故地来了一个道姑，说是要见蒋家的大少奶奶和三少奶奶。

掌珠即将来人请入，问她何事，那个道姑道："今有海龙的第三公主，自己愿嫁此地公子，特来作伐。"

自奇公子在旁听了，大笑道："真正奇谈，我是一个凡人，如何可配水族？"

李峨眉也向那个道姑婉辞。道姑不乐道："这是天缘，人家求之不得之事，你们不允，莫要后悔。"说完，扬长自去。

魏绅连忙对掌珠道："我见这个道姑大怒而去，你们不可不防。"

李峨眉接口道："不必害怕，有我在此。"

掌珠蹙额道："既云龙女，当然定有本事，不要被弟妹说着，万一有些小小乱子，如何有脸回去？"

李峨眉想上一想，就把那柄小扇子摆在自奇公子身上，他们几个谈上一会儿，也就安睡。没到半夜，只听得自奇公子梦中惊醒道："吓死我也！"

掌珠忙问吓些什么。自奇公子一边先叫李峨眉把他抱住，一边方说梦中所见道："我睡下的时候，心里本在吓这龙女。及至睡熟，自然忘记。刚刚入梦，便见那个道姑同了一个美貌佳人到我面前道：'这位就是三公主，蒋公子，你瞧瞧看，美貌不美貌呀？你若愿意，是你之福；若不愿意，那就要吃亏了。'我当时虽见那个公主还觉可爱，但是如此强迫，也不赞成，我就说道：'婚姻之事，须要两厢情愿，况且仙凡之间，难以配偶。'公主却来开口道：'公子勿吓，你家已有两位仙姑。'我又说道：'那是另有原因，又当别论。'公主听说，即现不豫之色，道姑便来抢我这人。就在此时，陡见一道金光，二人逃得不知去向。"

自奇公子说完，便问李峨眉主何吉凶。李峨眉又去掐指一算道："也是大吉。"说着，即问掌珠道："大姊姊，他既赞她可爱，何不就答应了她呢？"

掌珠看看自奇公子，自奇公子连连摆他双手道："这不可以，我却怕她。"

李峨眉道："你不应允，恐怕要闹风波。"

自奇公子把脚一跺道："我一定不要，你们二人不得逼我。"

李峨眉道："既然如此，我要得罪这位新娘娘了。"

掌珠不敢主张。大家谈了一会儿，各自安睡。

次日拜过观音，自奇公子和魏绅士二人都主张早些回去，免得多事。主意一定，仍坐小轮船，离开普陀。谁知船到海中，倒说风浪又起。李峨眉一个不防，那只轮船顷刻之间已经船底朝天了。自奇公子、魏绅士父女统统不会游水，李峨眉只有一双手，不能同时去救三个。

正在左右为难的当口，陡见一位少妇，背了公子上岸道："三少奶奶，你只救他们父女便了。"

李峨眉因见公子已有人救，胆子一大，即将掌珠父女二人立即救起，岂知自奇公子真有人溺已溺的好心，当下即出重赏，不问哪个，救起一个活人，赏银百两，救起一个死人，减半赏施。这样一来，自有贪财人物不要命地入水救人，结果一算，活的一百零三个，死的八个，幸亏自奇公子有钱，一一照给，顿时欢声雷动，都说蒋祭酒真是一位善人。

自奇公子因见官府前来拜他们，不能不去招待。李峨眉趁空忙问那个少妇，除了赏银之外，有无其他要求？那个少妇一愕道："大少奶奶、三少奶奶，你们真个贵人多忘，连我也不认得吗？"

李峨眉慌忙仔细一瞧，原来是从前走旱道时候所遇见的那个壁虎精。

掌珠此时也已认出，不禁一吓道："你是精怪，为何来救我们公子？"

那个少妇一笑道："大少奶奶，你的说话没有分清，妖怪是要害人的。说到一个'精'字，凡是多年之物，都会成精，所以成精尽管成精，却不害人。"

李峨眉连连点首接口道："此话有理，这么你难道知道我们公子有难，特地远道而来相救的吗？"

那个少妇道："非也，我因来会一个水族，知道此地的三公主硬要嫁与你们公子，我恐或有什么意外，特来保护。不防来得迟了一步，已使公子受惊。"

掌珠听完，陡然对她生出一种好感来，便对李峨眉说道："既是故人，又是恩公，且等公子进来再说……"

话还未完，自奇公子业已进来。掌珠即将少妇一指，并把方才之话统统说与自奇公子听了。

自奇公子听完，忙向少妇道谢道："你是我的恩人，可否同到舍下，禀明上人，再行重谢。"

少妇微笑道："三少奶奶足能救你，我也不过是锦上添花，代她之劳而已，何必言谢？"

自奇公子又很感激地问道："我想起一事，我记得你的前胸已被

218

日月神针所伤，现在痊愈了吗？"

那个少妇终究是个动物，不懂人间礼节，她见公子问她，她就把她前面的衣襟一扯，顿时露出一个雪白粉嫩的身子出来，去给公子瞧她伤疤道："公子请看吧！"

自奇公子因要避点儿嫌疑，连连别过头去，已经瞥眼看见血淋淋的一个洞眼，甚至心肝五脏也会瞧见。当下一个不忍，却又将他避嫌之心丢开一边，急问少妇道："如此，这是我们害了你了？可有什么法子医治？无论多少医金，我肯担负。"

少妇摇头道："如果换了别样铁器，我的道行也能医治。这是一根神针，无法医治。"

掌珠、李峨眉二人一齐拉了少妇之手道："这真对你不起。"

少妇又摇着头道："幸我一则稍有道力；二则尚未破身，因此之故，尚能忍痛。否则早已送命矣。"

李峨眉更加过意不去道："好姊姊，你可知道有没法子可医？"

少妇将脸微红一下，正待开口，忽又低下头去，屏息无语。李峨眉再三相问，仍旧不肯答复。

不知少妇为何不肯说话，且听下回分解。

第二十九回

吮伤疤看出心中事
救急症将呈胆内功

却说李峨眉因见少妇怕羞不答，便把她嘴对着公子一歪，似乎叫他避开一下。少妇边扭纽扣，边对李峨眉、掌珠一望道："公子不必避开，我怕难为情，并非是为公子，若要把我这个洞眼医好，断非药石之功可以能够。"少妇说着，又望上李峨眉一眼道，"你是十世善人，你肯用嘴巴每天替我吮这伤疤三次，不用百日，自会痊愈。"

李峨眉尚未接口说话，自奇公子、掌珠一齐抢着道："一定可以，一到苏州就办，如何？"

少妇大喜道："好虽好，但是对不起三少奶奶。"

李峨眉忙接嘴道："既成朋友，彼此不用客套。"

少妇点头道："既是如此，我们还是早些动身，因为这个龙王的公主道力很大。"

李峨眉也以为然，立即自雇一只大船，一脚回到苏州。

魏绅士自行回家，掌珠、李峨眉二人即将少妇介绍见过七双翁姑，又把一路之事说给大家听了。大家听完，都一吓道："这倒不好，恐怕从此又要多事了。"

徐碧霞笑问公子道："她既长得不错，我说你失去一个郡主，补上一位公主，也不吃亏。"

自奇公子大摇其头道："你们简直把我当作动物看待了。"

徐碧霞连连认错。自奇公子也觉此话太硬，不觉脸红起来。

李峨眉在旁好笑道："说话须要预先留心，事后面孔红红，也难补救的。"

徐碧霞忙接口道："三妹，不要怪他，否则岂不是还当我真有意见了吗？"

自奇公子忙去执了徐碧霞的手，安慰道："二姊，你能如此存心，一家才会和睦，永没意见发生。"

掌珠、丽华、娟仙三个一齐笑着道："人家妇女吃醋的多，我家真是一团和气。"

大家说说笑笑，这个少妇非常羡慕。

从这天起，李峨眉真的用嘴去替少妇吮那伤痕。有一天，李峨眉一边在吮，一边笑问道："你的心肝怎么生得歪的？"

少妇笑答道："假使不歪，我早被你戳穿红心，还会活到今儿吗？"

李峨眉还当她在说笑。后来，据少妇说，一个人的心肝本来偏一些的，这是光绪期间，中国的解剖学还无其人。现在到了民国了，读者不乏生理学家，当然知道，一个人的心肝本是生得偏于左方的。当时的李峨眉还当少妇既成精，自然有点儿学识，她说心偏，也不驳她，但在吮她伤疤时候，她的心肝五脏自然容易瞧见。

有一次，李峨眉看见少妇的心里善多恶少，不觉当面称赞她道："好姊姊，你敬重我是十世善人，这是仙家所说，我虽不记得前世之事，想来总有其事。但是我此刻看见你的心肝非常慈善，因此加二与你要好。"

少妇不解道："我的心肝或大或小，或红或黑，既有形状，你自然能够看出。至于我心肝里面的善恶，你如何会得看见呢？"

李峨眉面有得色地答道："普通人们自然看不出来，我自从服了老君的金丹之后，不但道行陡增，连我双眼也会和平时两样。现在你的心肝没有皮肉盖煞，我能一望而知。"

少妇又笑问道："这么，你再瞧瞧看，我的心里还有什么？"

李峨眉真又仔细一看道："有了，你说，你还是一个处女，此话一些不假。因为我看你的心里，并没一点点的春心。"

少妇红了她脸道："你在趣笑我了。"

李峨眉眼睁睁地问道："怎样趣笑，难道你自己知道已经有了春心不成吗？"

少妇虽然无话可答，可是很是佩服李峨眉的这双肉眼真凶。

有一天，李峨眉又在吮那少妇的时候，忽然大笑起来道："好姊姊，你莫动气，你此刻有了一些贼心了。"

少妇一把将李峨眉的双手执住，也大笑道："你真在此地张西洋镜了，话虽如此，你方才之话，一点儿不错。我因为你天天替我吮这伤疤，一点儿不嫌龌龊，虽是你的慈心救我，不过一个人都有鼻子、眼睛的，因是闻着了腥秽之味，定要作恶的。你竟能忍住，这是何等的程度？我因无以为报，要想去到龙宫之中偷些奇珍异宝，前来孝敬于你。可巧被你看出，岂不是一个人的存心，凡人虽然不会看见，其实一遇明眼之人，便已露筋露骨的了。"

李峨眉点头道："所以孟老夫子说过，胸中不正，眸子便会昏了。"

少妇将她舌头一伸道："这真正是小民易欺，上天难瞒了。幸亏我自从修炼至今，从没害过一人，否则，今天又被你看得清清楚楚，还肯替我这个恶人吮这秽恶吗……"

少妇还没说完，自奇公子一脚跨入，拍着双手大笑道："好一个小民易欺，上天难瞒呀！"

少妇陡见自奇公子无端地闯进来，她的胸前白肉已被看见了去，不禁羞得通红其面，想要逃走。李峨眉一把将公子推出房外，笑问少妇道："你在普陀时候，第一次相见，你竟裸露前胸给他去瞧，一点儿也不害臊。现在住了几时，当然熟了不少，何以反而难为情

222

了呢？"

少妇指指她的心肝道："你又何必问我？你只要自己看吧！"

李峨眉真又仔细一瞧道："原来如此。"

少妇道："猪狗畜生，当着人面，也会交媾，因为它恬不知耻。假使它一成了精，或是成了妖怪，妖怪是不怕天不怕地的，然而它在迷人之时，它也不肯在大路上干的。我因自幼修炼，可怜一个小小的壁虎，叫我何处去闻大道？所以非但不知羞耻之事，而且不知善恶之事。不过我的不肯作恶，也是没有坏的榜样被我看见，既没坏样可学，自然不去作恶，不去害人了。现在在你们府上，日日看见礼节之事，天天听见忠孝之言，因此羞恶之心油然而生起来了。"

李峨眉点头道："此圣人所以苦心孤诣地要拼命设立教育也。"

李峨眉自从这天之后，常以义理之学去教少妇。少妇绝顶聪明，且能触类旁通、闻一知十，李峨眉竟把她爱得无以复加。

有一天，偶与徐碧霞说起，要想把这位少妇以补郡主之缺。

徐碧霞双手乱摇道："我可不管，那天我偶尔和他说笑，被他说得满面羞惭。人家连一条龙还恶它是动物，怎么肯看上一只壁虎呢？"

李峨眉连连点首道："幸亏二姊姊提醒我，不然是我也要去碰钉子的了。"

李峨眉自与徐碧霞谈过话，她的心里仍旧心心挂念，要想成全此事。一天，她又去和掌珠商量，却把少妇的良心如何好法说与掌珠听了。

掌珠一见左右无人，便低声说道："三妹，我已久有此心，且已暗中和六婆婆说过，她也极力赞成。只是这位新郎不肯，有何妙法？"

忽有一个人，突然接口道："只要有缘分，一定可以成功。"

二人不觉一吓，赶忙抬头一望，原来是老七徐娟仙。

掌珠此时方才想起，娟仙这人本在她的后房洗澡，因此不声不响地走了出来岔口。当下便问娟仙道："七妹，你说缘分，虽也不错，但是我们又非月下老人，怎么会得知道呢？"

娟仙一笑道："事在人为，有志者事竟成。"

掌珠、李峨眉都点头称善。又把徐碧霞找来，和她商量。

徐碧霞笑着道："六婆婆赞成，你们都说她好，这个就是缘分也。"

李峨眉忽向徐碧霞的颊上弹上一颗榧子道："你到底比我有些阅历，会得讲出此话。既然如此，大家分头进行，我们都已赞成，不怕他一个人不答应。大家击掌为誓，一定办成此事。"

哪知第二天就出一个乱子，这位自奇公子几几乎送了小性命。

原来那位龙王公主不知怎么一来，天下也不少美男子，她却死死活活看中这位多妻公子。自从那天她派虾兵蟹将、龟元帅、鳖先锋，想把自奇公子翻船之后生擒了去，不防又被这个壁虎精无意中救了上岸。照她之意，就要马上大动干戈，只因她的老子上天有事，直等回了龙宫，她方才前去撒娇撒宠，定要老子替她办好此事。

龙王爱女心切，只好答应，马上化了一位白髯老道，来到蒋家对面一家小户人家住了下来。一到半夜，他便作法，出那徐、李二人的不意，竟把自奇公子摄到他的室内。如此如此，这般这般，老实说出，硬要自奇公子应允，否则一口吞下，哪怕太上老君来救，也已迟了。

自奇公子听了一吓，暗暗打定主意，不如权且应允，再想法子脱身。当下便假装一笑道："此事我早情愿，只因二、三两妻，她们不以为可，我也没法。现在既已把我摄了来此，我自然无话，你须取得她们二人同意才好。否则公主到了我家，也难做人。"

龙王听了大喜道："只要公子愿意，至于那两个妇人，老夫自有法子。"

自奇公子道："你休小看了她们二人，她们一个有金绞剪，一个有小掌扇，这两件法宝，恐怕大罗神仙也难抵挡吧！"

龙王一吓道："这么你且随我回到水晶宫中，先行花烛起来，一则生米已成熟饭，不怕她们反对；二则我再商量办法，总要她们服软，方才罢休。"

　　自奇公子不敢推诿，恐怕生命有关，只好随了龙王来到水晶宫中。公主一见新郎已到，这一高兴，还当了得？立命摆大喜堂，当夜即要成礼。龙王自然答应，这一来，一班乌龟甲鱼、罗皮海蜇，真正忙个不了。及至喜堂设好，正在逼着自奇公子去穿新郎衣服的当口，只听得三个妇人口音大吼一声，一个从上飞下，一个从下钻出，一个半空飞进，不问青红皂白，就向龙王、公主杀来。龙王本是王位，他的道行自然不是平常可比，他只把他两只龙目向那来者三个一注，倒说来者三个已被禁制住了，不能丝毫动弹。公主便轻轻巧巧地走了上去，一个一个统统拿下，幽禁一室起来。来者既然幽禁一室，对于自奇公子丝毫没有好处，他的拜堂花烛又不能停。

　　正在间不容发之际，幸亏突又飞进四个，为首一个便是李峨眉，第二、第三、第四，乃是徐碧霞、少妇、孤女。这么孤女为何也在其内的呢？

　　原来昆仑老人此时正在四川一带替天行道，一时心血来潮，赶忙掐指一算，已知徐、李二人偶然大意，自奇公子正有大难。当下即派人龙、含春、佳果、孤女四人，飞到龙宫援救，并命孤女一个人，可于半途之中，先去会合李、徐二人，一同再去救那自奇公子。起先去到龙宫的三个，自然就是人龙等。

　　此时李峨眉一见公子已经被迫穿好冠戴，这一气非同小可，顿时拿出她那小小掌扇，就向龙王劈头扇去。龙王虽有地位，究非老君的法道可比，当下立刻一个寒噤，说声"不好！"连他女儿也难兼顾，只好一面用出金光万道保护法身，一面飞也似的驾云而逃。若被第二扇扇着他的身子，就会不堪设想。

　　当时的那位公主早见此扇厉害，立时就地一滚，钻入地下逃跑。

　　李峨眉气得大骂一声道："这些脓包，也想和人斗法？"

徐碧霞来把自奇公子的冠戴除去，一边拥入怀抱，一边问他可曾受吓。自奇公子终究是个好人，且不答他自己受吓等事，先叫大家去救起先来的三个。孤女本在害怕，因为不见三个，以为不要遭了不幸，一听自奇公子叫她们大家救人，方才分头各去找寻。及至找到那间幽室，忙将人龙等人放出道："现在二逆已逃，一时无处追寻，只有灭去这座龙宫再说。"

徐碧霞阻止道："不可，不可！这是玉帝所封，二逆虽然不好，应由玉帝处治。现在只将公子同了回家，再想对付之法。"

李峨眉知道她的这位二姊比她大有阅历，也不反对，仅把自奇公子背在背上，同了大众飞回家内。一进门去，只见全家还在大乱。先把自奇公子交与掌珠少奶奶服侍，同时拿出一粒定魂丹，给与公子服下，方把一切之事告知全家之人。

佳果、孤女二人发表意见道："依我主意，我们四人在此无事，不若仍回四川，禀知师尊，瞧他怎样说法，再来报知此地。"

徐、李二人甚以为然，即托四人飞速回去，报知昆仑老人，四人一扭身子，即刻不见。

自奇公子因见李峨眉在这百忙之中又去吮那少妇的伤疤去了，私下忙问徐碧霞道："二姊，你也忘了此事，应该托他们禀知老神仙的。"

徐碧霞点首道："这件大事，怎会忘记？已经说过。"

自奇公子这件乱子，外人一个不知，所以没人前来安慰，落得清静不少。七双老人深怕儿子受了惊吓，逼着几位媳妇好好伺候，他们方才散去。

自奇公子一等父母去后，方始太息了一声道："此次之事，倘若二姊、三姊两个迟去一步，我这个人恐怕不能和你们相见了。"

娟仙抢着接口道："吉人天相，何致如此？但是你已受了惊吓，快快躺下一霎，安安神呀！"

此时李峨眉已同少妇进来，指着少妇，来问徐碧霞道："她说，她已受恩深重，想将她的一颗胆子赠予我们公子，这是大有益处之举。我因不敢做主，特来问你。"

徐碧霞连连双手乱摇，又对着少妇一笑道："这不可以的，这是你几百年的修行，怎好前功尽弃？但是这句话已经令人心痛，至于可感之话，也不用虚说了……"

哪知徐碧霞还没说完，只见自奇公子陡然大喊一声，一个头晕，厥了过去。慌忙拿出丹药灌救，也没一点儿效验。

不知自奇公子可还有救，且听下回分解。

第三十回

制爱情娇妻都善意
兴大狱剑侠也无能

却说自奇公子一厥不醒，连那徐、李二人的丹药也没效验。大家这一急，还当了得？

这个少妇，她却抢步上前，不顾一切。只见她啪的一下，早把她的胆子抓了出来，飞快地就向自奇公子的嘴上一塞。自奇公子此时已经牙关紧闭，离鬼门关大概不大远了，也是命不该绝，竟被这个少妇的一点儿至诚，却又死命一塞，居然塞进口去。扑的一声，到了肚里去了。

李峨眉、徐碧霞二人一则救夫情切，二则这个少妇已把胆子抓出，塞至自奇公子的腹中去了，就是要和她客气，也已不及，只好一同前去抱着自奇公子，瞧看有无效果。不防说时迟，那时快，她们二人刚刚抱牢丈夫，只见自奇公子哇的一声吐出一口黑水，顿时大叫一声："苦煞我也！"醒了转来。

原来那是龙王父女因恐公子不从他们的婚事，所以冠戴之中，早已藏下毒药，这个毒药，在那水晶宫中本有解药，原不稀奇，一到岸上，便无救药。幸亏这位少妇因感李峨眉替她吮那伤疤之恩，再加她是动物，本与龙王同类，所以能够知道自奇公子业已中毒。她是几百年的一个动物处女，她的胆子刚刚对症下药，故而一吃便好。并非徐、李二人已有八九玄功，反而不能知道，这是人畜之分，哪好同日而语的呢？

当时大家既见自奇公子活了转来，自然完全是这个少妇一人之功，于是一班人去慰问自奇公子，一班人去拜谢这个少妇，哪里防到这个少妇口里还在和人客气，她的身子一个不能支持，也像自奇公子一样晕死地上去了。

李峨眉正在问她丈夫肚里怎样，可要再服几粒丹药以清余毒的当口，只听砰的一声，还没来得及回头去望，自奇公子忙把手向那少妇一指道："快去救她，不要顾我……"

李峨眉不待公子说完，忙不迭地两脚三步奔到少妇跟前。徐碧霞先在那儿，便对李峨眉说道："三妹，不好呢，她是修炼之人，本有三昧真火架住。现既不能抵挡，恐难救治。"

掌珠接口道："一个人的胆子抓了出来，岂不危险？"

李峨眉不及一一答话，单去向那少妇心中一瞧。只见还有热烘烘的气焰，尽从那个胸前洞眼里出来。知是真气已散，无论何药也难将它止住。

正在无法可想之际，娟仙忽来提醒道："三姊，这股气既没法子阻住，何不用你那把神扇把它扇了进去？"

李峨眉听了，大喜道："我真急昏了，连这个法宝也忘记了……"

说声未了，急用那柄小小掌扇，对准那个窟窿就扇。说也奇怪，第一扇，那股气竟会回了进去；第二扇，那个窟窿业已合缝；第三扇，这位已经死了的少妇竟会咕嘟一声，从那地上爬了起来，非但爬了起来，还会双眼乌溜溜地对着大家道歉道："我真放肆极了，不知怎么一个疲倦，竟会睡熟地下。"她把这话一说，非但把满屋人众个个笑得樱口大开，连那躺在床上的自奇公子也在别过头去，朝着里床好笑。

李峨眉既见这个少妇已经被她医好，方才胆子一大，老实告知其事。这个少妇人已活了转来好一会儿工夫了，她倒舌头一伸，吓得缩不进去。

徐碧霞、丽华都去谢娟仙起来道："你的一句话，颇有大大功劳呢！"

掌珠忙问李峨眉道："三妹，可要我去拿些人参来给这位恩人姊姊补一补？"

少妇接口道："我并用不着，倒是你们公子，还得大补一下。"

自奇公子听了，忙把徐碧霞叫到床上，低声笑着道："她救了我的性命，还要不顾自己，只在顾我，我真于心不忍。你有何法，使我报答她的大恩才好？"

徐碧霞悄悄地附耳说了几句，自奇公子皱眉道："你叫我也应该以身报之，非我不肯，我是一个凡人，她是一位仙人，我的身上恐怕无物可报吧！"

徐碧霞听了，扑哧一笑。

自奇公子因为没有一些歪心眼儿，听了一点儿不明白徐碧霞之意，他就向着那个少妇拍拍手道："恩人姊姊，请你过来，我有话和你说。"

李峨眉又误会了公子之意，她见公子在叫少妇，还当公子业已明白徐碧霞的说话了，忙朝掌珠等人私下眨眨眼睛。

那个少妇因感李峨眉这人，方才又去感那公子，一听公子喊她，不禁嫣然地微笑，忙不迭地走到床前。

自奇公子便拉了少妇之手，诚诚恳恳地问道："恩人姊姊，你要我的身上何物，没有一件不好答应。"

少妇到这时候，已被李峨眉教诲得大知人事了，此刻她的手一被公子抓去，已经觉着有股纯阳之气达到她的全身，非但既痒且酥，而且令人有些心中荡荡，还要听了公子这句很奇怪的话，顿时心中无主，把她一张粉靥红了起来。

原来自奇公子的六位夫人个个十二万分标致，假使再以次序来分，这么李峨眉第一，掌珠第二，丽华、梅花一式一样第三，娟仙和徐碧霞第四，这个少妇呢，还在李峨眉之上。因她是个化身，所以有意化得美些，也是天理人情。她既美貌居了本房间的第一，此刻又加两颊生春，显出桃花之色，一心放荡，摇如杨柳之风。这个少妇既现如此神情，自奇公子也心神不定。还是徐碧霞明白男女两人之意，当下既请那个少妇且去休养，因说自奇公子得服些丹药，方会复原。

少妇去后，自奇公子真的吃过丹药，他又对着几位妻小说道："这位恩人姊姊，真是与我有缘，我不知道她为什么要如此待我。"

掌珠忽把李峨眉一指道："自然是她替她吮那伤处之功了。"

丽华岔口道："我说既感人家的好处，应该替人家取个名字，也好称呼。"

自奇公子连说："应该，应该！"

掌珠道："现在已是新秋了，不妨赠她为秋水神的姓名，你们各位以为如何？"

梅花少奶奶道："好极，让我先去报知。"

等得梅花少奶奶去了回来道："三姊，她请你再去替她吮一吮呀！"

李峨眉慌忙来至这位秋水神的房内，见她横倚一张杨妃榻上，面儿红红，芳气磅礴，大有思春景象。便在心中暗怪自奇公子，有福不会享，有美不会娶。当下便去替她吮着，陡见她那心里的现象完全要想嫁自奇公子。等得吮好之后，老实对她说道："水神姊姊，我们二人已至心心相印的交情了，我便老实对你说，我们六姊妹都有望你嫁与我们公子的意思。"

水神将脸一红道："我可没有此意，因为姊姊相待如此，岂可分了你们的爱情？"

李峨眉先扑哧一笑。水神忙问笑些什么。

李峨眉又笑道："我笑你心口不能如一。"

水神急赌咒道："我若骗你，非人也。"

231

李峨眉道："你的心内之事，我早瞧见，还说并无嫁他之意。至于你赌咒，说是非人也，你莫多心，你本来是以物成精的。"

水神也一笑道："我现在既成人形，总是人了。"

李峨眉道："这是闲话，不必说它。你是真心想要嫁他，便得快和我们大家商量，以便帮助你好成功此事。"

水神极真诚地答道："我真心没有此意，不过姊姊说了此话，我方觉得似有此意了。"

李峨眉点头道："这才对了，因你初世做人，还没有人的经历。既是这般，让我和她们商量起来。"

水神一把抓住李峨眉的手道："这不是使我难为情吗？"

李峨眉一边把手一摔，一边走着说道："以后难为情的把戏多着呢！"

原来这个秋水神虽由李峨眉教她做人之事，也只讲到男女配偶，一切生男育女、传宗接代的大道理，至于夫妻闺房被内之事，当然不至于说到，而且也不便说的。所以此时秋水神听了这句，仍是知其然而不知其所以然呢。

再说李峨眉匆匆来到自奇公子房内，可巧自奇公子已经睡熟。李峨眉便大胆地将秋水神之事说与姊姊、妹妹听了。

掌珠、娟仙一齐异口同声说道："她的一方虽已情愿，还有一方不肯答应，如何办法？"

丽华将脸微红道："今天晚上，他该到我房里，我愿担任此事，和他破釜沉舟地一说。我想他的为人，又非倔强之辈，或者会成好事，也未可知。"

大家连连拜托丽华。掌珠且去报知六房婆婆。

及至晚上，自奇公子业已好了大半，他到丽华房里时候，丽华便服侍他睡下，自己歪在外床，话未开口，先行一笑道："我们又要多位姊妹了。"

自奇公子一愣道："此话怎讲？"

丽华忙将秋水神之事详详细细告知。公子听了，蹙额道："我问她要我身上何物，无不可以，这是报恩之举。我何尝有这歪心眼儿呀！"

丽华瞟上公子一眼道："这也不算歪心眼儿之事，你又何必如此着急？"

自奇公子也笑道："这事须要从长计议。第一，她是精怪，就算精非怪比，未免骇人听闻；第二，龙王的祸祟，我真刻刻担心，老神仙又没信息前来；第三，我的身……"

丽华忙去阻止道："不用说了，让我来解释给你听吧！第一，我来解释精和怪的分别，这位秋水神已经得我们相信爱戴的了，这已不成问题；第二，老神仙那边，我相信仙家最是多情，绝不会永没消息；第三，你可是说，一男七女，于你精力有损吗？这是另一问题，当然要保重的。不过她来，也不过抵那郡主之缺呀！"

自奇公子听完，弄得没话可答。

丽华知道大功告成，不再多说，于是双双入睡。谁知双方正在等待花烛之际，不防出了一件天大之祸。

原来龙王父女两个，一见小掌扇厉害，非是他们道力可敌，只好以他王位资格，去到天庭，哭奏玉帝。玉帝也与人君一般，日理万机，如何肯问这般小事？当下就有一位仙官，马上奏参一本道："是幽冥之事，虽无二理，可是阴阳之分，怎好混乱？自从昆仑老人擅放鬼犯，前来上渎天庭之后，从此，第一，惊动了八景宫；第二，又致龙王前来哭诉。如此烦渎，却是昆仑老人办理不善的缘故。若不降旨办罪，将来不成体统，况且仙凡杂乱，也非天上向章。微臣职司所在，不敢缄默。"云云。

玉帝据奏，即饬二郎神从严查办。在这玉旨未下之前，大家自然不知其事。

龙王父女因被仙官斥退，恼羞成怒，便到蒋家，大兴风波，所以这天，自奇公子正和六位妻子、一位未来新娘谈天的当口，忽见

233

用人报道："外边有个白髯老者，同了一个少女，指名要和二、三两位少奶奶搭话。"

徐、李二人虽不知道何人，恐怕来意不良，各带法宝，出去相会，一见就是龙王父女两人。

李峨眉先责备他们道："你们职居王位，不是平常小人，怎好硬要将女嫁人，已属非是。今天走上门来，又来寻衅，难道不知宝扇的厉害吗？"

龙王未及答话，昆仑老人同了一班徒弟却已赶至，一见龙王又在此地，正待劝和，不料龙王已经先发制人，即把他那镇宫法宝祭起空中，要想蒋氏全家同归于尽。老人知已闹大，忙用他的心珠架住。

双方既已开战，所谓两虎相争，必有一伤。正在间不容发之时，忽见半空之中降下十多位仙官，以及金甲神人、黄巾力士等等，口称："双方住手，快快恭接圣旨！"

双方一听玉旨到了，慌忙俯伏，肃然接旨。

当下那位二郎神宣读玉旨道："昆仑老人、龙王父女，均须带上天庭审问……"

二郎神尚未说完，黄巾力士已将老人、龙王父女带至一边。

当下又有一个神人向着二郎神一躬道："还有其他要证，应该一齐拿来。"

二郎神想上一想道："这么，凡是剑仙侠客，有本领的人众，统统带去。至于所有凡人，不可上渎天庭。"

二郎神说完，驾起云头，先行上天。那位金甲神人、黄巾力士便把徐、李二人，以及带发和尚、汤杰、人龙夫妇、佳果夫妇，一齐提了去了。此事因是神人办案，只有蒋家人等亲眼所见，至于左邻右舍，以及苏州人家，真连梦也不曾做上一个。

自奇公子呢，既见老人等等被拿，两个妻子被捉，料想此去凶多吉少。回到里面，抱了父母，捶胸踩脚地大恸起来。

几位老人个个吓得抖凛凛地道："此事闹大了，如何是好？"

　　樊太太也在对着娇女大泣不止。大家方在哭声震天的当口，却被樊老爷知道其事，走来太息道："我到此时，方才说话了。一个人，不可反常，若一反常，必有祸殃。你们想想看，神仙本是清净冲虚的，如何可以常常来到此地，真正不成话……"

　　他的女儿梅花少奶奶本在同娘大哭，一听她的这位老父又来埋怨，复将她脚一跺道："爸爸，你可以少说些吧，这件事情非同小可，还有大大的罪孽在后呢！"

　　樊老爷见他女儿如此发急，方始摇头太息而去。不过他的嘴上似乎还在念那句"唯女子与小人为难养也"的书句。

　　秋水神自知不是人类，起先吓得躲到无影无踪，此时忙也出来劝慰。不防又在此时，忽见天际又降一朵彩云。秋水神便把自奇公子飞快地一拉道："菩萨又来了，你们千万当心……"

　　她还没有说完，早已躲了开去。

　　不知那朵彩云是否又是仙人，且听下回分解。

第三十一回

二郎神携犯上天庭
八景宫施恩劳法驾

却说自奇公子，一见这朵云头，不知是凶是吉，但事已至此，假使所去之人都有不幸，他也不想独活。所以见了此云，便也不惧，连忙奔出天井，伏地迎迓。当下就见一位白面髯须、满面慈祥的神人踏出云端，手里拿上一件东西，交给他道："这是八景宫的玄宝，我们二郎神那里却也未敢收存，不如交还你们，好好保存，千万千万不可亵渎。"

自奇公子心下一喜，叩头接下。这位神人正思乘云上天，忽然鼻子之中闻着一股异气，不禁问着自奇公子道："本神乃是昆仑老人之友，他因见我送还这件至宝，托我带信给你们，此次之狱虽急，也是公罪，或蒙玉帝恩赦，也未可知。你们不必空自着急，仍须力行向善。现在本神忽闻此气，莫非另有妖精夹于之中，要想来害你们不成？本神倒要检查一次……"

此神尚没说罢，自奇公子突见那个秋水神吓得面无人色地奔了出来，跪在神人面前，膜拜不已。当下又见神人朝她一望道："你似乎是个千年的壁虎精？"

秋水神不敢隐瞒，老实承认，并说从未做过害人之事，要求神人赦免。

神仙微笑道："你是一个精，并不是一个怪，精者即酉也，多年之物，本会成精，只要不去害人，也有神仙之望。不必害怕，快快起来！"

秋水神一听此言，便不害怕，快向这位神人哀求道："上仙在上，小女子曾受李峨眉氏的再生之恩，受恩不报，上天不容。小女子想求上天大发慈悲，携我前去一探天牢，就是代她领责，或是一同办罪，决没半字推托。"

这位神人又一笑道："瞧你不出，倒有这点儿天良。但是爱莫能助，除非你有力量可以自去。"

秋水神忙又问道："小女子道行甚浅，有何力量？"

神人偶见自奇公子手上那柄宝扇时时在发金光，当下就对秋水神说道："本神念你一片好心，教你一个法子，只要有此宝扇，就是天宫瑶池，也可去得，何况那个天牢呢？"

秋水神听了，不禁大喜地谢过神人，一等神人上天之后，她把自奇公子扶到里边，扑地跳了起来道："公子呀，我立刻要去探望他们去了，你们可有什么口信？"

自奇公子还没来得及答话，七双老人、掌珠等等，你言我语，说个不了。秋水神连说："一定带到，一定带到！"

自奇公子方才拉住她道："我要同去，你看可以能够吗？"

秋水神摇头道："我也不知，我也不敢！"

掌珠岔口道："我说既有此宝，神人都已认账，不如先让水神姊姊先去一趟，只要能够见着二姊、三姊，以及老神仙等等，还怕没有办法不成？"

丽华、梅花、娟仙三个都赞成此话道："这个主意不错，事不宜迟，快快去了，来给我们回音，连我大家想要去呢！"

秋水神听说，立即拿了那柄小小掌扇，便向天上飞去。及至到了南天门，只见双门严闭，无处可入。正在逡巡不进的当口，忽见有个小童走来向她稽首道："你这位仙姑，可否请到一边，我有要事奉求。"

秋水神因见小小童子能够来到天宫，定非普通人物，便答应他道："我有要事在身……"

小童接口道："我也有要事在身。"

小童说着，即逼秋水神一同走到一所清静地方道："我不相瞒，我乃龙王的幼子，因知父王犯了天条，一点儿孝心，特来探望。无奈无门可入，今见你这位仙姑身藏至宝，求你怜我探父之情，携带我进去，真正感你大恩。"

秋水神望了小童一眼道："你知道我是何人？"

小童摇首道："我年纪轻，没有道行，故不认识。"

秋水神发恨道："你不瞒我，我也不来瞒你。我乃是蒋自奇公子的自己人，本是你们对头，怎肯带你进去？"

小童大为叹息道："我们两个都是局外之人，又没什么私人仇怨，况且你虽有至宝，不会用它，也难进去，岂非白白来此？"

秋水神的胆子本来没有的了，胆子没有，当然比较普通人怯弱不少。当时一听小龙王之话，想想也觉有理，便问："如何办法，你且说给我听，再定办法。"

小童摇手道："我教了你后，你倒不肯带我进去，我又何必教你？"

秋水神没有法子，只好答应。

小童道："这是太上老君的至宝，连玉皇大帝见它，也要客气三分，你只大胆敲门，有人查问，你可不要说话，小童拿掌扇给他一看，一定放行。"

秋水神果去敲那南天门起来，马上出来四大天将，一见是个小小的壁虎精，顿时大喝一声，连忙去把秋水神拿下。她忙拿出掌扇，在她头上一盖，说也奇怪，竟将四大天将吓得倒退几步，非但不来查问，且将各人的手乱摇，就是放她进去之意。秋水神慌忙收去掌扇，一脚走人的时候，那个小龙王果已跟踪而进。

秋水神道："这么你先走，我可不认得天牢在哪里。"

小龙王道："快随我来！"

两人到了一所地方，果是那座天牢。二人上去一问，守神大怒道："何处闯来两个妖精？"

小龙王忙请秋水神取出掌扇，守神大惊道："小神不知二位是老君所命，请问要寻何人？"

二人说出原因。守神道："案还没判，怎会来到此地？现在还在二郎神的衙内。"

二人忙又来到二郎神的衙门外边，事也真巧，秋水神第一眼瞧见，就是徐、李二人，有人监守在那廊下。她忙奔过去，一手一个，拖住徐、李二人，徐、李二人不禁一吓道："你怎么能够到此……"

二人之言未了，监守神人已来驱逐秋水神了。秋水神已知此扇厉害，急又拿了出来。

监守神人连连笑道："既是老君那儿来的人，何不早言？"说着，索性走了开去。

李峨眉也执着秋水神的手，垂泪地说道："这是宝扇之力了。"

秋水神从家中之事起，一直说到进来为止，又说自奇公子也想来此。

徐碧霞道："凡人哪可来此？"

李峨眉又接口道："水神姊姊，来得甚好，我们因为已与老人分开，请你快去找他，看他有何吩咐？"

秋水神正待离开她们两人，陡闻里面钟声齐鸣，知是二郎神已在升座，忙问徐、李二人，她好跟了进去吗。二人摇首道："如何可以进去？你且在此听信，我们二人如果能够生还，方好与你商量一切。"

秋水神瞧见二人说话时候，各人的眼圈已红，她又爱莫能助，只好眼巴巴地望着她们进去。没有多久，又见有人扛入刑具，那些刑具，真是见所未见，顿时一个心酸，几几乎晕倒地上。幸亏她有那柄宝扇，非但能助她的勇气，而且没人前来查问，她便挤入人丛之中，要想探身进去观看。无奈人头拥挤，且是在职仙人，不敢去挤。正在心中像那蚂蚁在爬的时候，陡又听得一声吆喝，同时听见有个女子已在受刑的哀号之声，一时心胆俱碎，要想奔进去援救，她自己倒拼一死，恐怕害了徐、李二人，无奈她的双耳里面，只听见呼号的声音。

就在这个心如刀割之际，陡见人丛突然分开两边，里边一大群人，抬出一个血肉模糊的女子出来。秋水神此时疑心是她的恩人李峨眉，于是不要命地奔了上去，正待去问那个受刑女子的当口，却被两个黄巾力士将她死命一推，跟着劈头就是几棍，打得秋水神的火星直迸、两眼发直。她也不顾一切，即用那柄宝扇对着一班黄巾力士死命扇去。这班黄巾力士如何挡得住太上老君之宝？个个跌跌冲冲，齐往后退。

倒说那个受伤女子，竟会趁此机会扑的一声爬起就逃。大家一见走了人犯，自然来捉这个秋水神。秋水神深怕被捉，她又用那小扇逢人便打，遇物即扇，这一来，闯下滔天大祸了。顿时只听得砰砰砰砰的几声，一座二郎神的大门已被扇子扇倒。

二郎神正在高坐公案审讯案子的时候，据报，说是有个妖精，拿了老君之扇，放走人犯，打坍大门。二郎神一听，口称："还当了得！"立即跳下公案，提了他那一支长柄画戟，就向外奔。一见秋水神还在逢人乱打，他正想一画戟送她性命，突被一条金光阻了回来。知道此宝来历，不敢莽撞，但又无法降伏这个妖精。他忙将他眉心里的一只慧眼睁了开来，飞快地对着那柄宝扇，一稽首道："弟子乃为公事，只好犯你宝贝之驾了。"说时迟，那时快，他便撒手一个掌心雷，一面吩咐，"快快去拿逃犯！"又把那宝扇抢到手中，一面就把秋水神拿下，忙又回到里面，先将宝扇供在案桌之上，然后命把妖精带上，一连串地拍着惊堂，大怒地喝道："我把你这个无法无天的小妖精，恨不得立时碎尸万段！"二郎神说到"段"字，还把牙齿咬得咯咯作响。

秋水神此时已无护身法宝，跪在地上，等着处死。不料无意中顺眼看见李峨眉这人，依然好好地跪在一旁，不觉弄得莫名其妙，所以连那二郎神咬牙切齿地在那儿骂她，她一句没有听见。还是李峨眉已知秋水神为了她们闯此大祸，料知彼此必无生理，当下把心一横，跪上一步，高拱双手，向着二郎神朗声说道："尊神在上，此人是我们的好友，她为仗义援救我们，方才闯此大祸。尊神尽管办了我们！"

徐碧霞也抢说道："她为我们情敢送死，我们也不要这个性命了！"

秋水神也来抢嘴道："尊神，哪个闯祸，哪个顶罪，却与她们二人无干！"

二郎神看见这三个女子如此倔强，大家都在争死，越加大怒道："统统处死，统统处死……"

谁知"死"字尚未离口，只见奔进两位女仙，向他把手一抚，便说："此案闹得太大，非要玉帝亲自审理不可。"

二郎神见是两仪圣母和四海仙妃两个，他便冷笑道："好个师父，教出这种叛徒出来，还敢前来多嘴！"

两位女仙也不让他道："我等不服你审，只有同到天庭去面玉帝。"

二郎神本是奉了玉旨来审此案，如何肯买此账？正待行使职权的时候，又见一气真人、三清仙尊，一同走入道："我等都是督率不严，一同有罪，请将此案不能在此了结的原因，奏知上帝吧！"

此时昆仑老人因为还没轮到审他，却在一旁伺候，一见他的师尊、师叔一哄而进，又在口口声声要去面奏玉帝，知道去见玉帝，未必一定能够保赢，慌忙上前要想劝解。哪知二郎神也会动了真气，连他也要用刑起来。

正在大家无法可想之际，忽见来了玉鼎真人，向着二郎神拱手说道："我奉八景宫老君之命，快请尊神偕同全案人犯去见玉帝，老

241

君即刻便到。"

二郎神既见玉鼎真人前来口传老君之谕，方才不敢怠慢。

原来玉帝是神，老君是仙，都是位至极点，并没什么大小，否则二郎神又何必要遵老君之谕呢？

当下诸位真人传谕之后，即同四位仙家先赴玉阙。二郎神也把案卷、人犯等等带到天庭。

大家一到南天门外，门上天将含笑阻止道："诸位且请稍候，老君方才进去。"

玉鼎真人也含笑地说道："天将有所不知，我等本是奉了老君之命而来的。"

四位天将又说道："虽然如此，因为老君驾到，不是平常之事，本神须得进去禀明，方敢放入。"说着，即去禀知了。

不到半刻，匆匆出来传谕道："已奉玉旨，宣五位仙家上殿！"

玉鼎真人等鱼贯而入。及到殿上，果见玉帝正与老君对坐谈话。他们五位三呼之后，俯伏玉阶。

玉帝开了金口道："一齐起身，站立两厢。"

五位又去参过老君，老君极端静穆地问道："全案人犯都到齐了吗？"

玉鼎真人忙肃然地谨敬答道："都已到齐。"

玉帝却向老君微笑道："朕看此案，还是老君带了回去办理吧！"

老君也微笑道："既有龙王在内，应归玉帝审理。"

玉帝想上一想道："这么我们两个会审如何？"

老君还要客气，玉帝再三不肯，即命太白星君先将龙王父女带上。

太白星君回奏道："据二郎神报称，龙王之女已被秋水神妖精放走了。"

玉帝点头道："不妨仅带龙王一个前来。"

太白星君出去传旨，顷刻之间，已由伏魔尊神亲押龙王上殿。

龙王俯伏金阶，口称死罪不已。

玉帝微微点首道："善哉！善哉！纵女作恶，有亏职守，何以镇压四海？"

龙王叩首道："只因蒋氏之子殊有善根，相女配夫，未为不合，还求上帝明鉴。"

老君在旁岔口道："婚姻之事，本在两厢情愿，似乎不好劫夺吧！"

龙王听了，只好叩首服罪。

玉帝便问老君道："尊意打算如何？"

老君拱手道："按照玉律，应即褫职，姑念其女业已刑讯，不妨罚俸结案。"说着，吩咐太白星君传旨照办。

玉帝微笑称善道："如此便宜该龙王了。"

龙王谢恩下去。玉帝又命带上昆仑老人、四个徒弟，以及徐、李二人，还有带发和尚、汤杰等等，大家走入俯伏，不敢抬头。

玉帝先责老人道："你已三次受职，已经位至金仙，何以办事如此莽撞，偏偏要惊上天呀？"

老人叩首奏知一切之事。

玉帝听了道："事虽因公，究竟因负办理不善之责。"

老人又叩头道："臣罪该诛，不敢多辩。"

老君接口道："依我之意，可以罚去十年苦功，以观后效。"

玉帝点首道："朕知前次放走鬼犯，尚未了结，以后如有不肖神人，准尔立上封奏可也。"

老人叩了玉帝和老君，欣然而退，所忧者，几个徒弟和徐、李二人，以及那个闯祸的秋水神了。

他一下来，玉帝已在宣那大众，大家上去跪下。玉帝顺眼望了一望，微微笑道："朕当这班小子都是轻薄一流，现在一看，都有区区道力。"

老君也笑道："这是玉帝奖励他们。"

玉帝又微笑道："你们之事，已有师父负了责去，以后总要清净谦虚，不得意气用事，一概恕罪，速下天庭。"

大家正待谢恩，玉帝又单指着秋水神微愠道："你才成精，便来多事，你虽救人，也要查查有缘无缘。假使一有情感，即拟拼命，哪里还有一点儿清虚之气？"

玉帝说着，便问老君道："她是贵教，朕也未便处治，还是请老君带回八景宫去吧！"

老君立起身来道："玉帝既是划分甚清，我当遵命办理。"说着，便带了秋水神回宫而去。

老人等一听这个消息，都代为着急。

不知老君如何办法，且听下回分解。

图书在版编目（CIP）数据

峨眉飞侠传／徐哲身著. -- 北京：中国文史出版
社，2023.3
（徐哲身武侠小说）
ISBN 978-7-5205-3811-4

Ⅰ. ①峨… Ⅱ. ①徐… Ⅲ. ①侠义小说-中国-现代
Ⅳ. ①I246.5

中国版本图书馆 CIP 数据核字（2022）第 185887 号

责任编辑：卢祥秋

出版发行：**中国文史出版社**
社　　址：北京市海淀区西八里庄路 69 号院　邮编：100142
电　　话：010-81136606　81136602　81136603（发行部）
传　　真：010-81136655
印　　装：北京新华印刷有限公司
经　　销：全国新华书店
开　　本：720×1020　1/16
印　　张：16　　　　　字数：201 千字
版　　次：2023 年 3 月第 1 版
印　　次：2023 年 3 月第 1 次印刷
定　　价：58.00 元